김 대위. 내말 잘 들어두게. 군인이란 전쟁 중에는 충의(忠義)로워야 하고 평화 시엔 명예(名譽)로운 법이네 만… 전쟁도 평화도 아닌 휴전이 계속되는 상태에서는 권태를 느끼기 쉽지. 그 권태를 이기는 방법은 신념을 갖는데 있다네. 굳건한 신념의 울타리를 스스로 갖지 못하면 군인으로서의 전망은 없다고 봐야 하는 거지…   – 본문 중에서

이기윤 전작장편소설

군인의 딸
〈상권〉

原題 八月

제3회 민족문학상 수상작품

이 이야기는 어디까지나 소설일 뿐입니다
그러나 이 소설을 읽고
아항, 내 이야기로구나. 하는 사람이 있다면
그에게 이 책을 바칩니다

— 저자

1998. 4. 3. 한국문예진흥원 대강당에서 거행된 민족문학상 시상식에는 한국문예진흥원장을 비롯, 한국문화예술단체총연합회장, 한국문인협회이사장, 국제펜클럽 한국본부회장, 한국소설가협회 회장 등 한국문학을 대표하는 단체장이 모두 참석, 시상식에 무게를 실어 주었다. 아래 사진은 민족문학상 후원자인 독립투사 후손 김창묵 회장의 부상을 받고 악수를 나누는 저자.

민족문학상을 시상하는 사단법인 한국문인협회 성춘복 이사장. 상장은 작가에게, 부상은 작가의 부인에게 시상되었다. 아래는 수상소감을 발표하는 작가. 작가 이기윤은 이 자리에서 '등단을 했지만 아무도 주목하지 않는 문단풍토에 실망을 금치 못하고 있었는데 이제야 비로소 작가가 된 기분이다.'라고 기쁨을 피력했다.

아래 사진은 작가 이기윤의 민족문학상 수상을 축하하기 위해 찾아준 하객들. 한국소설가협회 홍성유 회장, 한국평론가협회 회장, 예총 사무총장을 역임한 김양수 선생, 가천문화재단 이귀례 이사장, 삼성출판박물관 김종규 이사장 등과 함께 한국차문화 단체 지도자들이 대거 참석해 자리를 빛내 주었다.

목차

민족문학상 시상식 화보 ············ 005
프롤로그 ············ 011

〈상권〉
딸기밭 나들이 ············ 015
공사통제부의 낮과 밤 ············ 039
군인의 여인들 ············ 075
원대복귀 ············ 110
만남 ············ 133
한경림 장군 ············ 179
다시 통제부로 ············ 219

〈하권〉
재회 ············ 014
밀회 ············ 053
약속 ············ 082
팔월(8月) ············ 117
두 결합 ············ 166
파경 ············ 215
초혼 ············ 262

〈서평〉
서평1〉 가부장적 권화에 유린된 사랑이야기/ 김양수 ············ 271
서평2〉 벽에 부딪치는 순정(純情)의 절규/ 구인환 ············ 277
서평3〉 소설다운 향기와 색다른 소설의 양면성/ 윤병로 ············ 278

프롤로그

 그곳은 경기도 일산에서 십리쯤 들어간 진 밭이라는 마을이었다. 해발 209미터의 야트막한 고봉산을 정점으로 불가사리 다리처럼 여러 갈래 구불구불 벋어나간 능선의 북쪽 두 갈래가 끊어질듯 이어지며 그 마을을 아늑하게 감싸고 있었다.
 고봉산 정상에 올라 마을을 보면 산과 평지의 구별이 너무도 뚜렷하여, 편편한 논은 잔잔한 호수 같았고 전부라 해야 이십여 호에 불과한 초가집들이 양지바른 기슭마다 서너 채씩 모여 있는 것이 마치 호수 위에 낚싯배 떠 있는 것 같아 예전에는 그곳을 낚시꾼마을이라 불렀다고 한다.
 그러나 비만 오면 질척거리기가 개펄과도 같아 가물 때는 어장촌, 비 올 때는 진 밭으로 불리더니 어느 핸가 여름 내내 몹시 비가 내렸던 해부터 낚시꾼마을 소리는 없어지고 진 밭으로만 불렸다.

황토 흙에다 습기가 많은 곳들이 흔히 그렇듯 야산에는 온갖 수목이 무성하였고, 넓은 논이며 논을 둘러싼 완만한 경사에 잘 정지된 밭들이 조화를 이루어, 여름이면 자연 풍광이 꽤나 아름다운 곳이기도 했다.

그곳에 백마부대 신축 공사가 시작된 것은 1973년 4월이었다. 그해 1월 28일. 베트남의 남북전쟁이 휴전되자 2월과 3월에 걸쳐 월남에 파병되었던 한국군이 전면 철수되었는데, 귀국한 주월 부대들은 대부분 귀국과 동시 해체되어 타 부대에 분산 편입되었지만 백마부대만은 때마침 주한 미군의 감축으로 인해 비어 있던 부평의 전 미군 기지를 인수받아 임시 주둔하고 있었다.

이때에 3군이 창설되고 백마부대가 3군에 편입되어 주력부대의 하나로서 임무를 띠게 되자, 3군은 진 밭을 포함한 원당 일대를 백마부대 신 주둔지로 선정했고, 따라서 새로운 부대 신축공사가 시작된 것이었다.

사단 규모인 백마부대는 하나로 집결된 단위 부대가 아닌 만큼 공사는 여러 지역에서 동시에 실시되었다. 건축 공사는 민간 업체인 금강건설에 맡겨졌고 토목공사는 공병에게 주어진 상태에서 각 공사장마다 현장 사무소가 만들어졌지만, 백마부대는 별도로 연대 단위로 공사통제부를 설치하고 공사 현황을 관리했다. 진 밭의 공사통제부는 그 중 하나였다.

부평 사령부의 지시를 받는 공사통제부의 역할은 주인으로서의 공정 관리와 부실공사 감독이었다. 기 확정된 설계와 공사예정표를 기준으로 실제 진척 상황을 비교 보고해야 했고, 토목 공사에 있어서는 지원 병력 조정도 해야 했으며 부실공사 여부도 감독해야 했다.

하지만 통제부 요원에 건축 전문가는 없었다. 공사 감독으로서의 임무는 있되 그에 걸 맞는 권한도 없었다. 구성은 소령 급 단장과 대위급 보좌관, 상황병 운전병 취사병으로 모양을 갖췄지만 아무도 전문가는 아니었다.
작든 크든 부대 신축에 관한 모든 의논과 결정은 육군본부와 부평 사단사령부에서 결정된 뒤 일방적으로 하달될 뿐이었다. 금강건설이나 공병과 현장 협의가 필요할 사항까지도 위에서 다 처리하였으므로, 명칭만 그럴듯하지 실제에 있어서 진 밭의 공사통제부는 연대 단위 공사 상황실에 불과하였다.
그나마 통제부가 설치된 초기 4월부터 5월까지는 전출대기자 임시 보직처로서의 의미가 더 강했다. 월남에서의 철수, 새로운 군의 창설 등으로 인사이동이 심한데다 전투에서 방어로의 체제개편 작업 때문에 질서가 잡히지 않아 대내외로 어수선한 시기였던 것이다.

소설이 시작되는 6월에, 새로 부임한 통제단장은 다행히 당분간 자리를 지킬 것 같았다. 그러나 보좌관은 여전히 수시로 교체되었다. 다만 사병들만은 이동이 없었다.
부대 신축 계획은 4월에 확정되어 시행에 들어갔지만 6월이 되어도 본격적으로 공사가 시작된 건 아니어서 업무는 한가했다.
통제부 요원들은 천막생활을 하고 있었다.

딸기밭 나들이

창녀들의 웃음소리나마
포연 속에서는 분주했건만,
전쟁만도 못한 휴전이
그것마저 앗아갔네.
아아, 남은 건 아름다운 수우진의 밤 그 추억 뿐,
빌어먹을 자유였나, 평화를 위해서였나.

달도 없는 그믐밤. 우산처럼 넓게 펴진 소나무 밑에서, 러닝셔츠 바람의 이상운 병장은 기타를 치며 시를 읊조리듯 노래를 불렀다.

정글에 바쳐진 젊음이여, 처량한 넋이여,
그대들 죽음의 의미 어디에서 찾을까.
아오자이 아오자이 수진의 밤
전장의 추억은 그것뿐이네

24인용 천막 하나가 옆에 웅크리고 있었다. 작업복 차림의 천일섭 병장이 천막을 들치고 나오며 이를 드러내고 웃었다.
"만날 그놈으 노래… 그만 하고 마을에나 갑시다."
노래를 끝낸 이 병장은 천 병장을 보며 씩 - 웃었다.
"영감님 잠드셨니?"
"응. 코까지 고셔."
천 병장은 한쪽 눈을 찡끗, 하며 코를 만졌다.
"그래. 그러면 가자."
이 병장은 기타를 들고 일어섰다. 천막 안으로 들어간 그는 기타 대신 모자와 웃옷을 들고 나와 단정하게 추슬러 입었다. 천 병장이 말했다.
"기타를 갖고 가지?"
가끔 기타를 들고 내려간 적이 있기 때문이다.
"아냐. 오늘은 그냥 가자."
이 병장은 씩 웃으며 고개를 저었다.
"정 병장, 정 상병은 뭐하니?"
"천막 안에서 한 놈은 편지 쓰고 한 놈은 책 봐."
"우리 마을에 간다고 했지?"
"물론이지."
"그럼 가자."

별빛밖에 없는 밤. 그들은 포크레인이며 그레이더가 밀고 파헤쳐 놓은 공사장 가장자리 길을 따라 산을 내려갔다.
"아까… 오후에 어디 갔었니?"

"읍에. …에이 시팔. 오늘도 기분이 안 좋아."

천 병장은 침을 탁 뱉었다.

"왜?"

"영감님 주사 때문이지 뭐."

"또 술 드셨어?"

"알코올 중독이 참을 수 있나."

몹시 언짢은 듯 씨부린 천 병장은 담배를 꺼내 물고 성냥을 그어댔다.

"군대가 좋지. 사회 같으면 그런 변태, 누가 받아주나."

"술 때문이라고 생각해라. 우리나란 원래 술에 대해서는 너그럽잖니. 술에 취해 저지른 죄는 죄도 아닐 정도로."

"아무리 그래도 정도 문제지. 이건 오버도 한참 오버야. 어휴, 빨리 세월이 가 군복을 벗어야지."

"그게 세월 가는 거야. 영감님 술에 취했다 깨면 또 하루 간 거 아니니."

"하긴…"

후우, 하고 천 병장은 허공에 연기를 뿜었다. 빠르게 맴돌던 연기는 입 바람의 기운이 없어지자 곧 어둠 속으로 빨려 들어갔다. 무언가 떠오른 듯 이 병장은 빙긋 웃었다.

"희한하긴 하지? 술만 들어가면 그렇게 변태가 나오는 게… 하지만 평소 모습은 그야말로 인자한 노인이잖니."

그건 정말 그랬다. 술기운 없는 그의 모습은 그야말로 인자하고 온화한 노인이었다.

나이에 비해 십 년은 더 늙어 보이는 그였다. 통제단장을 영감님이라고 부르는 것도 그 때문이었다. 판검사를 지칭하는 영감이 아니라 늙은이를 지칭하는 영감이었다.

"에이… 자세히 보지 않아서 그래. 자세히 보면 변하지 않는 부분이 있어. 눈빛 같은 거…."

천 병장은 어둠 속에 단장의 모습을 떠올리며 고개를 저었다.

"살기가 등등한 것 같은 빛이 늘 있어… 보통 사람의 눈빛과는 달라."

천 병장은 또 후우 - 하고 연기를 크게 내뿜었다. 사라지는 연기를 보며 걷던 그는 갑자기 생각나는 일이 있어 키들거렸다.

"크흐흐 참. 오늘 저녁엔 웃기는 장면이 있었지. 꼴에도 별을 바라시는 모양이지?"

"무슨 일이 있었는데?"

"읍에서 돌아올 때야. 어두워지니까 하늘에 별이 하나 둘 보이기 시작했어. 그러니까 하늘을 보면서 중얼거리시는 거야. 별이 총총하지? 아름답지? 아유 저 많은 중에서 하나만 가졌으면."

"뭐얏?… 푸앗핫핫핫하."

이 병장은 폭소를 터뜨렸다.

"크앗핫하하. 오죽 한이면 그러시겠니. 핫핫핫하"

이 병장은 한참을 깔깔댔다. 웃음소리는 멀리 퍼졌다. 천 병장은 계속 주절거렸다.

"망령 아이야? 변태가 나이 마흔 둘에 겨우 소령 달고 앉아서 별을 바라봐? 군대가 코미디하는 덴가?"

"……"

그들은 공사장 입구에 있는 경비초소 앞을 지났다. 보초병이 '어디 가십니까?' 하고 물었지만 쳐다보지도 않고 마을을 향해 내려갔다.

이 병장은 말했다.
"그래도 그렇게 막말은 하지 마라. 7월 1일부로 중령이 되셔."
"열흘 뒤에 중령이 되신다고? 호오 - 그럼 잘하면 환갑 때는 별을 다시겠군."
"그렇게 막말하는 거 아니래도!"

담배가 다 타 손 가랑이를 뜨겁게 하자, 천 병장은 그것을 엄지와 검지로 집어 몇 모금 더 빤 뒤, 손가락으로 팅겨 버렸다. 불꽃은 어둠 속에 포물선을 그리며 숲 속에 떨어졌다.
"너 또 꽁초를 그렇게 버리니? 그러다 불이라도 나면 어떻게 할라고."
이 병장이 나무라자 천 병장은 '아차!' 하며 뒷머리를 긁적거렸다.
"미안해. 우울하니까 나도 모르게 그랬네. …에이, 얼른 가게 가서 소주나 마시자고."
"너는 양심도 없구나. 여태 영감님 주사 심하다고 개소리 쇠 소리 다 지껄여 대고."
"에이. 우리야 얌전히 마시잖아."
"인마. 장담은 못하는 거야. 술이랑 여자랑은."

마을 입구로 접어 돌면서 이 병장은 걸음을 빨리 했다. 천 병장 걸음도 덩달아 빨라졌다. 가게로 가는 것이 아니었다.
"어디 가는 거야?"
천 병장은 그냥 따라 나선 것이었다. 그러나 이 병장은 약속이 있었다.
"영선 네 가는 거야. 낮에 약속했어. 밤에 딸기밭 가자고."

"아니, 딸기밭이 어딘데… 너무 늦지 않았어?"
"가까운데 있대. 늦을 것 같으면 못 간다 하고 말지 뭐."
천 병장은 더 묻지 않고 따라 걸었다.

공사통제부 천막은 산 6부쯤 되는 기슭 툭 불거진 지점에 있었다. 현장 구분으로는 연대 본부가 들어설 A지구 공사장 내였다. 천막에서 나와 불거진 언덕을 내려오고, 공사장 가장자리 소로를 따라 백오십 미터쯤 내려오면 정문 초소가 있고, 다시 오십 미터쯤 내려오면 일반 버스가 다니는 길이었다. 길 건너는 B지구로 대대 급 부대 공사가 한창이었다.

A지구와 B지구 사이에 버스가 다니는 길이 있기에 공병이 각 지구마다 보초를 서고 있지만 통제부 요원들의 통행은 자유로울 수 있었다.

물론 마을에 가는 것까지 자유롭게 허용되는 것은 아니었다. 그들은 엄연한 군인이었고 따라서 사병으로서의 수칙을 지켜야 했다. 그러나 공병은 자체 병력만 단속할 뿐이었고 그 외의 통제기관은 없었다. 게다가 민간업체인 금강건설에 의해 진행되는 건축공사 현장엔 마을 사람들이 일용 잡부로 일하고 있었다. 덕분에 나이가 비슷한 마을 청년과 통제부 사병들은 인사를 나누고 친구처럼 지냈다.

버스가 다니는 길을 가로질러 가면 B지구이지만 오른쪽으로 꺾어져 길을 따라 오 분쯤 가면 마을 입구인 삼거리이고, 삼거리에서 다시 오른쪽으로 삼십 보쯤 가면 작은 가게가 있었다. 가게 앞마당을 지나 다시 오십 보쯤 되는 거리에 영선 네 집은 있었다.

영선 네 집은 크고 오래되어 고풍스러운 기와집 앞에, 마치 이미 고양이 앞에 새끼 고양이가 마주보고 웅크린 듯 있어, 그렇지 않아도 작아 보일 집이 더욱 초라하게 보였다.

천 병장과 이 병장이 그의 집에 닿았을 때, 마당에는 예닐곱 명이 멍석을 펴놓고 앉아 유월 하순, 하지를 하루 앞둔 여름 더위를 식히며 히히덕거리고 있었다.

"왜 이리 늦게 오노! 지금 몇 신데."

영선이가 이 병장을 알아보고 반겼다.

"군바리 약속이니 봐 줘라. 이것도 부지런히 온 거야."

이 병장은 싱긋 웃었다.

"그래. 봐 주지. 우선 인사들이나 하자. 여기는 장 씨"

영선이는 장 씨를 먼저 소개했다. 낯선 사람이었다.

"이쪽은 통제부 이상운 병장, 이쪽은 오늘 온 금강건설 자재 경비 장기선 씨인데 우리 집에 하숙하기로 했어. 한 식구 된 거지 뭐."

"그러시군요. 반갑습니다. 이상운입니다."

이 병장은 손을 내밀었다.

"저도 반갑습니다."

장기선 씨도 손을 내밀어 굳게 잡았다.

"군대는 갔다 오셨습니까?"

이 병장은 물었다. 상대가 위인지 아래인지 가늠하고 싶어서였다.

"봄에 전역해서… 이게 첫 직장입니다."

"아. 그러시면… 반갑습니다. 저도 9월이 전역입니다."

"그럼 소띠?"

"예 소띠입니다."

"그럼 갑장이네요. 반갑습니다. 같이 있는 동안 잘 지냅시다."

동갑나기임을 확인하니 더 반가웠다. 그들은 잡은 손을 흔들었다.

영선이는 천 병장과 장 씨도 서로 인사시켰다. 그들이 인사하는 사이 복순이가 일어나 영선을 톡 건드렸다.
"오빠. 아까 내가 부탁한 거부터 좀…"
"오 참. 그건 저기 이 병장에게 물어봐야지. 직접 물어 봐."
"뭔데?"
이 병장이 얼른 반응을 보이자 복순이는 수줍어하면서 물었다.
"저… 이쪽 A공구인가 있죠? 통제부 천막 위요."
"네…"
"거기 우리 엄마 산소가 있거든요…"
"아. 그러시면 이장을 하셔야 하는데요."
"그래서요. 이장비가 십만 원인가 나온다던데…"
"아, 그걸 묻는 거군요. 그러시면 내일 낮에 통제부로 오세요. 우리가 확인서를 해 드릴 테니까 그걸 가지고 국방부에 가서 이장비를 청구하시면 곧 나올 겁니다."
"그럼, 내일 낮에 갈게요."

스물한 살인 복순이는 여전히 수줍어하며 또래인 듯한 처녀 옆에 앉았다. 차차 어둠에 익숙해지니 할머니가 한 분 계셨고 영선이 동생 재선이도 있어 모두 여섯이었다. 열아홉 살인 재선이도 공사장에서 일하고 있어 낯익었다.
"에 또, 그럼 갈까. 오늘 딸기는 장기선 씨가 신고 삼아 낸다는데."
"너무 시간이 늦지 않았어?"
누군가가 한마디 했는데 영선은 묵살했다.
"가만 있자… 남자들은 다 갈 거고."
영선은 처녀들에게 물었다.

"복순이도 갈래?"

"나 혼자만?"

복순이는 손을 가슴에 얹으며 영선에게 되물었다.

"왜 너 혼자니. 사람이 몇인데."

"여자는 나 혼자잖아."

"혼자면 누가 잡아먹니? 싫으면 그만 둬!"

"칫!"

복순이는 눈을 흘기며 입을 내밀었다.

옆에 있던 이 병장이 영선의 허리를 슬그머니 손가락으로 찔렀다.

"둘 다 데리고 갑시다. 가자면 갈 것 같은데."

"좋아하네. 헛물 키지 마. 쟤는 안 가."

영선은 여전히 일축하며 갈 사람을 추렸다.

"수련 언니. 함께 안 갈래?"

복순이가 물었다. 따라가고 싶은 복순이였다. 수련은 할머니에게 물었다.

"엄마. 나도 갔다 올까?"

그녀는 할머니를 엄마라고 불렀다.

"너 가고 싶으면 갔다 오렴. 여럿이 가는데 뭘. 에이그, 나는 이제 들어가 자야겠다."

할머니는 일어서며 선선히 고개를 끄덕였다.

"그럼 엄마. 나 갔다 올 게 먼저 주무세요."

수련이가 복순이 손을 잡고 가볍게 일어서자 복순이는 뛸 듯이 기뻐했다. 영선은 뜻밖이라는 표정이었지만 모두 좋아했다.

그들은 곧 걷기 시작했다. 읍의 반대쪽. 그곳에서 원당으로 넘어가는 고개 길이 있었고, 딸기밭은 그 고개 너머에 있었다.

말끔히 갠 하늘엔 유난히 별이 많았다. 막 쏟아져 내릴 것도 같았고 우렁찬 합창을 들려주는 것도 같았다. 백년은 실히 됐음직한 버드나무 세 그루가 사지를 축 늘어뜨리고 서 있는 동네어귀를 벗어난 일행은 부지런히 걸었다.

트럭 한 대가 겨우 다닐 정도의 길은, 이따금 어느 집 마당과 연결되어 넓은 공지가 되기도 했다. 길 양편은 바로 논둑이기도 했고, 졸졸 물이 흐르는 도랑이기도 했다. 차바퀴 자국 뚜렷한 길 가운데는 강활, 땅빈대, 산쥐손이, 피막이풀, 잔대풀 등이 길을 따라 주욱 돋아나 있었다.

딸기밭에 가는 일행은 모두 일곱이었다. 영선이와 장기선 씨가 앞서 걸었고 복순이 수련이 재선이가 그 뒤를 따랐으며 천일섭 병장과 이상운 병장은 맨 뒤를 걸었다. 그들은 끼리끼리 히죽거리고 재잘재잘 쑥덕거렸다.

"누나도 되게 심심했던 모양이지?"

재선이는 히히히 웃으며 수련에게 말했다.

"왜?"

"이렇게 어울려 딸기밭엘 다 가고. 아저씨가 알면 큰일 날 텐데."

"얘는 내가 어린애니? 이까짓 일로 큰일 나게."

수련은 코웃음 치며 눈을 흘겼다.

"언니, 언니."

복순이는 뒤를 의식하며 수련의 팔을 잡고 속삭였다.

"나 저 사람 안다."

"누구?"

"뒤에 오는 군인. 이 병장이라는 사람 말고 또 한 사람… 지프차 운전순데, 지난 번 장날 읍에 다녀올 때 저 사람이 태워줬어."

"그랬어?"

"응 그런데 있지. 그날 저녁 뒷산에서 만나자고 했거든. 그러자고 약속은 하고 안 갔어…"

"잘했지, 그건 잘한 거야."

"뭐라고 그러면 어떡하지? 저 사람 틀림없이 날 기억할 텐데."

"계집애!"

수련은 눈을 흘겼다.

"괜찮아. 안 그럴 거야."

재선이가 옆에서 듣고 히히히 웃으며 복순이에게 한마디 했다.

"원수는 외나무다리에서 만난다더니. 히히히, 잘 만났군."

미루나무 느릅나무 포풀라 나무가 길가에, 혹은 논과 밭 사이에 어둠을 버티고 우뚝 우뚝 서 있었다. 개구리 울음소리가 별빛과 어울리며 장중한 하모니를 이루고 있었다.

장기선 씨는 얼마나 더 가야하는지 궁금했다.

"영선 씨, 딸기밭이 먼가?"

"멀긴, 저 고개만 넘으면 되는 걸… 한참 가면 금방이야."

"뭐라구요?… 후후후, 한참 가면 금방요?"

영선의 유머에 장 씨는 웃음이 나왔다. 그렇게 간간 터지는 그들의 웃음소리는 이내 짙은 어둠 속에 묻혔다.

야산에 둘러싸여 있는 진 밭 마을에서는 어느 쪽으로 가든 마을을 벗어나려면 고개를 넘어야 했는데, 영선이 가리키는 고개는 그 중

멀리 있는 고개였다.

"이 병장, 여자들 봤어?"
천 병장은 싱글거렸다.
"한 애는 구면이야."
"구면?… 어떻게?"
"오며가며 봤어. 한번은 읍에서 빈차로 오는데 태워 달라고 손을 흔들더라고. 그래서 태워줬지."
"잘하는구나. 그러다 헌병에게 걸리면 어쩌려고."
"에유. 알아서 눈치껏 하지 누가 걸리게 그러나."
"그래도 조심하는 게 좋아. 말년에 피 보지 않으려면."

반시간을 걸어서야 그들은 고갯길로 들어섰다. 그리 높지는 않았으나 마루턱은 험한 계곡이었다. 불도저가 거칠게 밀고 지나간 듯, 비탈진 양 기슭엔 희뿌옇게 색이 변한 나무뿌리들이 뒤엉켜 흉한 모습을 드러내고 있었다.
원당을 드나드는 마을 사람들에게는 익숙한 길이지만 이 병장이나 천 병장, 장 씨에게는 낯선 길이었다.
고갯마루에서 이 병장은 잠시 뒤를 보았다. 캄캄한 밤인데다 구불구불한 길을 걸어왔기에 통제부가 어디쯤인지 짐작도 할 수 없었다. 아무리 한가하고 규제가 약한 공사통제부 생활이라지만 단장 허락 없이 이렇게 멀리 근무지를 이탈하는 건 드문 일이었다. 하지만 여기까지 와서 그만 돌아가겠다고 할 수도 없었다. 그는 불안해지는 마음을 달래고자 콧노래를 부르기 시작했다.

이 몸이 새라면 이 몸이 새라면 날아가리.
저 건너 보이는, 저 건너 보이는 작은 섬까지 –

작은 소리였지만 산간의 밤이라 은근히 멀리 퍼졌다. 장 씨가 같이 흥얼거렸다. 그러자 천 병장도 영선이도 함께 노래했다. 이 병장은 신이 나서 가사를 만들어가며 선창했다.

이 여름 지나면, 가을바람 불어오면 나는 간다네.
지겨운 이 군복, 지긋지긋한 이 군화 벗어버리고 –

달라진 가사를 인식한 일행의 웃음이 바람처럼 스쳐 지나갔다. 세 번째 반복해서 같은 노래를 할 때 또 하나의 목소리가 사뿐히 날아와 화음을 이뤘다. 수련의 목소리였다. 노래는 이내 일곱 명 모두의 합창이 되었다. 그들은 그 노래 한 곡만을 반복했다. 재선이의 째진 목소리가 화음을 망쳤지만 아무도 개의치 않았다.

이윽고 딸기밭이 가까워졌는지 앞서 가는 영선이가 큰길을 벗어나 오솔길로 들어섰다. 좁은 길이어서 일행은 일렬로 따라 걸어야 했다. 천 병장은 복순이의 뒤로 붙었다.
"아가씨. 그렇게 모른 척하면 몰라집니까?"
"어머나. 어머어머, 난 또 누구시라고요."
복순이는 앞서 가는 수련의 팔을 끌어안으며 몸을 옴츠렸다. 이 병장은 뒤에 오는 수련에게 말을 걸었다.
"목소리가 좋으시더군요. 노래를 좋아하시나 보죠?"
"……"

수련은 못 들은 척, 대답하지 않았다.

물푸레나무를 헤치고 작은 도랑을 건너자 딸기 향이 물씬 풍겼다. 딸기밭이었다. 그러나 밤이 깊어 모두 철수한 뒤여서 밭에는 아무도 없었다. 영선이는 오늘의 물주인 장기선 씨를 데리고 밭가에 있는 주인집 문을 두드렸다.
 그들이 주인을 만나 딸기를 사는 사이 남은 일행은 길 한쪽에 엉거주춤 서서 기다렸다. 별빛뿐이지만 밤은 밝았고 바람이 간간이 불어와 시원했다.
 이윽고 영선이와 장기선 씨가 '두 관이 이만큼이야, 두 관이. 세 관도 넘을 것 같애.' 하며 딸기 보따리를 들고 오자, 그들은 편편한 잔디를 찾아 둥그렇게 둘러앉았다. 풀어놓은 딸기를 보자 여기저기서 이야, 많다. 소리가 절로 나왔다.
 "그런데 딸기가 너무 익은 것 같다."
 "팔다 남은 거니까 그렇겠지 뭐. 그러니까 많이 줬고."
 "밭 딸기치고는 꽤 굵은데."
 "올해는 가물어서 재미 많이 볼 거야."

 그들은 저마다 한마디씩 지껄이며 경쟁하듯 부지런히 딸기를 먹었다. 수련이와 복순이는 둘이만 소곤대며 킬킬거렸다. 그녀들도 딸기는 맛있게 먹었다.
 인가는 멀리서 희미한 불빛만을 창호지문에 흘렸고 산에서는 소쩍새 울음이 들려왔다. 웬만큼 딸기가 없어진 뒤 이 병장은 영선의 옆구리를 살짝 찔렀다.
 "소개 좀 시켜 줘."

"무슨 소개… 누굴?"

"누군 누구냐. 저 여자지."

"쓸데없는 소리 말라니까."

영선은 평소의 그답지 않게 수련을 감쌌다. 마치 보호자나 경호원 같았다.

"염병. 금테라도 둘렀냐?"

이 병장이 한마디 뱉자 영선은 눈살을 찌푸리며 쏘아봤다. 이 병장은 못 본 척 시선을 돌렸다.

천 병장은 싱글싱글 웃으며 복순이에게 말을 걸었다.

"헤헤, 지난 이야기지만, 그렇게 바람맞히는 사람이 어디 있어요? 얼마나 기다렸는데."

"어머, 기다렸어요?… 미안해요. 갑자기 집에 일이 생겼었어요."

"한 마을에서 지내는 동안 이것도 인연이니 친하게 지냅시다. 군바리라고 외면하지 마시고."

"어머어머, 그러다 소문이라도 나면 어쩌구요?"

"하하하. 소문나면 같이 살죠 뭐. 총각 처녀가 겁납니까?"

"어머나 어머나, 뭐라고요?"

복순이는 몸을 꼬며, 그러나 재미있어 했다.

"자아 잠깐 주목해 주십시오."

장 씨가 두 손을 들어 흔들며 말했다.

"에 또, 세상에 공짜는 없죠. 오면서 들으니 노래 솜씨들이 좋던데, 어떻습니까. 제가 한 분 지정해서 청하면?"

장 씨가 제의하자 사내들은 와 – 하고 박수를 쳤다. 복순이가 한마디 제안한다.

"지정하는 게 어디 있어요. 가위바위보 해서 진 사람이 하던가 해야 죠."

"가위 바위 보를 한다면 진 사람이 아니라 이긴 사람이 해야죠. 노래 솜씨 뽐낼 기회를 왜 진 사람이 갖습니까?"

"그런가요. 호호호. 그 말도 맞는 것 같네요."

"자 여러분, 다른 의견 없습니까?"

다른 의견이 없자 일곱은 가위 바위 보를 했다. 첫 타자로 복순이가 걸렸다.

"난 몰라. 정말 난 몰라!"

복순이는 두 손에 얼굴을 묻고 돌아앉으며 도리질했다.

"이건 장 씨 책임이야, 어떻게든 노래를 시켜야 해."

"그래. 장 씨가 노랠 시켜야 해."

영선이와 천 병장이 떠들어대자 장 씨는 복순이를 재촉했다. 복순이는 앙탈을 부렸다. 수련이 나서서 한마디 거들었다.

"너무들 하세요. 이런 자리에서는 남자가 먼저 해야죠."

"그래요. 정말!"

복순이는 구세주라도 만난 듯 소리쳤다.

"어허. 패자에게 벌칙처럼 준 게 아니라 승자에게 준 영광의 기회인데… 좋아요. 그러면 복순 씨가 지명해 보세요."

장 씨가 사회자로서 시원하게 양보하자 복순이는 금세 해해 거리며 일행을 둘러보더니 대뜸 천 병장을 지명했다. 천 병장은 서슴없이 일어서서 구성진 가락으로 '울며 헤진 부산항'을 열창했다. 그리고 히히히 웃으며 다음 타자로 복순이를 지명했다. 복순이는 더 빼지 않고 노래를 불렀다.

미이아리 눈물 고개 내가 넘던 이별 고개…

"이거 초장부터 어째 이별 타령이야."

영선이는 싱글싱글, 장단 박수를 쳐 대며 얼러댔다. 복순이 노래가 끝나자 이번에는 이 병장이 지명됐다. 이 병장은 선구자를 불렀다. 아랫배에 잔뜩 힘을 주고, 성악가가 무대에서 부르듯 열창을 한 그는 다음 순서로 수련을 지명했다.

어둠 속에서도 느껴질 만큼 볼을 붉힌 수련은 잠시 망설이다가 싱겁게 웃었다.

"이제 그만 가죠. 늦었는데…"

"어허, 무슨 말씀을. 아직 노래 못한 사람이 많아요."

장 씨와 이 병장이 거의 동시에 펄쩍 뛰자 그녀는 체념하고 노래를 불렀다.

"전 앉아서 할 게요."

하고, 수련은 더 사양하지 않고 노래를 불렀다.

나 그대를 기다렸네, 너무도 많은 세월, 세월을
기다리며 기도했네. 잊을 수 없는 그대 위해
불빛 같은 추억들이 내 마음 비출 때
나를 맴도는 그대
그대 내 곁을 떠나 오늘 밤은 어느 곳을 헤매나
전해오는 이야기는 내 마음을 아프게 하네

수련이 노래하는 동안 모두 조용히 들었다. 들어보지 못한 노래였기 때문이기도 했다. 노래가 끝나자 박수와 함께 재청 소리가 나왔다. 이 병장은 물었다.

"제목이 뭐죠? 처음 듣는 노래라서…"

수련은 배시시 웃었다.
"그대는 나그네, 라는 노랜데요."
"많이 알려진 노래예요?"
"누가 테이프를 보내줘서 듣다가 배웠어요. 국제 가요제 그랑프리 작품이던데요."
"그렇습니까? 잘 들었습니다."
이 병장은 박수로 마음 표시를 했다. 수련은 장 씨를 지명하고 나서 딸기를 집어 들었다.

노래하고 웃고 즐기는 사이 밤은 깊었다. 열한 시가 넘은 것을 확인한 그들은 자리를 털고 일어났다. 이미 시야에 들어오는 인가의 불빛은 드물어 졌다. 가까이서 가물거리던 딸기밭 주인집도 쌍바라지 문에 흘리던 불빛을 거두었다.
"열한 시가 넘었네. 이제 갑시다."
"장기선 씨. 잘 먹었습니다."
저도요, 나도요… 하며 일행은 박수로 고마움을 표시했다.

이윽고 자리를 털고 일어난 그들은 온 길을 돌아가기 시작했다. 즐거운 시간 뒤에 오는 공허감은 있지만, 그러나 그들 사이에 있었던 올 때의 서먹서먹한 기분은 사라지고 없었다. 그들은 나란히 걷기도 했고 앞서거니 뒤서거니 걷기도 했다.
천 병장은 복순이와 나란히 걸었다.
"복순 씨는 장날이면 언제나 읍에 가요?"
"그럼요. 저는 그게 사는 재민걸요."
복순이는 명랑하게 말했다.

"그렇게 재미있어요?"

"그럼요. 저는 장에서 세상을 배워요. 호호호, 지난 장엔 양말 장사가 원숭이를 데려왔는데 어찌나 웃겼던지…"

"그럼 다음 장날 차를 대기시킬 게요. 먼저 만났던 그 장소요."

"정말요?"

천 병장과 복순이가 그런 약속을 나누는 사이 이 병장은 수련에게 말을 걸었다.

"이 마을에 사시나 보죠?"

그는 앞을 보고 걸으며 느긋하게 물었다.

"네, 태어나서부터 줄곧 요"

모처럼 즐거운 시간의 뒤끝이었다. 수련의 마음은 상쾌했다.

"좋으시겠습니다. 이렇듯 조용하고 아름다운 마을에 사시니."

"……"

수련은 싱긋, 미소 지으며 이 병장을 보았다. 말을 재미있게 한다고 그녀는 생각했다.

"군인들이 와서 꽤나 시끄러워졌죠?"

"글쎄요… 아직은."

"공사가 끝나면 아주 많은 군인들이 올 겁니다."

이 병장은 말속에 한숨을 섞었다. 손을 뒷짐 진 그는 수련과 보조를 맞추어 걸었다.

"그렇게 되기 전에 아마… 시집가셔야 할 거예요."

"어머, 왜요?"

"작은 마을에 젊은 남자들이 너무 많이 오잖아요."

후후후… 수련은 그를 보며 웃었다.

"무슨 말인지 모르겠군요. 부대가 들어서면 마을 처녀들이 결딴이라도 난다는 소린가요? 아니면 군인과 사귀면 안 좋다는 말인가요?"

"대충… 그런 종류의 이야기죠."

이 병장도 그녀를 보았다. 짧은 순간 눈이 마주치자 이 병장은 볼이 달아오름을 느꼈다. 얼른 고개를 돌린 상운은 또 싱겁게 웃었다. 그들은 일행보다 몇 걸음 뒤쳐져 걷고 있었다.

"자신도 군인이란 걸 잊으셨나요?"

수련은 야무지게 말했다. 할 수 있다면 더 심하게 쏘아주고 싶었다.

"아니죠, 그걸 잊을 수가 있나요."

이 병장은 고개를 저으며 시선을 떨어뜨렸다. 순간 조금 전 한 말이 후회됐다. 왜 그런 말을 했을까…

이 병장은 뚫어져라, 쉬지 않고 교체되는 군화 머리를 보며 걸었다. 다시 말을 걸 용기가 생겨나지 않았다. 수련도 땅을 보며 걸었다. 그들의 옆과 앞에 다른 일행의 움직이는 다리가 보였다. 다시 일행에 섞인 것이다.

같은 길이건만 돌아가는 길은 느낌에 더 멀었다. 자정이 지났는지 간간이나마 보이던 인가의 불빛이 완전히 사라지자 별빛은 더욱 포근하게 그들을 감쌌다.

"영선 씨, 나 오늘 의문이 하나 생기네."

장 씨가 말했다.

"뒷집 아가씨에게 너무 신경을 많이 쓰는 것 같아… 특별한 관계인가?"

"그렇게 보였어?"

영선은 장 씨를 보며 별 게 다 관심이라는 듯 대꾸했다.

"인연이 깊지. 대를 물리면서 앞뒷집에 살았으니 대단한 인연 아냐?… 사실대로 말하면 대대로 우리 상전 집이었어."

"상전? 그건 옛날이야기겠지."

"물론 옛날 얘기지. 그러나 지금도 그 집 사람들은 높아. 우린 가난에서 헤어나지 못하고… 저 애 오빠가 별 둘의 사단장이야. 큰 형부는 대령, 작은 형부도 육군사관학교 나왔지."

"그럼 군인 집안이네."

"그런 셈이지. 쟤는 군인의 딸인 셈이고… 어쨌든 흐흐흐. 나는 뭔지 알아? 방위 출신이라고. 흐흐흐"

"그래? 그런데 이상하네. 그렇게 높은 사람 집이 왜 이런 시골에 있어?"

영선은 주머니를 뒤져 담배를 찾아 물었다.

"할머니 때문이지 뭐. 고령이신 할머니가 여길 떠나지 않으려고 하시니까 어쩔 수 없지."

"…그럴 수는 있겠네."

장 씨는 궁금한 게 금세 풀린 듯 했다. 영선은 또 다른 이야기를 하려고 하다 그만 두었다. 담배에 불을 붙여 깊이 빤 뒤 남은 이야기는 연기에 실어 허공에 뿜었다.

이윽고 늘어진 수양버드나무가 그들을 맞았다. 동네 어귀에 이른 것이다. 마을은 깊이 잠들어 고요하고 적막했다. 딸기밭에서 들던 소쩍새 울음소리가 여기서도 들렸다.

마을에 들어서니 갑자기 마음들이 분주해졌다. 수련의 집이 제일 먼저였다. 건너 마을이 집인 복순이는 재선이가 데려다주겠다고 했다. 다음은 영선 네 집이어서 영선이와 장 씨가 작별 인사를 했다. 잘 먹었습니다. 오늘 참 즐거웠습니다. 내일 또 봅시다. 하다 보니 천 병장과 이 병장만 남아 통제부를 향해 산을 오르게 되었다.
"지금 몇 시니?"
이 병장이 물었다. 밤이 어두운 탓에 천 병장은 손목을 눈앞에 바짝 가져가 미간을 찌푸리며 시간을 보았다.
"열두 시 반."
"많이 늦었구나. 빨리 올라가자."
이 병장이 서두르자 천 병장도 걸음을 빨리 했다. 이 병장이 물었다.
"아까 얼핏 들으니 너 복순이랑 만나기로 약속하는 거 같더라."
"응. 다음 장날 만나기로 했어."
"괜찮겠니?"
"뭐가?"
"군복 입고 여자 사귀는 게 안 좋아서 그래. 조금만 참으면 되잖니."
"에이, 그게 뭐 사귀는 건가."
천 병장은 코웃음 쳤다.
"그럼 뭐야, 장난하는 거니?"
"장난이랄 수는 없지만… 심심하니까 만나는 거지 뭐."
"잘 생각해서 해. 그렇게 가벼운 문제가 아닐 거야."
"내가 알아서 할 게."
"물론 네가 알아서 해야지… 그러나 조심하라고. 함부로 차에 태우고 다니다가 말년에 피 보지 말고."
이 병장은 정색을 했다.
"아, 그런 얘기였어?… 알았어."
천 병장은 이를 드러내고 웃었다.

"이 병장은 그 여자 어땠어?"

"그 여자라니?"

"이 병장이 얘기하던 여자. 여자가 몇 됐나…"

"허허 참. 너 보고 여자 조심하라 하면서 내가 여자를 사귀려 하겠니?"

"그 여자 괜찮아 보이던데… 이 병장하고 어울리는 거 같았다고."

"까불지 마 인마. 이따위 군복 입고는 여자 안 새겨!"

"어따. 그 썩어빠질 자존심. 그거 무슨 재미로 군대생활 하누!"

"이걸 알아둬라. 너나 내나 지금은 굶주릴 대로 굶주려서 치마만 두르고 있으면 환장하는 상태야. 무슨 말인지 알아? 냉정한 판단력이 없다 – 이 말이야."

"관둡시다, 관 둬!"

답답해진 천 병장은 입을 다물었다. 부지런히 걷던 그들은 '손들엇!' 하는 소리에 흠칫, 놀라 섰다. 정문 초소에 이른 것이다.

"나야, 통제부 이 병장."

얼른 정신을 차린 이 병장은 한마디 던지고 초소를 지나 천막을 향했다. 초소경비는 공병 담당이지만 통제부의 지시를 받고 있었다. 따라서 초소 근무자들은 통제부 요원들을 잘 알고 있었다.

"야, 계산!"

이윽고 천막이 있는 둔덕을 오르며 이 병장은 소리쳤다.

"팔십일 일."

그건 이 병장 전역까지 남은 날짜 수였다.

"시팔, 더럽게 더디구나."

"난 백사십구 일이야."

"후후후. 네가 위안이다. 내가 그만큼 남았으면 탈영하겠다."

이 병장은 천 병장을 보며 씨익 웃었다. 그런 은어는 그들의 질서요, 희망이었다.
"그런데 이 병장, 이 대위님은 어떻게 된 거지?"
"낸들 아냐, 이사한다고 가신 걸."
"벌써 일주일이나 지났잖아… 삼 일만 갔다 온다 하시고."
"오시겠지, 설마하니 육군 대위가 탈영이야 하겠니."
그들은 어둠 속에 웅크리고 있는 24인용 천막 안으로 들어갔다.

통계부의 낮과 밤

 술에 취해 자면 기억도 잊을뿐더러 여느 때 보다 한두 시간 일찍 일어나는 습관을 지닌 통제단장 방우현 소령은, 그날도 육군이 규정한 기상 시간보다 한 시간이나 일찍 일어나 러닝셔츠 바람으로 천막 주위를 산책했다. 년 중 낮이 가장 긴 하지였다. 다섯 시인데도 날은 훤했다.
 상쾌한 새벽바람에 품이 넉넉한 러닝셔츠가 보기 좋게 흔들렸다. 중키에 여윈 그는 체중이 오십 키로그램도 안 돼 보였다. 가무잡잡하달까 피부가 유난히 검어 더욱 늙어 보이는 그는 산책하는 모습도 노인 같았다. 천천히 뒷짐을 지고 걸었고 조심조심 몸을 움직였다.
 마흔 둘이라는 나이는 호적이 십년 정도 잘못된 것 같았다. 무엇이 그를 그토록 일찍 늙게 만들었는지, 사복을 받쳐 입으면 환갑노인이라 해도 의심할 사람이 없을 외모였다.
 그가 산책 겸 아침 운동을 마치고 돌아와 천막 앞에 놓인 간이 의자에 앉아 쉴 때, 사병들은 그제야 일어나 천막에서 기어 나왔다.

"안녕히 주무셨습니까. 단장님."

이 병장은 사병을 대표하듯 큰 소리로 인사했다.

취사담당인 정찬화 병장과 정종두 상병은 아침밥을 짓기 위해 샘터로 갔다. 천막 뒤에 물맛이 제법 괜찮은 샘이 있었다. 솟아나는 양이 통제부에서 쓰기 넉넉했다.

천 병장과 이 병장은 지붕만 남기고 천막의 동서남북 사면을 모두 걷어 올린 뒤 싸리비를 들고 상황실 바닥부터 쓸었다. 먼지가 일자 물을 뿌려가며 쓸었다.

간이 의자에 앉아있던 방 소령은 사병들이 청소를 하게끔 비켜주려고 일어나 양손을 뒷짐 지고 상황실 안을 몇 걸음 서성거리다가 아예 바깥으로 비키며 물었다.

"이 대위 아직 안 돌아왔니?"

"네."

"아무 연락도 없었지?"

"네."

쓸기를 마친 이 병장은 싸리비를 한쪽에 던져놓고 스페어통의 물을 대야에 쏟았다.

"허허 참, 엉터리 같은 녀석… 안 보내줄까 하다가 보내줬더니만."

방 소령은 혀를 끌끌 찼다.

"무슨 사고라도 생겼나?"

"사고가 났으면 바로 연락이 왔겠죠."

이 병장은 대야의 물에 걸레를 빨아 책상을 닦았다.

"그랬겠지… 에 참 형편없는 자식, 이 녀석을 어떻게 해야 하나…"

서성거리던 방 소령은 다시 간이 의자에 앉았다.

둔덕 아래 공병 주둔지에서 구령이 들려왔다. 아침 점호가 실시되고 있는 것이다. 공사장이라서 기상나팔 따위는 없었다. 다만 군인의 하루가 점호로 시작되는 것만은 변함없었다.

"야 이 병장."

방 소령은 또 말했다.

"오늘까지 기다려보고, 오늘도 안 오면 그대로 보고해라. 알겠니?"

"예. 알았습니다."

그건 괘씸해서 하는 소리였다. 그대로 보고를 하는 방법도, 어디에 보고할 지도 모르는 일이었다.

책상을 다 닦고 총체로 현황판 먼지까지 털어 낸 이 병장은 대야의 물을 힘차게 바닥에 뿌려 버리고 새 물을 담아 바깥으로 내왔다.

"세면하십시오. 단장님."

이 병장은 허리를 펴면서 말했다. 그러나 방 소령은 이미 그 자리에 없었다. 단장은 샘터로 갔다. 세면도구는 그곳에도 비치되어 있었다. 마침 그곳에 있던 천 병장이 얼른 물을 떠 드렸다.

옆에서는 정찬화 병장과 정종두 상병이 아침밥을 준비하고 있었다. 큰 돌을 양쪽에 박고 가운데 흙을 파낸 야전 부뚜막에 반합을 매달아 짖는 밥이었다. 한 명은 엎드려 불을 피웠고, 한 명은 국이며 찬을 준비했다.

"너희들, 밥에 흙 들어가게 하면 안 돼!"

방 소령은 세면 물에 손을 담그며 말했다. 이어 푸드득 푸드득 얼굴을 씻기 시작했다. 천 병장은 수건을 들고 뒤에서 대기했다.

통제단장 보좌관 이정봉 대위는 이튿날, 그러니까 9일 만에 귀대했다. 작달막한 키에 배는 살지고, 얼굴은 너구리처럼 생긴 그는 잔뜩 겁먹은 얼굴로 방 소령에게 귀대 신고를 했다.

"늦어서 죄송합니다."

방 소령은 노기등등했다.

"죄송해? 자네 오늘이 며칠째 인지나 아는가?"

"죄송합니다. 갑자기 이사를 하려다보니 주변에 정리할 것도 있고 해서 늦었습니다."

지휘봉을 든 방 소령의 손이 파르르 떨렸다.

"거짓말까지 하는군. 뭘 정리해. 부평이 여기서 몇 백 리 떨어진 곳이던가? 또 자네가 부평에서 몇 달이나 살았다고!"

그는 이곳으로 이사하겠다고 삼 일 휴가를 얻었었다.

"저야 귀국한 지 몇 달 안 됐지만 아내는 여러 해 살았습니다."

"뭐얏?"

또박또박 말대답 하는 것이 불쾌한 듯 방 소령이 지휘봉을 꼭 쥐며 일어서려 하자 이 대위는 꼿꼿해졌다.

"죄송합니다. 다시는 이런 일 없도록 시정하겠습니다."

일어설 것 같던 방 소령은 자세를 고쳐서 다시 앉았다.

"이사를 하긴 했나?"

"네. 어제 저녁에 했습니다."

"이삿짐이 굉장히 많았겠군. 그렇지?"

"…죄송합니다."

"자넨 딴 짓하고 왔어! 그렇지?"

"……"

"어떤 경우도 무단이탈은 군법이 용납 안 해! 장교가 그것도 모르는

가? 법 이전에 기강 문제고, 상관에 대해서는 또 뭐지?"
 "넷!"
 "뭐가 네 야. 자네 무슨 맘먹고 이러는가!"
 "시정하겠습니다."

 방 소령은 계속해서 노기충천한 목소리로 '그 따위 정신 상태로 근무하느니 차라리 대위 계급장을 떼어 버리라' 고 꾸짖더니 꼴 보기 싫다며 혼자 공사현장으로 내려가 버렸다. 겉으로 호통은 쳤지만 용서하는 기미였다.
 그의 모습이 둔덕 아래로 사라지자 이 대위는 벌겋게 상기된 얼굴을 두 손으로 쓰다듬으며 이 병장 책상 위에 걸터앉았다.
 "이사하시는데 그렇게 애로가 많았습니까?"
 이 병장은 공사일지를 정리하며 물었다.
 "육군 대위 이사에 애로가 뭐겠니? 뻔할 뻔자 마누라 문제지."
 호흡이 다소 진정되자 그는 담배를 피웠다.
 "그 사이 무슨 일이 있었니?"
 "무슨 일 있을 게 뭐 있습니까. 아직야 조용하기만 하죠."
 "일도 없는데 영감은 왜 저렇게 발광이냐."
 담배를 피우다 말고 이 대위는 침을 탁 뱉었다.
 "봐라. 이사하자니 마누라가 말을 들어야지. 월남 때문에 한동안 떨어져 살았더니 그 새 딴 서방이 생겼는지… 서방 말을 말로 듣지 않는 거야."
 "단장님께 그런 애로를 솔직히 말씀드리시지 그랬어요."
 "야야, 자존심이 있지 어떻게 그런 얘길까지 하니. …아무튼 그러니 어떻게 하냐. 나는 떨어져 살수는 없는 걸. 강제로 끌고 오다시피

하다 보니 이렇게 된 거야."
　"며칠 늦은 건 상관마세요. 할 일도 없었는 데요 뭘."
　"낸들 돌아가는 걸 모르겠니. 다 그래도 되겠다 싶으니까 그랬지… 상황이 아니다 싶으면 내가 어떻게 그러겠니."

　한참 그렇게 둘이 얘기하고 있는데, 차에서 대기하던 천 병장이 심심한 지 올라왔다. 그는 보좌관에게 경례하고 이 병장에게 물었다.
　"이 병장, 단장님 걸어서 다니신대?"
　A지구 공사 현장을 둘러본다며 언덕을 내려간 방 소령이 소식이 없자 궁금해서 올라온 것이다.
　"그러신 모양인데? 멀리 가시지 않았으니 곧 오실 거야."
　말은 태연하게 했지만 이 병장은 황급히 눈을 찡긋, 했다. 빨리 물러가라는 신호였다. 이 대위 눈빛이 변하는 걸 본 것이다. 천 병장은 얼른 돌아섰다. 그러나 늦었다. 이 대위는 그를 불렀다. 열통 터진 참에 밥이 생긴 것이다.
　"거기 서라, 천방지축 달구지."
　이 대위가 천 병장을 그렇게 부르는 것은 방 소령에게 한방 먹었다는 이야기였다. 잘잘못은 여하 간에 한바탕 당하고 나서 천 병장을 만나면 케케묵은 천방지축마골피를 들먹이며 못살게 굴었다. 천 병장은 긴장하면서 주춤주춤 안으로 들어섰다.
　"야 천방지축!"
　"예."
　"그게 뭘 뜻하는 말이냐?"
　"……"
　이 병장 책상 위에 아예 올라앉은 이 대위는 한쪽 다리를 흔들며 앞에 서 있는 천 병장을 가지고 놀았다.
"대답해. 이 새끼야!"
"상놈입니다."
천 병장 얼굴은 금세 벌게졌다.
"세상이 달라졌으니 과거형이 돼야겠지. 상놈입니다 가 아니라 상놈이었습니다. 즉 옛날에는 그랬었다. 이 말이야. 인정하나?"
"옛. 인정합니다."
"인정하믄 이 새끼야. 아무리 세상이 바뀌었다 해도 그렇지. 바뀐 건 불과 백 년도 안 돼. 역사와 전통을 이렇게 뭉갤 수 있어?"
이 대위는 책상 위에 있던 삼각자를 집어 천 병장 배를 쿡쿡 찔렀다.
"왜 너에게 이러는지 알지?"
"……"
"대답 안 해 이 새끼!"
"천방지축의 우두머리 천 씨이기 때문입니다."
"더 말하지 않게 잘 좀 하라고. 알았어?"
"옛. 잘하겠습니다."
"당장 가라. 달구지 끌고 즉각 쫓아가서 방 가 좀 교육하라고!"
판에 박힌 대화였다. 처음에는 장난처럼 오가던 것이 이 새끼 저 새끼 욕이 섞이고 감정이 가미되면서 때론 극한의 상황을 만들기도 했다. 방 소령에게 한 방 얻어맞은 날이면 더욱 심했다. 상기된 얼굴로 천막을 나간 천 병장은 순식간에 시야에서 사라졌다. 그제야 이 대위는 속이 풀리는 듯, 일어나 천막 안을 서성거렸다.
"그러시면 속이 후련해집니까?"
이 병장이 빈정거렸다.
"그래 인마. 조금이 아니라 많이 후련하다."

"참 악취미십니다. 천 병장은 무슨 죕니까?"
"무슨 죄라니 인마. 천가 성 가진 죄지!"
이 대위는 야릇한 웃음을 흘렸다.
이 병장은 기가 막혀 이 대위를 보다가 화제를 돌렸다.
"이사하셨다고 했죠? 방은 어디 얻으셨습니까?"
그는 색연필로 현황판의 숫자를 고쳐 쓰고 있었다.
"오 참. 집을 알려 줘야지. 이리 와 봐라."
이 대위는 천막 끝에 서서 손으로 마을을 가리켰다.
"저기 산자락 돌아가는 오솔길 보이지. 산 꼬리에 가려 집은 안 보이는데, 저 모퉁이를 돌면 그럴듯한 기와집이 하나 있단다. 거기 사랑이다."
이 병장은 고개를 갸웃 했다. 그렇다면 영선 네 윗집인데… 그 여자 집?…
"잘 얻으셨군요."
이 병장은 딸기밭 나들이를 생각하며 빙긋 웃다가 이내 푸념을 늘어놨다.
"에이, 단장님도 보좌관님처럼 마을에 방이라도 얻어 출퇴근하시면 좋을 텐데, 낮이고 밤이고 천막에 우리와 같이 계시니…"
"방가 아니냐 방가, 달래 방가냐?"
이 대위는 빙글거렸다.

호랑이 제 말하면 온다고 했던가, 방 소령이 언덕을 올라오자 이 대위는 벌떡 일어났다.
"지 뵈리. 지렇게 제 말히면 니더나니 양반 소리 듣겠나? 어쨌든 저녁에 팥죽 먹으러들 오너라."

"정말입니까?"

"그럼. 이사를 많이 다녀서 마누라 팥죽 솜씨가 괜찮단다."

"애들 다 데리고 갑니다. 천 병장도요."

전부라 해야 단장을 빼고 나면 사병 네 명이다. 이 대위는 모자를 바로 썼다.

"알았어. 자 그럼 난 간다."

"어딜 요? 단장님 오셔서 또 역정 내시라고요?"

"내시거나 말거나 오늘은 피곤해서 간다."

"제발 그러지 마십쇼. 아무리 할 일이 없어도 아흐레 만에 오셔 갖고…"

하면서 이 병장이 뒤돌아 봤을 때 이 대위는 이미 거기 없었다. 평소에는 느려 터진 그였지만 이런 때는 빨랐다. 그는 방 소령이 오고 있는 반대편으로 가버렸다.

하지를 막 지난 유월 하순의 오후 여섯 시는 한낮이었다. 해도 높이 떠 있었다. 하지만 규정에 있는 하루 일과는 마친 시간, 상운은 소나무 그늘에 앉아 기타를 치며 노래를 불렀다.

애인을 구합니다. 어여쁜 나의 여인
검은머리 고운 입술. 새까만 눈동자의.
나는 군바리요. 이름은 상운입니다.
미술대학 다니다가 군인이 되었지요.

갑자기 구름이 눈에 띌 만큼 빠른 속도로 하늘을 덮어갔다. 해가 구름에 가리자 날은 어둑해졌다. 비를 뿌릴 구름 같지는 않았다. 바람이 시원하게 불어왔다. 바람에도 습기는 없었다. 상운은 계속 기타를 치며 노래를 불렀다.

긴긴 머리카락 빡빡 깎일 때엔
나도 몰래 눈물이 두 뺨을 적셨지만
어느 덧 고참이요. 낼 모래 제댑니다.
나를 진정 반겨줄 애인을 구합니다.

흥얼흥얼 노래를 부르던 그는 문득 동작을 멈추고, 마을을 내려다보았다. 적당히 구름이 낀 저물녘의 은은함… 한여름 무르익은 푸름 속에 드문드문 섞여있는 퇴색한 초가지붕들이 유난히 한 폭의 그림으로 다가왔다.

상운은 문득 그림을 그리고 싶은 충동을 느꼈다. 오랫동안 긴장의 연속 속에서 잊고 있었던 욕구였다. 군 입대로 인하여 한시적으로 포기할 수밖에 없었던 자연 탐구욕이, 통제부에서의 한가한 생활을 계기로 꿈틀거리는 것이었다. 그는 마을을 보며, 상상의 공간에 이젤을 펴고 구도를 잡아보았다. 캔버스의 크기는 어느 정도가 좋을까, 쓸데없는 고민을 해 보기도 했다.

한참 그렇게, 마음으로 그림을 그리고 있는데 천 병장이 올라왔다. 초라하고 풀 죽은 그의 모습은 상운의 사치스런 상상을 여지없이 부서뜨렸다. 그는 잠시 한눈을 판 자신을 부끄러워하며 고개를 저었다. 참자, 조금만 더 참자, 이제 칠십 구일만 참으면 자유의 몸이 되는 것을…

"이 병장, 나 읍에 나갈 건수 하나 없을까?"

천 병장은 무겁게 입을 열었다. 우울하고 초조해 보였다.

"지금 이 시간에?… 왜?"

"알고 보니 오늘이 장날이네. 무척 기다릴 텐데."

"누가… 그 복순인가 하는 애 말이니?"

"응…"

천 병장은 힘없이 소나무 등걸에 기대어 섰다. 이 병장 얼굴은 차가워졌다.

"그것 봐라 인마. 너 가볍게 사귀겠다고 했지! 그게 가벼운 거냐?"

"……"

"단장님 어디 계시니?"

"공병 중대에서 차 드셔…"

"돌아오실 때까지 기다려야지 별 수 있니? 가도 허락은 받아야하니까."

"뭐라고 말씀드리지? 그냥 잠시 차 고치러 갔다고 해 주면 안 될까?…"

"그런 거짓말은 안 돼!"

"……"

울상이 된 천 병장은 흐린 하늘을 올려봤다. 어느 새 하늘은 파란 공간 없이 온통 구름으로 덮여 있었다.

"기름은 있니?"

이 병장이 물었다. 냉정하려 했지만 안절부절못하는 천 병장 꼴이 안쓰러웠다.

"응. 넣어놨어."

"마음이 바빠도, 조금 기다려."

이 병장은 기타를 들고 일어섰다.

"찬화하고 종두는 어디 있니? 팥죽 먹으러 가야하는데."

"팥죽?"

"응. 보좌관님 이사하셨잖아. 팥죽 먹으러 오라고 하셨어. 애들더러 준비하라고 해. 나도 손 씻고 올게."

이 병장은 기타를 천막 속에 두고 샘터로 갔다. 정종두 상병은 그곳에서 빨래를 하고 있었다.

"어디 있나 했더니 빨래하는구나. 대강 빨아라. 팥죽 먹으러 가야 해."

"어디로요. 이 대위님 집에요?"

"그래."

정 상병은 알고 있었다. 그는 헤헤 웃으며 빨래를 헹궜다. 흘끔 보니 미제 군복이었다.

"짜아-식, 너 좋은 옷 있었구나? 휴가 준비하니?"

"에이, 지 꺼 아니에요."

정 상병은 무심히 말했고, 이 병장도 흘려들었다.

"그럼 얻은 거니?"

"지 꺼 아니라니까요. 이 대위님이 빠는 김에 빨아달라고 한 거예요."

"뭐야?"

이 병장은 눈을 치떴다. 손을 씻던 그는 털고 일어섰다.

"야. 정종두!"

"에이 괜찮아요."

"일어나 인마, 정종두!"

이 병장의 목소리가 거칠어지자 정 종두는 풀 죽은 얼굴이 되며 비실비실 일어섰다.

"차렷 해, 이 새끼야."

금세라도 후려칠 것 같은 기세에 정종두는 꼿꼿이 섰다. 이 병장은 차가운 목소리로 물었다.

"저 빨래 언제 어디서 받았나?"

"오늘 낮에… 침실에서 받았습니다."

"당시 빨래를 하고 있었나?"

"그때는 아닙니다."

"그럼 노골적으로 빨래를 시킨 거지?"

"……"

"전에도 해준 일 있지?"

"……"

"대답해 이 새끼."

이 병장은 군화 발로 정강이를 한 대 걷어찼다.

"없습니닷."

정종두는 긴장했다. 있어도 있었다고 말할 수 없는 정종두였다.

"정말 없었어?"

"정말 없었습니닷!"

"좋다, 거짓말이라도 믿지."

이 병장은 손을 털었다.

"너 군대생활 얼마나 했지?"

"이십 개월 됐습니다."

"그 정도면 알 만한 자식이 이 따위 짓을 하고 있나!"

이 병장은 버럭 소리를 질렀다. 천 병장이 서너 걸음 옆에 와 지켜보고 있었다.

구름이 낀 덕에 평소보다 한 시간은 일찍 진한 어둠이 그들을 덮기 시작했다. 전연 비구름 같지 않더니 바람이 차츰 축축해졌다.

"잘 들어라, 정종두. 나와 같이 있는 동안은 나의 방식을 따른다. 알았나?"

"알았습니다."

"우리들 군 복무는 의무야. 신성한 국방의 의무 수행을 이 따위로 직업군인들 똥구멍이나 닦아주며 더럽힐 테냐?"

"……"

"먼저도 말했지. 우리가 비록 졸병이라도 신성한 의무 군인의 긍지를 갖고 생활하자고. 네가 이 자식아, 취사병이면 밥 짓는 일에만 충실하면 되는 거야. 나머지 시간은 네 거라고. 뭐가 아쉬워서 이따위 짓을 하나?"

"잘못했습니다. 시정하겠습니다."

"너 혼자 욕보는 건 괜찮아. 하지만 이런 일은 너 하나에 그치는 게 아니야. 너로 인해 네 후배들이 따라서 욕을 보게 된다는 걸 생각 못 하나 이 멍청한 자식아!"

"시정하겠습니다."

"이번까진 용서한다. 대신 저 빨래 현 상태에서 멈춘다."

"넷."

"신문지에 싸서 나에게 줘. 내가 갖다 줄 테니까. 알았나?"

"…네."

"그럼 실시!"

"실시…"

정 상병은 힘없이 주저앉았다. 주저앉아 빨래를 주섬거렸다. 이 병장은 그 모습을 보면서 잠시 거칠어진 호흡을 진정했다.
 천 병장이 다가와 슬며시 팔을 잡아끌자 이 병장은 못이기는 척 돌아섰다. 돌아서서 다섯 걸음쯤 옮겼을 때, 정 상병이 불렀다.
 "이병장님. 이거…"
 이 병장은 걸음을 멈추고 고개를 돌렸다.
 정 상병은 더듬거렸다.
 "헹구기만 하면 되는데… 이번만 봐 주십쇼."
 그는 울상을 짓고 어쩔 줄 몰라 하고 있었다.
 에라 이 착한 자식… 봐주긴 뭘 봐달란 말이냐. 이 병장은 잠시 그를 응시하며 군대를 생각했다. 그 집단 속에 초라하게 섞여있는 자기 자신을 보았다.
 그래 이런 거야. 우리 군대 모습은 이런 거야…
 그는 더 말하지 않고 천막 쪽으로 걸음을 옮겼다. 천병장이 고개를 돌려 눈을 찡끗하며 네 맘대로 하라는 신호를 보냈다. 정종두는 얼른 빨래를 헹구기 시작했다.

 그 사이 방 소령은 천막에 돌아와 있었다. 습도 높은 더위에 지친 듯, 그는 풀린 자세로 의자에 깊숙이 앉아 두 다리를 책상 위에 올려놓고 있었다.
 "어둡지 않니?"
 "예. 불을 켜겠습니다."
 천 병장이 얼른 움직였다. 아직 전기를 끌지 못한 상황이어서 호롱불을 켜야 했다.
 "야, 이 병장."
 방 소령은 이 병장을 불렀다.

"이대로 가다간 공사가 부지하세월이겠다. 내일 아침에 말이다."
"네."
"부평에 보병 2개 중대만 투입해 달라는 전통을 쳐라. 진입로가 윤곽을 드러내고 있는데 사방 공사가 안 되고 있어. 길을 닦을 때 함께 해버리면 이중 일이 안 될 텐데 말이야. 사방 공사는 우리가 해야 하는 일 아니냐?"
"맞습니다. 사방 공사는 언제 해도 우리가 해야 할 일입니다."
"공병과 협의해서 요청하는 것이라고 해."
"그렇게 하겠습니다."
호롱불이 지주에 매달리자 천막 안이 일시에 밝아졌다. 그러나 잠시 뿐. 느낌에 따라서는 밤이 더 깊어진 것 같기도 했다. 호롱불을 다는 천 병장 이마엔 식은땀이 맺혔다.
"더 하실 말씀 없습니까?"
이 병장이 물었다.
"없어, 왜?"
방 소령은 담배를 꺼내 피웠다.
"저희들 잠시 이 대위님 이사하신 집에 다녀오겠습니다."
"그래? 이 대위가 오라고 했니?"
"네. 이사하셨다고 팥죽 먹으러 오라고 하셨습니다."
"그럼 갔다들 오너라. 누구누구 가니?"
"전부 오라고 하셨습니다."
'"전부?"
방 소령은 어이없는 표정이 되었다.
"그럼, 나보고 전화 당번하며 천막 지키란 말이야?"
"죄송합니다. 전화 올 일이야 있겠습니까? 차 타고 잠시 내려갔다가 빨리 돌아오겠습니다.”

이 병장은 뒷머리를 긁적이며 말했다. 못마땅한 시선으로 담배를 몇 모금 빨던 방 소령은, 그러나 곧 고개를 끄덕였다.

“그래라. 빨리 와야 한다. 딴 짓 하지 말고!”

“감사합니다. 잠자리는 정 병장이 이미 봐 놨습니다. 일찍 주무십쇼.”

이 병장은 가볍게 천막에서 나와 졸병들을 불러 모았다.

“가자. 허락 받았다.”

“차도?”

“그래”

울상이던 천 병장의 얼굴이 금세 밝아졌다.

“그럼 빨리 가. 데려다 주고 난 바로 읍으로 갈게.”

“안 돼. 이 대위님 집에서 팥죽 한 그릇 먹고 가.”

“시간이 늦었어.”

“난 네 약속은 관심 없어. 알아? 팥죽은 내 약속이야.”

“팥죽보다 난 그 새끼가 싫어!”

천 병장은 이를 갈았다. 낮에 모욕당하던 광경이 되살아난 것이다. 개새끼, 그런 소양 없는 새끼가 무슨 장교야!

“너 그게 무슨 말버릇이니. 너도 똑같은 놈 될래?”

이 병장은 눈 꼬리를 치켜세웠다.

“나보고만 그러지 마. 이 병장도 봤잖아. 그게 배웠다는 놈이 할 소리야?”

“그래도 네 상관이야. 그 양반이 이러거나 저러거나 너는 네 할 도리만 하면 되는 거야. 그게 자기 본분 지키는 거야.”

“……”

"아무 소리 말고 팥죽 한 그릇 먹고 가. 그래야 그나마 내일이 편해."

"알았어…"

"읍에 나갔다가 혹시라도 문제 생기면 이 대위 이사 온 집에 집들이 선물 사러 나간 거다."

"고마워. 그렇게까지 신경 써 줘서…"

천 병장은 지프에 올라 시동을 걸었다. 정찬화 병장에 이어 정종두 상병이 차에 오르면서 신문지에 싼 뭉치를 이 병장에게 내밀었다.

"이게 뭐냐?"

"아까 그 빨래요…"

풀이 죽은 목소리였다.

"짜아식. 다신 이런 짓 않는 거다. 약속했어."

이 병장은 그의 등을 밀어 차에 태우고, 이어 선임좌석에 올라탔다. 차는 곧 움직였다.

"약속이 몇 시였냐?"

이 대위 집을 향해 가면서 이병장이 물었다.

"정확하게 몇 시라고 약속한 건 아냐. 대강 일곱 시 반쯤이지."

천 병장은 여전히 시무룩했지만 아까처럼 초조해 하지는 않았다.

"일곱 시 반?"

시계를 본 이 병장은 웃었다.

"지금 여덟 신데?"

"내 느낌엔 기다릴 것 같아…"

"팥죽을 후딱 먹고 간다 해도 여덟 시 반은 될 텐데?"

"한 시간 정도는 뭐… 그러니까 나는 그냥 가게 해 줘."

천 병장은 사정했다. 그러나 이 병장은 단호했다.

"그건 안 돼."

"……"

"이 대위님 집은 아니?"

"응, 영선 네 뒷집. 그 여자네 집 문간방이야."

"사랑방이라던데?"

"사랑방이나 문간방이나 지 뭐."

"짜아식. 정보는 빠르군. 차가 들어갈 수 있니?"

"큰길로 조금 더 가서 우측으로 꺾어지면 그 집 앞마당까지 들어갈 수 있어. 주차공간이 꽤 넓어. 수시로 차가 드나드는 집이던데 뭘"

그는 마치 가본 듯이 말했다. 이 병장은 더 묻지 않았다.

이윽고 천 병장이 핸들을 꺾자, 헤드라이트 불빛에 그 집 대문이 보였다. 큰길에서 앞마당까지 삼십여 미터 거리였다. 차는 대문 앞까지 가서 멈췄다. 라이트 끄고 엔진도 끄자 어둠과 적막이 주위를 확 덮었다. 기다렸다는 듯 대문이 열리고 한 여자가 나왔다.

"안녕하십니까. 이 대위님을 찾아 왔습니다."

이 병장은 그 여자를 볼 수 없었다. 갑자기 몰려온 어둠에 미처 동공이 익숙해지질 못했다.

여자는 의아스런 몸짓으로 잠시 머뭇거리더니 '잠깐 기다리세요.' 하는데 목소리가 낯익었다. 아, 그 여자… 하는데 그녀는 안으로 사라졌다. 그제야 이 병장은 보이기 시작했다. 다시 대문이 열리고 이번엔 다른 여자가 반색을 하며 나왔다.

"어서들 오세요. 일찍 오실 줄 알았는데 늦었군요."

이 대위 부인이었다. 부인은 통제부 사병들의 방문을 반기며 문간방으로 이끌었다. 그런 부인에게 이 병장은 맨 뒤에 가며 신문지에 싼 옷을 내밀었다.

"이거 보좌관님 군복입니다."

"어머, 왜 이렇게 젖었죠?"

"더럽다고 우리 정 상병이 빨았습니다."

"아유 고마워라, 그냥 갖고 오시잖고… 어서들 들어가세요."

네. 예, 예. 부인과 시선이 맞닿는 대로 네 네 하며 그들은 군화를 벗고 방으로 들어갔다. 문간방이지만 꽤 큰방이었다. 위쪽 아래쪽에 두 개의 쌍바라지 문이 따로 있는 것으로 보아 본래는 두 개였던 방을 하나로 개조한 것 같았다. 안에는 이미 술상이 있고, 이 대위는 기다리다 한 잔 들이킨 듯 불그레한 얼굴을 하고 있었다.

"어서 와라. 왜 이제들 오는 거냐?"

제대로 된 가구가 없으니 여관방에 들어온 것보다 조금 날까 말까한 기분이었다. 다만 밥상만이 하나, 가정이라는 분위기를 지켜주었다. 주밋주밋 벽에 붙어 어색하게 서 있는 사병들을 휘둘러 본 이 대위는 못마땅한 듯 눈살을 찌푸렸다.

"그렇게 서 있지 말고 앉아, 모두!"

"예, 예."

"상 앞에 다가들 앉으라고."

"예, 예."

이 대위가 재차 재촉하자 그들은 상 앞에 앉았다. 이 대위는 천 병장을 보았다.

"잘 왔다. 천방지축!"

이 대위는 말했다. 이 대위는 싱글거리며 말했지만 천 병장은 혈압에 동력이 전달되는 소리였다. 그는 눈살에 힘을 주며 긴장했다.

"어떻게 했어? 임무를 잘 수행했나?"

"……"

그는 유머 차원에서 하는 소리 같았다. 천 병장에겐 그것이 유머일 리 없었다. 천 병장은 무슨 말인가 하려고 했다. 그러나 입술이 떨려 말이 나오질 않았다. 냉정을 유지하기 힘들어하는 그였다. 이 병장은 얼른 그의 옆구리를 찔렀다. 짧은 순간 눈이 마주쳤을 때 그는 성난 표정을 지어 보였다. 너 왜 그러니? 사고 칠래? 하는 것처럼.

"어떻게 했냐니까. 방 가 교육 좀 시켰어?"

이 대위는 여전히, 눈치 없이 느물거렸다. 천 병장의 호흡이 가늘게 떨렸다. 이성적이지 못한 이 대위의 유머는 이 병장까지 불안하게 했다. 이 병장은 안 되겠다 싶어 얼른 끼어들었다.

"보좌관님. 천 병장 덕분에 우리 모두 내려왔지 않습니까."

"그게 무슨 소리냐?"

"생각해 보십쇼. 지금 누가 전화 당번하며 천막 지키고 있겠습니까?"

"뭐야?"

잠시 생각하던 이 대위는 푸우 – 핫핫하. 그렇군 그래, 정말 그렇구 나, 하고 파안대소했고 덕분에 냉각됐던 분위기는 부드러워졌다. 한참 웃고 난 이 대위는 진정하고 천 병장에게 말했다.

"천 병장. 내가 잘못한다는 것 안다. 미안하지. 그러나 이러는 날 미워하지만은 마라. 네게 그러는 건 사실 나의 소리가 아냐. 알겠니? 군대라는 특수한 사회에서만 통용될 수 있는 대화법이야. 좌절과 권태 에서 생겨나는 자학적인 언어들… 너를 향한 게 아니라 나를 향한 소리들이야. 넌 그걸 이해해야 돼… 자, 한 잔 받아라."

이 대위는 고참 순서대로 사병들 잔을 채워줬다. 그리고 천 병장과 잔을 부딪었다. 천 병장은 마지못해 응했지만 마시는 것은 사양했다.

"전 운전을 해야 합니다."

"한 잔만 해. 오늘 일과는 끝났잖니."

"전 아직입니다. 삼십 분 허락 받고 왔습니다."

"다시 가야 한다고?"

천 병장이 거듭 사양하는 것을 이 병장은 말렸다.

"한 잔 해라. 보좌관님이 내미는 화해의 잔이잖니."

그러자 이 대위가 코웃음을 떠뜨렸다.

"화해의 잔? 푸우 - 핫핫하. 이 자식들 웃기네."

그러나 이 대위는, 이미 그들과의 자리를 즐기고 있었다.

"좋다, 그래. 이 병장 말대로 화해의 잔이다. 군중 속에서 고독을 씹는 군바리들의 처참한 사랑과 우정을 나누는 잔."

천 병장은 더 거절하지 못하고 잔을 비웠다. 구역질이 올라왔지만 참기로 했다. 이 대위 얼굴은 이미 취기로 가득했다.

"자. 이번엔 모두 건배다. 이 병장이 뭐라고 한마디 해라."

"자. 보좌관님 가정의 건강과 사랑을 위하여."

위하여 - 잔과 잔이 마주치고 이어 술잔이 돌았다. 부인이 팥죽을 들여왔다.

"많이 드세요. 많이 있으니까요."

부인은 상냥했다. 이사를 안 오겠다고 버텼다는 모습은 찾아볼 수 없었다. 상냥함 때문인지 팥죽도 맛이 있었다. 모두 열심히 먹는데 천 병장은 특히 빨랐다. 눈 깜짝할 사이 그릇을 비운 천 병장은 이 병장을 툭툭 치며 일어나고 싶어 했다.

"보좌관님"

이 병장은 말했다.

"천 병장은 먼저 가야합니다. 아까 삼십 분이라고 했죠. 혼자 계시기 때문입니다."

시간이 흐를수록 술기운이 오르는 이 대위였다. 게슴츠레한 눈으로 천 병장을 보던 그는 고개를 끄떡였다.

"그래, 그럼 천 병장은 먼저 가라. 가서 똑바로 해야 한다, 천방지축!"

또 천방지축 소리가 나오자 천 병장의 눈빛은 차가워졌다. 이 병장은 얼른 그를 방에서 나가게 했다.

천천히 먹어도 이십 분이면 다 먹는 팥죽이었다. 두 그릇씩 비우고 숭늉까지 마시고 나니 정 병장 정상병도 일어서려 했다.

이 병장은 말렸다.

"조금 더 있다 가자. 더 먹고."

"아유. 많이 먹었어요."

"이 병장 말대로 더 먹어. 술도 마시고. 외출 나왔다 여기고 편히 앉아서."

이 대위는 손을 흔들어 일어나려는 사병들을 말렸다.

"그런데, 네가 누구냐? 정종두지? 일식집 요리사였다고 안 했냐?"

"예."

"인마. 요리사가 뭐냐? 칼잡이 맞지?"

"예 그렇게도 부릅니다."

정종두는 웃었지만, 그도 천 병장처럼 다음에 이어질 말을 불안해했다.

"요리사면 인마. 여자 요리도 잘 하니?"

"에이. 그건 다르죠."

"다르긴 뭐가 달라, 인마. 이 녀석 여자 요리는 못 하는 모양이군.

그럼 인마 너 요리사라는 건 거짓말이야."

"아이구, 보좌관님…" "

이 병장이 또 끼어들었다. 그는 가려는 사병 붙잡은 것을 후회했다.

"정 상병 애인 기가 막힙니다. 편지 온 걸 한 번 봤는데 문장력도 기막히고 글씨도 얼마나 예쁘게 잘 썼는지 모릅니다."

"정말이냐? 이름이 뭔데. 뭐하는 여자야?"

이 대위는 점점 더 취기에 휩싸였다. 이 병장은 말상대 하는 것을 단념하고 일어섰다.

"보좌관님. 언제 그렇게 드셨습니까? 너무 취하신 것 같습니다. 저희는 이만 돌아가겠습니다."

정 병장, 정 상병도 따라 일어섰다.

"안 돼."

이 대위는 애써 정신을 다듬고 고쳐 앉으며 손을 흔들었다.

"아닙니다. 가겠습니다."

"뭐야?… 좋아, 그럼 너희 둘만 가라. 이 병장은 남고."

"저만 남아서 뭘 합니까. 저도 갑니다."

"넌 좀 있어. 긴히 할 얘기가 있으니까."

이 병장 정 병장 정 상병은 서로를 보았다. 그럼 이 병장님만 계세요. 저희는 갈게요. 긴히 하실 말씀이 있으시다잖아요. 그럼 그럴까? 할 수 없지. 그럼 먼저 들 올라가라. 나도 곧 갈게, 하고 그들은 눈으로 이야기했다. 둘은 방을 나갔다.

"앉아라. 이상운."

방안에 둘만 남자 이 대위는 상운의 빈 잔에 술을 부었다.

"보좌관님은 그만 드십쇼. 취하셨습니다."

상운은 술병을 한쪽으로 치우려 했다. 그러자 이 대위는 무섭게 눈을 부라렸다. 상운은 체념하고 그의 잔에 술을 부었다.
"넌 전역이 얼마 남았니?"
이 대위가 물었다. 상운은 웃었다. 그건 할 말이 마땅치 않을 때. 마치 날씨 이야기 꺼내듯 하는 허튼 질문이었다.
"석 달 남짓 남았습니다."
"네가 부럽구나.… 그래, 한 삼 년 해 보니 군대생활 소감이 어떠냐?"
이 대위는 물으면서 하품을 했다. 이 병장은 정색을 했다.
"긴히 하시려고 했던 말씀을 먼저 하시죠. 무슨 말씀이신지…"
"할 말?…"
이 대위는 취한 상태에서 빙긋 웃었다.
"차—식. 어쩌다 잠시 만난 너와 내게 무슨 중요한 이야기가 있겠니. 그냥 누군가 있었으면 해서 있으라고 한 거지. 기왕이면 마음에 드는 놈이 좋으니까 널 택한 거고."
그는 또 하품을 했다. 의욕이 없어 보였다. 짙은 회의에 잠겨 자학하고 있는 것이 분명했다.
이 병장은 이 대위의 말에 비감이 들어 당장 일어나고 싶었지만 상대가 상대인지라 억지로 참고 화제를 돌려 보았다.
"보좌관님은 어쩌다 군인이 되셨습니까? 선택하신 것 아닙니까?"
화제를 돌린 것은 성공이었다. 이 대위의 눈에서 일시 취기가 사라지는 것 같았다. 아픈 곳을 건드린 덕분일까?
"글쎄… 왜였을까? 오기였을 게다. 어떤 오기. 그래. 생각났다. 내가 사랑했던 여자가 끔찍이 군인을 좋아했지. 특히 장교를."
"하하하하. 그래서 여자 때문에 군인이 되셨습니까? 사모님 때문에?"

"그랬지. 그랬던 여자가 정작 내가 장교가 되어 군 복무를 하니까 자기가 꿈꿨던 것은 이게 아니었다고 하며 툭, 하면 떠나려고 하니… 내 인생은 뭐냐? 웃기지 않니?"

"일시적이겠죠. 아직 군인의 아내로서의 재미를 맛보지 못하니까 그런 거 안겠습니까?"

"역시 넌 재미있는 놈이야. 그런 말을 할 줄 아니까. 그런데 어떻게 하냐. 나는 점점 자신감을 잃어가니…"

"그러시면 안 되죠. 자신감을 더 단단히 하셔야죠."

"아니야… 이상은 이상으로 있을 때가 가장 이상적이라는 것을 미처 깨닫지 못했다가 뒤늦게 깨닫는 꼴이야."

"남녀의 러브 스토리는 누구에게나 아픔을 주는 것 같아요."

"남녀만 그런 것도 아니지. 남자들끼리도, 여자들끼리도, 인간관계는 모두 다 그래. 다 자기만의 이상이 개입하기 때문일 거야. 이상과 실제의 차이에서 생겨나는 고통이요 아픔인 거지…"

제법 정신이 든 것 같은 시간은 잠시였다. 이 대위는 이것도 이상 탓, 저것도 이상 탓… 하며 중얼거리다 다시 혼미한 상태로 변해갔다. 그는 혼잣말처럼 자기 결론을 중얼거렸다.

"현명하게 살려면 이상을 높이 세우는 거야. 이룰 수 없게 높이 세우고 일생을 통해 간격을 좁혀 가기만 하는 거지. 이루면 안 돼… 넌 그렇게 해라. 그것이 더 현명한 방법일 거야. …너의 이상은 뭐냐?"

"어렵군요. 전 아직 제 이상을 정리하지 못했습니다."

"네 이놈. 그런 소리 마라. 넌 이상을 갖고 있어."

"그럴 리가 있습니까?"

"그럴 리가 있지. 지금 넌 논리가 발전하는 걸 원하지 않으니까

회피하는 거야. 왜냐고? 그건 너와 나의 계급 때문이지. 계급의 차이가 이 자리를 피곤하게 하거든."

"전 절대 그렇게 생각하지 않습니다."

"아냐, 넌 우리나라 최고의 대학을 다닌 놈 아니냐? 난 고등학교 출신이니 대화가 안 된다고 여길 수도 있지.… 그거야. 넌 지금 어떻게든 이 자리를 빨리 피하려고만 해."

"정 그렇다고 믿으시면 마음대로 생각하십시오."

이 병장은 술을 마시며 자신에게 반문해 보았다.

이 대위 지적이 맞는 것 아닐까. 전부는 아니더라도 그런 마음이 일부 있기는 있는 것 같았다. 계급의 차이… 결코 아니라고 할 수 없었다. 무엇보다 그가 진지한 대화의 상대로 여겨지진 않았다.

"이상운. 내가 깨달은 건 군인은 아이큐가 높으면 안 된다는 거야. 단순하고 맹목적인 복종을 잘해야 하니까. 악화가 양화를 구축한다는 말 알지? 영악한 자, 비논리적인 자, 비이성적인 자들로 가득한 군대가 가장 이상적인 군대일 수 있는 거야. 히틀러 군단이나 덴노헤이까 반자이 하며 목숨 내던지는 미치광이 집단이 모두 그랬어.…"

이 대위는 이야기를 하고 싶어 했다. 그러나 그럴수록 이 병장은, 이 대위 지적대로 그 자리를 빨리 벗어나고 싶어졌다. 이 병장은 그런 대화에 진지할 수 없었다. 이 병장은 시계를 보고 나서 말했다.

"열 시가 넘었습니다. 전 가겠습니다."

이 병장이 결단을 내리고 일어서자 이 대위는 실망하는 표정을 보였다.

"그래. 정히 그렇다면 가라."

크게 하품을 토해 낸 이 대위는 이 병장이 방을 나가기도 전에 상에서 조금 물러나 방바닥에 누웠다.

"이상운, 인마. 너 이 집이 어떤 집인지 아니?"

그는 눈을 감고 중얼거렸다.

"아뇨. 모릅니다."

"알고 보니 현역 장군의 사가(私家)란다. 독수리사단 사단장의 고향 집이래…"

눈을 감은 이 대위는 잠이 오는 것 같았다.

"정말입니까?"

"그래, 그렇다니까… 군인이 되니까 온통 부닥치는 사람들이 군인들, 군인 가족뿐이야… 하나 같이 나보다 조건이 좋은 사람들… 난 갈수록 자신이 없구나…"

두터워진 눈까풀이 그의 눈을 이중으로 덮었다.

신기하게도 그는 이내 코를 골았다. 역시 이 병장은 그의 진지한 상대가 아니었다는 반증이다. 아니면 체념이 마음을 편하게 하는 걸까?…

잠시 그 자리에 서서 이 대위의 코고는 모습을 보던 이 병장은 천천히 문을 열고 밖으로 나왔다. 어두운 마당에 세 여자가 긴 의자에 나란히 앉아 있었다. 그중 한 여자가 일어나 이 병장에게 다가왔.

"왜요. 벌써 가시게요?"

이 대위 부인이었다.

"벌써라뇨. 팥죽 맛있게 먹었고 열 시가 넘은 걸요… 혼자 술 마시기도 뭣하고…."

이 병장은 유머로 인사하며 웃었다. 이 대위 부인은 의아해 했다.

"어머, 왜 혼자세요? 이 병장님은 말동무가 된다고 늘 말씀하셨는데… 그래서 두 분만 남았다고 생각했는데…"

"그랬습니까?"

부인의 말에 상운은 이 대위에게 미안함을 느꼈다. 그것이 진정이었단 말인가? 말 벗 없는 공사통제부 생활에서 외로움을 느꼈었던가?
"그럼 우리 그이는 뭘 하세요?"
"주무세요. 눕더니 금세 잠드시던 데요."
상운은 정중하게 말하며 모자를 반듯이 썼다.
"어머나, 손님을 청해 놓고… 이 양반이 글쎄 이렇다니까요. 아유, 미안합니다."
이 대위 부인은 혀를 끌끌 차며 안으로 들어갔다.

어둠에 익숙해진 이 병장의 눈에 남은 두 여자의 모습이 보였다. 할머니와 그녀였다. 그녀는 임신복처럼 품이 넉넉한 원피스를 입고 있어 부인처럼 보였다. 이 병장은 다가가 인사했다.
"안녕하세요, 저 기억하시겠습니까?"
"그럼요. 안녕하셨어요?"
그녀는 기다렸다는 듯 명랑하게 답했다.
"아는 사람이니?"
구부정한 자세로 걸터앉은 할머니는 고개를 쳐들며 의심했다. 그녀는 생글생글 웃었다.
"일전에 보셨잖아요. 딸기밭 가던 날… 같이 갔었어요."
그녀는 고개를 돌려 상운에게 말했다.
"정식으로 인사하세요. 우리 엄마예요."
"어머니요? 할머니가 아니고?…"
이 병장은 눈을 크게 떴다. 그녀는 재미있어 했다.
"네, 엄마세요."
"안녕하세요. 일전엔 그만 인사를 못 드렸습니다."

상운은 모자를 벗고 정중히 인사했다. 그러나 의아한 것은 여전했다. 이렇게 늙으신 분이 새파란 처녀의 엄마라니…

"이 사람이 그렇게 노래를 잘 한다는 그 사람이냐?"

"네. 엄마. 성악가 같았어요."

그녀는 여전히 명랑했다.

"그럼 어디 노래 한번 시켜 보렴."

할머니는 눈을 빛내며 짓궂은 주문을 했다. 당황한 이 병장은 손을 저었다.

"할머니. 뭔가 잘못 전달되었군요. 따님이 절 놀리는 겁니다."

"우리 딸은 거짓말 안 하는데."

"정말입니다. 전 노래 잘 못 합니다."

"그럼 네가 거짓말했니?"

"아이 엄마. 내가 왜 거짓말을 해요. 기타도 잘 친다던데."

"아니라는데?"

"제 말을 믿으세요, 할머니. 따님이 뭔가 잘못 알고 있어요."

"……?"

잠시 두 사람을 번갈아 보던 할머니는 중얼거리며 일어섰다.

"에이그, 누구 말이 정말인지 모르겠구나. 더 놀림 당하기 전에 난 들어가서 잘란다."

천천히 걸음을 옮기던 할머니는 대문 앞에서 뒤를 봤다.

"넌 안 들어가?"

"엄마 먼저 들어가 주무세요. 곧 들어갈 게요."

그녀는 생글거리며 말했다.

여자들만 있어서 그런가? 군인 가족이라는 게 실감이 되지 않았다. 너무 평범하여 별의 권위와 위엄이 서린 구석을 느낄 수 없었다. 할머니가 들어가자 이 병장과 수련은 조용한 어둠 속에 남았다. 이상한 침묵이 둘을 에워싸더니 차츰 조여 왔다.
"이름을 알고 싶습니다."
상운이 말했다. 수련은 시선을 땅으로 떨어뜨렸다. 그렇게 명랑하게 생글거렸던 게 언제냐 싶게 분위기는 바뀌었다.
삐이 걱 – 방을 정리하고 나오는 듯 이대위 부인이 치맛자락에 손을 씻으며 대문 밖으로 나오려다 그들을 보고 주춤했다.
"어머, 서로 아는 사이군요?"
"……"
아무도 대답이 없자 이 대위 부인은 미안해하며 돌아섰다. 다시 대문 안으로 들어가려는 걸 이 병장이 쫓아가 돌려 세웠다.
"아닙니다, 사모님. 그냥 나오십시오."
"아녜요. 내가 방해를 한 것 같아요."
"아니라니까요. 제발…"
이 병장은 애원하다시피 부인을 나오게 한 뒤 자세를 바로 했다.
"저는 이만 돌아가겠습니다. 즐거웠습니다. 안녕히 계십시오."
그는 부인께 깍듯이 손을 번쩍 올려 경례했다. 그리고 나서 그녀에게도 경례했다. 그리고 이 병장은 돌아서서 미련 없이 걷기 시작했다. 통제부를 향해서 한 발 한발 내딛는 그의 모자 위에 빗방울이 하나 둘 떨어지기 시작했다. 빗방울은 차츰 굵어졌다.

자정을 넘어 밤이 이슥하도록 천 병장과 이 병장은 잠을 이루지 못했다. 둘은 나란히 침대에 엎드려 주룩주룩 줄기져 내리는 빗소리를 들으면서 신세타령도 하고 하소연도 하고 쓸데없이 이 사람 저 사람

욕도 해 대고 지난 얘기도 지껄였다.
"그래서, 복순이 만났니?"
"응."
"그때까지 기다리고 있었어?"
"아니. 기다리다 지쳐서 걸어오는 걸 가다가 만났어."
"중간에서 만났구나?"
"응. 그러니까 더 반갑던데…"
"만나서는 뭘 했어?… 재미있었어?"
"응."
"비영신. 싱겁기는… 무슨 고민 있니?"
"아니."
"그럼 졸려?"
"아니."
"비영신…"

이 병장은 피우던 담배를 바닥에 비벼 끄고 몸을 뒤척여 바로 누웠다. 목침대의 삐거덕거리는 소리가 공간에 퍼졌다.
"이 병장…"

천 병장이 불렀다. 턱을 두 손으로 받치고 엎드려 물끄러미 한 곳만을 응시하는 그는 궁리가 많았다.
"이 병장."
"듣고 있으니까, 뱉어."
"나 말야… 이 병장 말 들을 걸 그랬나 봐."
"나의 무슨 말을? 왜?"
"지꾸 미움이 급속히게 그 애한테 쏠리니까 군대생활 다 해놓고 사고라도 칠 것 같아."

"바보 같은 소리. 넌 그러지 않을 거야."

"아냐. 불안해… 차라리 나… 그냥 결혼해 버릴까?"

"뭐야? 몇 번이나 만났다고?…"

이 병장은 누운 채 고개만 들어 천 병장을 보았다. 천 병장은 말을 해놓고 저도 우스운지 픽 웃었다.

뿌드득 뿌드득.

갑자기 이빨 가는 소리가 들렸다. 이 병장은 소리 나는 쪽을 보며 누군가 살폈다.

"누구냐, 찬화지?"

"응"

"그 새끼 따귀를 한 대 갈겨 줘. 커다란 새끼가 엄마 없이 자란 놈 모양 이빨을 갈긴."

천 병장은 엎드린 채 손을 뻗어 옆 침대의 찬화 입을 우악스럽게 틀어막았다. 으 으 하더니 이빨 가는 소리가 멎었다. 다시 조용해진 가운데 빗줄기 소리만 들렸다. 잠시 후 이 병장이 물었다.

"무슨 일 있었구나?"

"아니."

"그럼 왜 갑자기 뚱딴지같은 소리는 해."

"흐응, 그냥 마음이 그래서… 오랜만에, 아니 난생 처음 여자를 품에 안아 보니까."

"안아 봤어?"

"응"

"되게 빠르구나. 몇 번 만났지?"

"세 번짼가…"

"……"

이 병장은 멀거니 천정을 보았다. 아직 이름도 모르는 그녀 얼굴이 떠올랐다.

"키스도 했니?"

"껴안고 뭘 해… 그것 밖에."

"하긴…"

빗줄기가 세지는 지 빗소리가 커졌다. 이 병장은 부스럭 거려 담배를 또 피워 물고 두 손을 다시 깍지 꼈다. 이 병장은 마음을 차분하게 한 뒤 말했다.

"일섭아, 너 사랑이란 게 뭔지 아니?"

"글쎄."

"사랑이란… 담배와 같은 거야."

"……?"

"하루에 한 갑. 혹은 두 갑. 사람마다 피우는 양이 다르듯이 사랑이란 것도 습관에 따라야 해."

"……"

"제아무리 골초라도 한 번에 여러 개 피워대면 정신이 혼미해지고 건강 나빠지고, 피우던 사람이 못 피우고 있으면 그 꼴도 처량하고."

"……"

"그러니까 지금 너는, 담배를 배운답시고 한 모금 빨고 나니 머리가 핑 도는 거야."

"맞아, 정말 그런 거 같아."

"그럴 땐 어떻게 했지?"

"후후후, 냉수를 마셨지."

"그래, 냉수 마시면서 생각해 봐. 건강도 생각해야 하고, 가정 경제 미래, 모든 걸 생각해야 하지 않니?"

"……!"

"사랑을 하는데 제일 중요한 것은 처음에 어떻게 습관을 들이느냐야."

"고마워, 이 병장…"

천 병장은 진심으로 감사했다. 그의 말이 혼란한 마음을 정리해 주었기 때문이다. 그는 편안해지는 것을 느꼈다.

"한 마디만 더 할까?"

이 병장이 말했다.

"응, 얼마든지…"

"가급적이면 부모님 허락을 얻고 피워."

"…명심할 게."

빗소리가 조금 작아졌다. 장마라는 소리는 없었다. 그러나 우습게 내리던 비는 장마 비처럼 끈질기게 내렸다.

"이 병장…"

"뱉어."

"보좌관님 세든 집 말야. 그 수련이라는 여자네 집…"

"수련이? 그 여자 이름이 수련이라디?"

"응. 한수련…. 그런데 말야. 복순이가 그러는데 오빠가 현역 사단장이래."

"그렇다더라. 나도 들었어. 독수리사단 사단장이래. 도깨비 같은 집안…"

"도깨비라니. 왜?"

"생각해 봐라. 늙은 어머니에 새파란 딸. 오빠는 장군. 도깨비 집안 같지 않니?"

"그런가… 어쨌든 그 집이 옛날에는 이 마을 가장 큰 지주였대."

"……"

"안 들어?… 관심 없어?"

"그래, 관심 없다."

이 병장은 몸을 뒤척여 편안하게 고쳐 누었다.

"왜 이렇게 잠이 안 오지?"

"휴우 - 마음을 편하게 가져보렴."

"이 병장 칠십칠 일 남았어…"

"생큐…"

차츰 커지는 빗소리가 천막 안을 가득 채웠다. 캄캄한 허공. 이 병장의 멀뚱멀뚱한 눈은 그 허공을 응시했다. 생각하지 않으려고 하는데도 어둠 속에 하얀 이를 보기 좋게 드러내며 생글거리는 그녀의 모습이 어른거렸다.

이 병장은 그녀의 얼굴을 기억해 내려고 애썼다. 하지만 떠오르지 않았다. 두 번 만났지만 모두 밤이었기에 얼굴을 자세히 볼 수 없었다. 그저 어둠 속에서 유난히 빛나던 하얀 이, 부드럽고 유연하게 느껴지는 몸짓만 생각날 뿐이었다.

수련?

그는 은밀히 그녀의 이름을 머리에 담고자 뇌어보았다.

군인의 여인들

아침 설거지를 하던 수련은 때 아닌 자동차 경적 소리가 들리자 뛰어가 대문을 열었다.

앞마당에 택시가 한 대 와 있었다. 주룩주룩 내리는 빗줄기를 피해 우산부터 펴들고 차에서 내리는 이는 언니 수진이었다.

"어머. 언니!"

수련은 반색을 하며 뛰어가 우산을 빼앗듯이 옮겨 받아 언니를 받쳐 주었다. 수련의 등덜미는 금세 축축해졌다. 아기를 업은 채 차에서 내린 수진은 다시 엎드려 뒷좌석 깊숙이 박혀있는 기저귀 가방을 꺼내며 운전기사에게 인사했다.

"수고하셨어요, 아저씨."

수련은 우산을 아기 머리 위에 폭 씌우며 대문 안으로 들어섰다.

"웬일이야 언니, 온다는 연락도 없이."

처마 밑에 이르러 우산을 접으며 수련은 싱글싱글 웃었다.

"그냥 다니러 왔어."

수진도 웃었다. 오랜만에 집에 오니 아늑하고 좋았다. 그녀는 행랑방 툇마루에 앉아 뜨개질하는 이 대위 부인을 흘끔 보고 안으로 들어갔다.

"누가 왔니?"

비가 오니 으슬으슬하다며 안방에 누워 있던 할머니는 인기척에 몸을 일으켜 미닫이를 빠끔히 열었다.

"아이구, 이게 누구냐. 수진이가 왔구나!"

할머니는 불같이 일어나 대청마루로 나왔다.

"엄마…"

감회가 솟는 수진은 엄마 손부터 잡았다.

"방으로 들어가 언니. 오늘 불 때서 뜨듯해."

수련은 언니 등에 업힌 아기를 보고 활짝 웃었다.

"그래, 들어가자. 어서"

"어서 들어와라."

"들어가 있어 언니. 나 하던 설거지 끝내고 들어갈 게."

수련은 아기의 볼에 입을 맞추고 부엌으로 갔다. 방은 훈훈했다. 수진은 들어서자마자 포대기를 끌러 아기를 앞으로 안으며 앉았다.

"에이그, 모처럼 집에 오는데 하필이면 비가…"

"그러게 오는 날이 장날이라잖니."

아기는 방이 낯선 듯 엄마 품에 앉아 두리번거렸다.

"어떻게 왔니?"

할머니는 미소 띤 얼굴로 아기를 보며 물었다. 목소리엔 측은함이 배어 있었다.

"그냥 왔어요. 엄마두 보고 싶고…"

"시댁 어른들은 다 안녕하시고?"

"예…"

아기가 엄마의 가슴을 파고들자 수진은 앞가슴을 헤쳐 젖을 물렸다.

"잘 왔다. 며칠 있다가 가도 되니?"

"…네."

"그래, 잘 됐구나."

말은 그렇게 했지만 할머니 입에선 한숨이 새어 나왔다.

"그래 어떻게 지내니, 적적해서…"

"적적하기는요, 애 땜에 절절 매는 걸요."

"애가 이제 칠 개월 됐니?"

"아직 요. 육 개월에서 이틀 모자라요."

수진은 밝은 표정을 지어 보였다. 그러나 할머니 눈에는 밝게 보이지 않았다. 에이그, 할머니는 또 한숨을 쉬었다.

"언니 차 한 잔 타 줄까?"

수련이 밖에서 말했다.

"아냐, 생각 없다. 부엌일 마쳤으면 그냥 들어와."

"그럼 우유라도 줄까?"

"그냥 들어오라니까."

싱글싱글, 수련은 방으로 들어와 언니 옆에 앉아 아기를 봤다. 쩍쩍거리며 젖을 빠는 모습이 신기하기도 하고 마냥 귀엽기도 했다. 그녀는 가만히 아기 손을 잡았다.

"애는 크니까 예뻐지네."

"정말이야. 모두들 그러더라. 에유, 정말 갓 낳았을 땐 그렇게 못 생겼더니."

"별소릴 다 한다. 걔가 왜 못생겼니. 갓난애 모습이 다 그렇지 얘만 별났었니?"

"에유, 그래도 엄마. 솔직히 얘는 좀 유별났었죠, 뭘."

어른들의 얘기 소리 때문인지, 아기는 젖을 먹다 말고 고개를 돌려 눈망울을 굴렸다. 할머니와 수련을 번갈아 보더니 다시 젖꼭지를 빨았다.

"애가 순해졌구나."

"호호, 이제 조금 순해졌어요. 백일까진 그렇게 삼하더니."

"그래, 갓 나서 삼한 애는 백일잔치 해주면 순해지는 법이란다."

"그건 왜 그래 엄마?"

수련이 물었다.

"아, 저 세상에 나왔는데 잔치 안 해준다고 그러는 게야. 그래 백일잔치 해주고 나면 순해지는 거란다. 그런 애들이 커서 욕심쟁이가 되고"

"왜?"

"아 갓 나서부터 저 알아주지 않는다고 삼한 녀석이 커봐라. 좀 욕심이 많겠니?"

"그럼 오빠도 그랬어?"

수련은 신기한 듯 자꾸 물었다.

"그럼, 세상에 네 오빠 같은 애는 또 없을 게다. 삼둥이 삼둥이. 그런 삼둥이가 또 있을까."

할머니는 옛날을 생각하며 혀를 내둘렀다.

"얘는 그럼 외삼촌을 닮았나 봐."

아기가 젖을 다 먹자, 수진은 앞가슴을 여미며 말했.

"친구나 이웃 엄마들 얘기 들어보면 지금 한참 먹고 자고, 먹고 지고만 할 때라는데 얘는 어찌된 앤지 통 잠도 없어요."

"밤에도 안 자?"

"예, 역시 열한 시나 되어서 일껏 재우면 한 시도 안 돼 깨서 못 살게 구는 걸요."

"그래?"

할머니는 빙긋 웃었다.

"밤잠 없는 건 외삼촌이 아니라 널 닮은 거다. 네가 그렇게 밤잠이 없었단다."

"어머, 제가요?"

"그래…"

할머니는 반갑다. 허구 헌 날 두 모녀만 붙어 앉아 아옹다옹 지내다가 수진이가 오고 아기까지 있으니 방안 분위기가 그렇게 온화할 수가 없었다. 오랜만에 사람 사는 집 같아진 것이다.

수련은 아기를 받아 안고 돼지입도 해 보이고 잔뜩 찡그려도 보며 놀았다. 까르륵 까르륵 웃는 모습이 여간 귀엽지 않았다.

"언니, 얘 이유식 하우?"

둥개둥개 아기를 흔들어주며 수련이 묻자 수진은 웃기부터 했다.

"얘 좀 봐. 이유식도 다 알고. 이제 시집가도 되겠네."

"에이그 언니도 애 엄마 되더니 꼭 할머니 같은 소리만 해."

수련은 입을 삐죽거렸다.

"그렇지 욱아."

"엇꾸 욱아. 할머니한테 와 보련?"

할머니가 손을 내밀자 수련은 아기를 방바닥에 내려놨다. 아기는 엎드려 버둥거릴 뿐 기지는 못했다.

"아직 기지 못하는구나?"

할머니는 아기를 끌어다 안았다.

군인의 여인들 79

"네. 기어 다닐 때가 된 것 같은데…"
"그것 봐라. 널 닮았지."
할머니는 아기 볼을 비볐다.
"네가 기지는 못하고 바로 앉았어. 그리고 걸었구. 애두 아마 그럴 게다."
욱이는 용케 울지 않고 방긋거렸다.
"에이그 불쌍한 자식, 애비가 살아있으면 오죽 좋을꾸…"
할머니는 눈시울을 붉혔다. 순간, 그 한마디에 수진 수련 모두의 낯빛이 어두워지니 방안 분위기는 금세 쓸쓸해졌다.
"엄마. 그런 말씀 하지마세요."
수진이 말했다. 그녀의 눈에도 금세 이슬이 맺혔다.
"에이그, 그래도 어디 그러냐. 자꾸 생각이 나지…"
"그래도 엄마, 할 수 없잖아요."
"할 수 없으니까 생각나는 거야."
할머니의 눈에서 눈물이 한 방울 흐르자 수련이 아기를 안았다. 할머니는 옷고름을 만지며 돌아앉았다. 수련은 아기를 끌어안았다. 시집간 지 3년 만에 과부가 되어버린 언니의 빈 마음을 끌어안듯 꼬옥 끌어안았다.

지난밤에 시작해 오전 내내 줄기차게 내리던 비는, 오후로 접어들면서 보슬비로 변하더니 그쳐 버렸다. 후덥지근하던 날씨가 한결 시원했다. 비 그친 하늘은 금세 맑아졌고, 하룻밤과 한나절 쏟아진 빗물은 땅속 깊이 스며들어 한여름 열기를 식혀 주었다. 바람이 한 줄기 부니 마치 가을이 성큼 다가온 것 같기도 했다.

"수련아, 너 혹시 좋아하는 사람 있니?"

집 뒷산. 아버지 산소를 다녀오는 길에 수진이 물었다. 촉촉하게 물기를 머금은 잔디 사이로 잔대풀이 솟아 있었고, 송이풀, 중대가리풀, 익모초, 씀바귀도 보였다.

"아니."

수련은 허리를 구부려 잔디 사이에 홀쭉이 자란 냉초를 뽑아들고, 보라 빛 꽃을 코에 갖다 대며 수진을 보았다.

"뜬금없이 좋아하는 사람은 왜?"

수련은 궁금했다.

"오빠가 너 시집보내려는 모양이더라."

"후후훗. 벌써?"

수련은 냉초 꽃으로 얼굴을 이리저리 쓸며 웃었다.

"언제 오빠 만났어?"

"만나기야 가끔 만나지. 서울 오시면 꼭 들리시니까."

"동기 동창 사돈은 어렵지 않은가?"

"보통 사돈하고는 다르겠지…"

수련은 하늘을 보았다. 깨끗한 하늘에 두둥실 떠 있는 조각구름이 목화솜 같았다. 깜빡 잊고 있었다는 듯 수진이 몸을 돌렸다.

"그만 내려가자. 애기 깨겠다."

"방금 재우고 나왔는데?"

"에유. 매일 토끼잠 잔단다. 두세 시간 폭 자면 얼마나 좋겠니."

"그래도 언니. 오랜만에 여기 올라왔는데… 좀 더 있다 가자."

수련은 언니를 붙잡았다.

아버지 산소가 있는 집 뒤의 선산. 그곳은 그녀들 추억의 동산이었다. 능선 상부의 폭이 꽤 넓은 잔디는 2차선 도로처럼 정상을 향해 이어져 있었다. 잔디 양편은 키가 두 길은 되는 잡목 숲이었다. 제멋대로 자란 참나무 단풍나무 소나무 굴피나무 떡갈나무 팽나무 푸조나무 옻나무 닭나무 들이 무성하여 외부에서는 여기 선산이 있음을 알 수 없었다. 하지만 이곳에서는 사방을 한눈에 볼 수 있었다.

산책하기 적당한 완만한 경사의 잔디는 위로 향하면서 그믐달 형으로 굽어져 있어 아래에서는 위 끝이 보이지 않고 위에서는 아래 끝을 볼 수 없었다. 중간쯤 올라가야 양쪽 끝을 함께 볼 수 있었다. 그곳은 실제보다 더 넓은 잔디가 있는 느낌을 주었다.

잔디 가운데는 일반 묘보다 서너 배 큰 봉분이 저마다 충분한 공지를 갖고 질서 있게 늘어서 있었다. 봉분마다 앞에는 대리석 제단이 놓여 있고, 제단의 위엄을 받들듯 여러 형태의 석상이 엄숙한 자세로 도열해 있어 가문의 옛 영화를 말해주고 있었다.

그녀들은 그 선산에서, 우거진 숲 넘어 건너편 기슭의 잔뜩 파헤쳐진 부대 공사현장을 보고 있었다.

"어떤 사람인지 알아?"

크게 내색은 안 했지만 수련은 궁금했다.

"군인이지 뭐. 오빠가 아는 게 군인밖에 더 있니?"

"군인도 군인 나름이지. 강찬호 씨 같은 사람도 있잖아."

"또 그 소리!"

수진은 눈을 흘겼다.

"…미안해 언니."

수련은 얼른 사과했다. 아픈 마음 건드린 것이니 미안해하는 게 마땅했다.

"그렇게 미안해 할 거까지야 없지."

수진은 털어 버렸다.

"괜찮아. 어차피 모두 지난 일인걸 뭘… 흥, 얼마 전에 나 그 사람 봤단다."

"어머 정말?"

"응. 시장 갔다 오다가… 같은 동네 살고 있지 뭐냐."

"무척 반가와 하지?"

"아니, 싱겁게도 그냥 눈인사만 하면서 지나쳤어."

"왜?"

"난 욱이를 업었지. 그 사람도 결혼했나 보더라. 같이 있는 여자가 부인 같았어."

"에이… 그랬구나…"

짙은 회오의 그림자가 그녀들 얼굴을 덮었다.

강찬호. 그는 수련이 고등학교 3학년 때 오빠가 잠시 보내주었던 가정교사였다. 수진이 연달아 두 해 대학 입시에 낙방하자, 오빠는 가정교사의 필요를 느껴 그를 보내 주었었다.

명문대 출신으로 당시 상병이었던 그는 자상하고 아는 게 많은 청년이었다. 생김새도 말쑥했고 얘기 솜씨도 구수하여 그녀들은 무척 그를 좋아했었다. 수진의 가정교사였지만 수련이 더 따랐다. 그도 수진을 좋아했다. 그와 수진은 시간만 여의 하면 선산 잔디에 앉아 소곤거리거나 손잡고 정답게 걸었다.

때로 질투가 일면 수련은 심술을 부렸다. 그러나 그녀 역시 강찬호가 싫지 않았고 그와 언니가 언제까지나 그렇게 지내 주기를 바라는 마음이 더 컸다.

그러나 행복은 그리 오래가지 않았다. 엄마 때문이었다. 엄마가 지나가는 소리로 둘을 짝지어주면 좋겠다는 말을 흘리자, 오빠는 둘의 관계를 캐물었고, 그날로 강 상병을 복귀시켜 버렸다.

사고를 염려한 것일 수도 있었다. 군 규정이 있어 휴가라는 편법을 쓰더라도 더 이상 연장할 수 없는지도 몰랐다. 어쨌든 엄마가 그런 이야기를 하자 오빠는 화를 내면서 돌아갔고 강 상병을 서둘러 복귀시켰기에 수련과 수진은 그것을 엄마 때문이라고 여겼다.

강 상병은 떠난 뒤 사흘이 멀다 하고 편지를 보내왔다. 사랑 고백이 담긴 편지였다. 어느 날 집에 왔던 오빠가 그 편지를 보았다. 불쑥 집에 들린 오빠가 마당에 있을 때 우편배달부가 편지를 주고 간 것이었다. 강찬호의 편지임을 확인한 오빠는 그것을 뜯어보았고 이내 창백한 얼굴이 되어 돌아갔다.

그날 이후 오빠는 수진의 혼인을 서둘렀다. 수진은 결국 그 해 오빠와 육군사관학교 동기동창인 친구의 아들과 결혼했다. 친구의 아들 역시 장래가 촉망되는 육사 출신 장교였다.

수진이 시집가자 홀로 남은 수련은 대학 진학을 포기했다. 엄마 때문이었다.

오빠가 나서서 엄마를 모시겠다고 하였으나 이미 환갑을 넘긴 엄마는 '사람이란 객지를 떠돌다가도 늙어 죽을 때가 되면 고향을 찾는 법인데, 다 늙어 고향을 떠나라는 게 웬 말이냐.'며 한사코 거절했다. 수련은 늙은 엄마를 홀로 사시게 하고 도시에 나가 학교를 다닐 수가 없었다.

수진이 출가하여 답장을 보내지 않음에도 꾸준히 편지를 보내오던 강찬호가 군 복무를 마치고 전역했다며 찾아오겠다는 연락을 보내왔다. 할 수 없이 수련이 대신하여 언니의 출가 사실을 알려주자, 그제야 강찬호의 존재는 그녀들 주변에서 사라졌다.

그것이 두 해 전 일이었다.

수진의 신혼 시절은 꿈같이 지났다. 그러던 중 전투 경력이 있으면 동기생보다 한 해 진급이 빨라질 수 있다며 그는 베트남 전장에 지원, 참전했다. 그리고 돌아오지 못했다. 베트남 남북전쟁이 휴전되기 두 달 전 전사했다. 전사 통보와 함께 일 계급 승진된 소령 계급장이 갓 태어난 아들 욱이에게 전해진 것은 다섯 달 전 일이었다.

"아니야. 넌 군인에게 시집가지 마라."

수진도 옛일을 생각했음인지 머리를 흔들며 말했다. 그 느닷없는 말에 수련 역시 회상에서 벗어났다. 수진의 말은 이어졌다.

"군인이란 독선주의자들이야. 개인은 없다면서 보다 큰 개인이기를 원하는 모순 덩어리들… 나라를 지킨다는 허울 좋은 명분으로 위장하며 가족까지 국가를 위해 희생해 주기를 바라면서 막상 자신은 그 속에서 자유로움을 즐기는 따위…"

"후회하는 거야?"

"후회가 아니라 깨달은 거지. 하지만 지금에 와서 깨달으면 뭘 하겠니. 이미 결판 난 인생을…"

"……"

"오빠가 뭐라고 강제해도, 할 수만 있다면 넌 군인에게 시집가지 마라."

"……"

수련은 언니를 위로할 말을 찾지 못했다.

"그만 내려가자. 욱이 깨어났을 거야."

수진이 앞장서서 그녀들은 산을 내려왔다. 집이 가까워지니 아니나 다를까 자지러지는 욱이 울음소리가 들렸다.

"아이구. 뭣들 하는데 그렇게 오래 있었니?"

할머니가 아기를 안고 쩔쩔매고 있었다. 수진이 달려가 얼른 아기를 안았다.

"에구 욱아. 우리 욱아."

수진이 안고 둥둥 방아를 찧어대자 욱이는 울음을 그쳤다.

"에이그 이 녀석. 벌써부터 제 어미야."

할머니는 손가락으로 욱이 볼을 살짝 찔렀다. 수련이 말했다.

"엄마. 저녁은 뭘 해먹을까?"

"글쎄다. 수진이도 오고했으니… 국수 해 먹을까?"

"국수? 그거 좋겠네, 엄마. 그리고 보니 국수 먹어본지도 꽤 오래 됐네."

욱이를 업고 서성거리던 수진은 마루에 걸터앉아 젖을 물렸다. 수련은 바짝 다가가서 그 모습을 유심히 보았다.

"후훗. 언니 젖이 꽤 통통해졌네."

"얘가."

수진이 얼굴을 살짝 붉히자 할머니가 말했다.

"에이그 철없는 녀석. 너도 시집가서 애 낳아봐라."

수련은 싱긋 웃으며 일어섰다.

"그럼 난 부엌에 가서 국수 할 거야, 엄마."

수련은 부엌으로 갔다. 울타리를 넘어온 시원한 바람 한 줄기가 안마당을 지나 마루에 앉은 모녀를 스치고 뒷벽에 걸린 달력을 흔들었다. 욱이에게 젖을 물린 채 수진은 엄마의 눈치를 살피며 입을 열었다.
"엄마. 오빠가… 수련이 신랑감을 물색해 놨나 봐요."
"왜. 무슨 소리 하디?"
결혼 얘기는 할머니에게도 민감하다.
"시아버님이랑 이야기하시는 걸 들었는데, 그런 것 같았어요."
"네게 직접 한 얘기는 아니고?"
"오빠가 저한테 그런 얘길 하겠어요?… 아마… 지금 전속부관으로 있는 김 대위가 마음에 있으신가 봐요."
에이그… 할머니는 한숨을 내쉬며 울타리 너머를 본다. 아들 딸 모습이 차례로 떠오른다. 하나 같이 이곳에서 낳고 자라 출가한 자식들… 갑자기 비장한 생각이 하나 치밀고 올라온다.
"에이그, 수련이 만큼은 군인에게 보내고 싶지 않은데…"
"솔직히 제 마음도 그래요. 엄마."
"아니야. 제 놈이 아무리 설쳐도 막내사위만은 내가 골라볼 테다."
"하지만 엄마가 어떻게 구해요. 오빠는 곧 결혼시킬 모양이던데."
"곧은 뭐, 수련이 나이 이제 스물 셋인데 뭐가 그리 급해."
"군부대가 들어서는 것 때문에 더 그러시는 것 같아요. 동네에 군부대가 들어서면 안 좋다고 수련이 서둘러 시집보내고 엄마는 모셔 가려는 것 같든 데요."
"흥. 누가 제 놈한테 얹혀 산다더냐? 이제껏 삼십 년이 다 되도록 제멋대로 떠돌던 놈이 이제 와서 어밀 모셔?… 죽을 때가 되니까 툭하면 모신다고."
"에이 엄마도… 그렇게 말씀하지는 마세요. 오빠 직업이 그러니까

군인의 여신들 87

그렇지 오빠도 효자는 효자 아녜요?"

"어쨌든 막내는 군인에게 보내고 싶지 않아."

"……"

"너도 봐라. 오빠가 별을 달고는 조금 나아졌다지만 아들이라곤 겨우 그것 하나 남았는데 군인이랍시고 마냥 떠돌아 다녔지. 큰 사위도 군인이랍시고 코빼기 보기 힘들지. 너도 그렇게 됐지. 이게 무슨 사람 사는 거냐."

"그건 그래요. 엄마"

"너도 나이 들면 알겠지만 여자란 다른 거 없어. 부모자식 모여 살고 동기간에 왕래 잦고, 남편이랑 오순도순 얼굴 맞대고 살면 그게 최고의 행복이야. 까짓 잘 살고 못사는 건 분지복인 거고… 에이그, 둘째 녀석이 어려서 죽지 않았다면 에미를 이렇게 쓸쓸하게 하지 않을 텐데…."

할머니는 우울할 때면 늘 둘째를 그리워한다. 팔 남매를 낳아 기르다가 육이오 남북전쟁 때 넷을 잃었다. 인민군이 갑자기 밀고 들어와 서울을 점령해버리는 바람에 피난을 갈 수 없었던 게 화근이었다. 지주였던 남편은 그때 지병을 얻었고 위로 둘 아래로 둘만 남고 중간의 넷을 일시에 잃었다. 큰아들은 그때 대학에 다니느라 서울에 있었고, 큰딸은 때맞춰 오빠를 찾아갔던 게 행운이었다. 수진은 세 살, 수련은 뱃속에 있을 때였다.

아버지를 악덕지주로 고발한 것이 다름 아닌 영선이 아버지였다. 그래서 아버지가 인민군에게 처참하게 맞으며 끌려가자 열여섯, 열셋, 열하나, 일곱 살 된 아들들은 죽기로 그 인민군들에게 매달리다 모조리 맞아죽었다. 네 아들이 그렇게 무참히 죽은 덕에 아버지는 풀려날 수 있었으나 불치의 병을 얻어 여생을 누워서 보내야 했다. 빨갱이,

빨갱이들. 그렇게 잔인한 빨갱이들이 세상에 또 있을까.

에이그… 옛일을 회상하는 할머니 눈에 또 이슬이 고인다.

"엄마, 또 우시네."

수진은 자기가 엄마를 울린 것 같아 마음이 아팠다. 그녀에겐 둘째 오빠가 기억에 없지만 엄마 얘길 들어보면 꽤나 찬찬하고 효심이 깊었던 것 같다.

"내가 공연한 말을 꺼냈나 봐요. 엄마."

"아니다. 그냥 잠시 옛날 생각이 나서 그래."

할머니는 옷고름으로 눈물을 닦았다.

"나이를 먹을수록 점점 사람이 그립구나. 허구 헌 날 수련이하고만 아옹다옹하며 지내는 건데 이제 저것도 곧 갈 것 같으니…"

"에이 엄마도. 그렇다고 오늘 낼 시집가는 거예요?"

"이제… 저거 시집보내면 나는 죽어야지…"

"별소릴 다 하시네."

"예순여섯이면 살만큼 살았지 뭘… 흥, 그리고 보니 이 집에서 꼭 오십 년을 살았구나."

"그러네요, 엄마. 엄마가 열여섯에 시집 오셨댔죠?"

"그래… 참 세월이 빠르기도 하지."

눈물이 그치면 생각이 깊어진다 했던가. 할머니 심정이 그랬다. 해가 서산에 걸린 모양은 열여섯 때나 지금이나 다름없건만.

수련은 부엌에서 열심히 밀가루 반죽을 하며, 마루에서 두런두런 들려오는 소리에 귀를 기울였다. 참기름을 찔끔 넣고 계란을 깨어 노른자위는 걸러내고 흰자위만 모아 붓고 물을 약간씩 끼얹어가며 손은 열심히 움직였지만 귀는 마루 쪽으로 열고 있었다. 아예 오지그릇째 들고 나가 마루에서 반죽하면서 시원하게 듣고도 싶었지만 혹시나, 그렇게 해서는 들을 수 없는 은밀한 이야기도 있을 것 같아 그냥 부엌에 있었다.

그러나 '이리 갖고 나와 마루에 앉아 반죽하지 그러냐.' 하는 할머니 소리에 그녀는 마루로 옮겼다. 반죽을 본 할머니는 혀를 찼다.

"에이그, 물을 더 부어야지. 그거 돼서 쓰겠니."

할머니가 일어나 마루에서 내려오려 하자 수련이 먼저 일어섰다.

"그냥 계세요. 내가 떠올게."

"밀가루 묻은 손으로 어떻게 펌프질 하니?"

마침 펌프 가에 있던 이 대위 부인이 그 모양을 보더니 빙긋 웃으며 물을 한 바가지 떠 왔다.

"물 여기 있어요. 그런데 국수하시나 보죠? 저도 국수나 해 먹을까 생각 중이었는데."

"어머, 그러시면… 엄만 어떠세요? 같이 먹으면?"

"국수 먹고 싶으면 그러지. 한 집에서 뭘 따로따로 해. 식구도 없는데."

"그럴까요? 그럼 제가 밀가루 가져올게요."

"에이그, 그만 둬요. 우리 걸로도 충분해."

그냥 두라고 말리는 데도 이 대위 부인은 밀가루를 가지러 갔다. 그제야 비로소 생각난 듯 수진이 물었다.

"근데 웬일이세요, 엄마. 세를 주고."

"오빠가 세 주랬어."

수련이 답했다.

"근데 조건이 있었어. 장가 간 군인이어야 하고, 대위 이상 장교여야 한다는 것…"

"너 때문에 그런 모양이구나?"

"나 때문이라니. 내가 어째서."

"노파심에서지 뭐. 군부대 인근 처녀들은 하나 같이 못 쓰게 된다더라."

"에이, 그런 게 어디 있어."

수련은 입을 삐죽거렸다.

이 대위 부인이 큰 그릇에 밀가루를 수북이 담아와 수련과 마주 앉더니 나름대로 반죽을 시작한다.

"에이그. 그냥 두라니까. 그렇게 많이 해서 누가 다 먹나."

할머니는 걱정하며 말렸지만 이 대위 부인은 손놀림을 멈추지 않았다. 잠시 후 할머니는 일어나 마루 뒤쪽에 접어 세워놓은 다담상을 꺼내 펴고, 밀방망이를 찾았다. 반죽이 다 됐으니 이제 둥그렇게 밀어서 썰 차례였다.

"으앙 —"

갑자기 욱이가 자지러지게 울었다. 수진은 얼른 아기를 안으며 앞가슴을 헤쳤다.

"에구 욱아, 또 꿈을 꾼 모양이구나."

"꿈?"

수련은 고개를 갸웃 했다.

"갓난애가 무슨 꿈이야."

"애도 꿈을 꾸나 봐. 그렇죠? 엄마."

"그럼. 꿈을 꾸고말고. 애들은 크느라고 꿈을 꾸지."

"아유 신기해라. 조까짓 게 무슨 꿈이야."

수련은 신기했다.

차차 울기를 그친 욱이는 아직 잠을 덜 잤는지 끙끙 대다가 다시 잠이 들었다.
　"결혼한 지 얼마나 되셨수?"
　할머니가 이 대위 부인에게 물었다.
　"저요? 삼 년 됐어요."
　"그럼 우리 수진이하고 비슷한 시기에 했군. 그런데 아직 애기는 없수?"
　"네…"
　부인의 볼이 조금 붉어졌다.
　"남편이 군인이라 자주 이사 다니고 해서 좀 늦게 낳으려고요, 그런데 그만…"
　"오라. 지금 아기를 가졌군. 에이그. 잘 됐어. 애는 일찍 낳아 키워야지 무슨 소리야. 그럼 지금 몇 개월이나 되셨나?"
　"호호호. 다섯 달이에요."
　"뭐어? 그런데 그렇게 배가 홀쭉해?"
　"…복띠를 했어요."
　이 대위 부인의 얼굴이 더욱 붉어졌다.
　"에이그, 복띠를 왜 해. 그러면 애기가 잘 자라지 못하는데."
　"그래도 날 때 훨씬 덜 힘들다고 하던데요."
　"에이그, 까짓 날 때야 조금 힘드나 덜 힘드나 지. 당장 복띠 풀어요. 애가 건강해야지 무슨 소리야."
　할머니는 고개까지 흔들었다.
　"엄마, 복띠가 뭐야?"
　수련이 묻자 수진은 활짝 웃었다.
　"엄마. 얘 정말 시집보내줘야겠어요. 별걸 다 묻고."

"에이그, 갈 때 되면 어련히 가겠지. 그렇지 요년아."
"아이, 복띠가 뭐냐니까."
호호호. 이 대위 부인은 재미있어 했다.
"말 그대로 배에 두르는 띠에요. 배 따뜻하라고요."

그녀들은 그러면서 국수를 만들었다. 부지런히 만들면 한 시간도 안 걸릴 것을 노닥거리며 만들다보니 한나절 걸려, 날이 어둑어둑해질 때에야 썰어 상 위에 널었다. 물은 진작부터 설설 끓고 있었기에 국수를 익히는 데는 별로 시간이 걸리지 않았다. 넓은 대청마루에 상을 펴고, 국수는 아예 솥 째 갖고 와 그릇에 담아 먹는데, 삐이걱, 대문이 열리며 이 대위가 들어왔다. 퇴근한 것이다.
"어머나, 오늘은 저이가 웬일이야. 술도 안 잡숫고 이렇게 일찍."
이 대위 부인은 먹다말고 얼른 문간으로 달려갔다.
"괜찮으면 이리 와서 저녁 잡숫게 해요."
할머니가 큰소리로 말했다.
"그러실래요? 국수가 맛있는데."
부인이 묻자 이 대위는 잠시 머뭇거리더니 고개를 끄떡였다.
"그럽시다. 인사도 드릴 겸."
이 대위는 안으로 들어왔다. 기실 세입자 입장에서 아직 인사다운 인사를 못 드린 상태였다. 마루 위의 수진과 수련은 잠시 일어섰다.
"어서 올라오세요. 마침 맞게 오셔서 드시기 좋을 거예요."
"미안합니다. 들어와 살면서 제대로 인사도 못 드리고. 저 육군 대위 이정봉입니다."
이 대위는 할머니에게 인사했다. 특유의 유들유들함을 보이며 인사한 뒤 마루 위에 앉았다.

"인사는 뭐, 이렇게 마주 앉는 게 다 인사지. 자 여기 있수."

할머니의 큰 손이 큰 사발에 하나 가득 국수를 담아냈다.

"비가 온 덕분에 오늘은 좀 견딜 만하군요."

이 대위는 날씨 이야기로 어색함을 풀려고 했다.

"견딜만해도 오뉴월이라오. 오뉴월 더위는 본래 사람을 지치게 하는 법이에요."

할머니가 받아주자 이 대위는 또 말했다.

"하하하. 그런데 이 정도면 월남에서는 겨울날씨였어요."

이 대위는 무심코 말한 것이다. 그러나 그 순간 수진의 눈이 커졌다. 할머니도 고개를 들었다.

"오 참. 여기 온 부대가 월남에서 왔다고 했지."

"예 그렇습니다."

이 대위는 시원하게 대답했다. 수진이 물었다.

"월남에 계셨으면… 무슨 부대였어요?"

"저흰 백마부대입니다. 월남 중부의 나트랑 아래, 캄란에 주둔했던 부대지요."

"캄란 요?"

수진은 깜짝 놀라 하마터면 수저를 떨어뜨릴 뻔했다. 그녀는 다급히 물었다.

"그럼 혹시 장지원 대위를 아시나요?"

"장지원 대위 말입니까? 알다마다요. 같은 대대 있었는 걸요."

이 대위 낯빛이 조금 변했다.

"참 훌륭한 중대장이었죠. 앞날이 창창한 모범적인 장교였는데 그만…"

"……"

수진은 고개를 떨궜다. 장 대위를 너무 잘 아는 이 대위였다. 이 대위는 물었다.

"어떻게… 아시는 사이인가요?"

이 대위는 뒤늦게 물었다. 분위기는 순식간에 가라앉았다.

"……"

수진은 수저를 놓고 욱이를 보듬었다. 눈물이 나오려는 것을 참는 것이다. 할머니가 대신 말했다.

"장 대위가 이 애 남편이었다오."

"네엣? 정말입니까?"

깜짝 놀란 이 대위 눈이 동그래졌다. 얼굴은 하얘졌고 말은 더듬었다.

"어떻게 이럴 수가… 아아 아이구, 그 그 그럼 제가 괜한 이야기를 했군요. 정말 죄송합니다. 뭐라고 위로의 말씀을 드려야 할지…"

"아녜요. 괜찮아요. 기왕 돌아가신 분인걸요."

수진은 조용히 말했다. 잠시 적막이 흐른 뒤 수진은 용기를 냈다.

"그보다는 요… 혹시 그렇게 잘 아시면, 돌아가실 때 이야기 좀 해 주실래요? 어떤 상황에서 돌아가셨는지…"

"아무도 해주지 않았습니까?"

"예. 시원하게 말해주는 사람이 없었어요. 그저 훌륭하게 싸우다 전사하셨다는 상투적인 얘기 뿐…"

"그러셨군요."

이 대위는 눈을 내리 깔았다. 그리고 잠시 생각에 잠겼다가 입을 열었다.

"제가 현장에 있었던 건 아니기에 저 역시 그 정도 말씀밖에 드릴 수가 없습니다. 군인이 전장에서 싸우다 전사하는 데 특별한 스토리가 있는 건 아니죠."

"그래도 상황이란 게 있었지 않나요?"

"굳이 상황을 설명하자면 야간 작전을 수행하는 중이었습니다. 장 대위가 이끄는 중대가 야간 매복을 나갔다가 한밤중에 베트콩을 만나 접전이 벌어졌는데 그 전투를 지휘하다 적의 총탄에 맞은 겁니다. 저는 그때 대대 상황실에 있었습니다. 무전으로 들어온 내용을 봐선 바로 후송했으면 살 수 있었던 것 같습니다. 그런데 미군의 지원이 안 됐습니다. 더스트 호프. 그 놈의 더스트 호프가 뜨질 않았어요."

"더스트 호프라면?"

"응급 헬기를 말하는 겁니다. 미군이 운용하는 것이었죠."

수진은 귀를 기울였다. 이 대위는 땀을 흘리며 말했다. 더위나 국수 때문에 흘리는 땀이 아닌, 식은땀이었다.

"미국 놈들이 원래 그렇습니다."

이 대위는 미군을 비난하며 해명 아닌 해명을 계속했다.

"더스트 호프는 긴급할 때 요청하는 겁니다. 병사들이 죽어가고 있어 무전을 쳤는데 응답이 어떻게 왔는지 아십니까? 접전 중이라 위험해서 못 간다는 거예요. 전투가 끝나야 간다는 겁니다. 아군 지역이지만 거긴 베트콩 루트가 있는 곳이었습니다. … 전투는 새벽까지 계속되었습니다."

"살릴 수 있는데 죽은 사람이 많았군요."

"그렇습니다. 안타깝지만 장 대위도 그 중의 하나였습니다."

"……"

"모두가 가슴 아파한 밤이었습니다."

아픈 추억이었기 때문일까? 이 대위는 그 때를 떠올리는 것 자체를 힘들어 하는 것 같았다.

"편지에는 늘 거긴 아군 지역으로 비교적 안전한 곳이라고 말했었는데…"

"아군 지역입니다만, 아까 말씀드린 대로 월맹으로 통하는 베트콩 루트는 있는 곳이었죠. 아시겠지만 월남은 전선이 따로 없는 전장이었습니다. 낮에는 도시에서 생활하는 사람들이 밤이 되면 산에 올라가고 정글에 들어가 베트콩 활동을 하는, 우리 상식으로는 이해하기 힘든 곳이었습니다. 야간에 작전을 나가 산에서 베트콩을 죽이면 장례는 다음날 마을에서 치러지곤 합니다. 그러나 그렇다고 베트콩 중에 마을 주민이 있다고 해서 그들의 야간활동을 방치할 수는 없는 일이었습니다. 때문에 아군 지역에서도 베트콩과 접전이 일어났던 것이지요."

"……그랬군요. 자세한 상황 설명 고맙습니다."

수진은 이 대위에게 고마움을 표했다. 남편의 전사 상황을 가장 상세히 전해준 사람이었다. 이제까지 남편 이야기를 전해준 사람들의 공통된 표정은 뭔가를 숨기는 듯 했었다. 이 대위의 경우는 수진이 알아들을 수 있게 상황 설명을 잘 해 준 셈이었다.

그러나 100%는 아니었다. 이 대위 역시 설명을 잘해주는 것 같으면서도 말하지 않는 어떤 부분이 있는 것 같았다. 식은땀을 흘리는 이유가 궁금했다. 어쩌면 그것은 전사한 전우의 상황을 전하는 불편하고 우울한 마음 탓일지 모른다고 수진은 생각했다.

일주일이 멀다하고 남편이 자상하게 편지를 보내왔기에 월남 상황을 수진도 꽤 알고 있었다. 베트콩이 루트가 있는 곳이라는 정도는 수진에게도 상식이 되어있었다. 밤에 매복을 나갔다가 정글에서 적을 만나 새벽까지 접전을 벌였다면 사상자가 나올 수 있는 일이었다. 남편이 희생될 수도 있는 일이었다.

그러나 그곳은 몇 년 간 한 번도 상황이 없었던 안전한 지역이라고 남편은 늘 편지에 적었었다. 따라서 전투 개념이 아니라 훈련 성격으로 일주일에 한 번씩 매복을 나가는 곳이라고 했었다.

그런 곳에서 갑작스럽게 전투가 벌어졌다면 보다 특별한 이유가 있을 것이고, 피아간에 사상이 컸어야 했는데 그렇지가 않은 것이었다. 아군 전사자는 남편인 장 대위와 소대장 하나, 하사관 둘, 무전병 합해 병이 네 명이고 예닐곱 명의 병사가 총상을 입은 큰 접전이었는데 적군 사상자는 파악된 게 없는 것이었다. 수진은 그 의문을 마저 풀고 싶었다.

"그날 적군은 피해가 없었나요?"

"적군요? 베트콩 쪽 말입니까?"

"예…"

"아, 그건… 정규군이 아니면 우리가 알 수 없죠. 그 놈들은 워낙 땅굴이나 정글 사이… 그들만의 통로로 움직이니까요."

이 대위는 말을 더듬었다. 당황하는 게 역력했다.

"거긴 아군 지역이라면서요. 전투가 있었다면 그쪽도 사상자가 있었을 것 아닌가요? 그 자리에 남겨진 시신이나 흔적은 날이 밝은 뒤에라도 찾을 수 있지 않았나요?"

"그날… 적의 피해는 파악된 것이 없었습니다."

"그럼 일방적으로 당했다는 말인가요?"

"그런… 셈이죠.…"

"상황실에 계셨다면서 요?"

"그랬지만… 상황이 상황인지라…"

이마까지 벌게진 이 대위 얼굴은 식은땀으로 범벅이 되어갔다. 보다 못한 부인이 '오늘 따라 웬 땀을 그렇게 흘려요.' 하면서 아예 수건을 갖다 주며 끼어들어 화제를 돌렸다.

"이럴 때면 세상이 좁다는 게 정말 실감 돼요."

"그럼. 세상이 넓고도 좁다는 말은 이래서 나오는 게야."

할머니도 오래 산 사람답게 말했다.

"무어라 위로의 말씀을 드려야 할 지 모르겠습니다."

땀을 닦으며 숨을 돌린 이 대위가 머리를 조아리며 말했다. 더 이상 해 줄 이야기가 없다는 표시이기도 했다.

"뭘요. 지금까지 해주신 말씀만으로도 고마운 걸요."

수진은 그의 식은땀을 보며 더 이상의 질문을 체념했다.

"그럼 전… 이만 일어나겠습니다."

이 대위는 무겁게, 그러나 그 자리를 탈출이라도 하듯, 얼른 일어나 그의 방으로 건너갔다.

"아가씨 넨 가족이 전부 군인인가 봐요?"

설거지를 도우며 이 대위 부인이 말했다.

"네. 옛날에 그렇게 된 사정이 있었어요. 육이오 때 아버지도 인민군에게 당하시고 형제를 넷이나 잃는 등 고통을 너무 많이 받았거든요."

"저런. 그런 일이 있었군요."

부인은 고개를 끄떡였다.

"그럼 아가씨도 군인에게 시집갈 거예요?"

"그거야… 앞일을 알 수 있나요."

기분이 풀린 수련은 후후후 웃었다.

"아주머닌 군인과 사는 재미가 어떠세요?"

"글쎄요. 솔직히 말하면 별로예요."

수련이 세제로 일 차 닦은 그릇을 받아 깨끗한 물로 헹구며 이 대위 부인은 허탈한 웃음을 흘렸다.

"처녀 때는 장교가 그렇게 멋있어 보였어요. 그랬는데 살아보니까 하나도 재미없지 뭐예요."

진절머리가 나는 듯 부인은 얼굴까지 찡그려 보였다.

"어머, 결혼생활 이제 겨우 삼 년이라면서 벌써 그러심 어떻게 해요? 아기도 곧 태어날 텐데."

"윤곽은 이미 나온 걸요 뭐. 할 수 없죠. 나 좋아서 택한 길이니까. … 하지만 생각할수록 분해 죽겠어요. 이건 친구들을 마음대로 만날 수가 있나. 그럴 듯한 동네에서 살 수가 있나. 그것조차도 한 곳에서 오래 살 수가 있나. 이웃이라도 정들만 하면 또 이사 가게 되고… 이야기라곤 입만 떼면 군대얘기뿐이고… 에이, 남자들은 재미있을지 몰라도 여자들 재미는 정말, 눈곱만큼도 없다고요."

"그래요?"

"그뿐인가요? 무슨 명절이나 연휴만 되면 어김없이 비상이 걸려 집에도 못 와요. 그러니 시댁이고 친정이고 인사도 못 가죠."

"후후후. 그런 사정은 우리도 잘 알아요."

"어떤 땐 군복 벗어던지고 아무 거나 같이 벌면서 살자고 조르죠. 하지만 옷 벗는 건 또 마음대로 되나요?… 정말 빼지도 박지도 못하고… 어떻게 해요. 그냥 사는 거죠."

"후후후. 듣고 보니 재미있게 산다고 자랑하시는 것 같은데요."

한참 들으니 그 넋두리도 재미가 있어 수련은 웃었다. 그러는 사이 설거지는 끝났다.

"아주머니. 이제 다 됐네요. 고맙습니다. 나머지는 제가 정리할게요."

"그럴래요?"

이 대위 부인이 방으로 들어간 뒤 수련은 마무리를 했다. 행주를 꼭 짜 도마의 물기를 닦고, 그릇들을 차곡차곡 찬장에 넣고 있는데 언니, 하고 부르는 소리가 들렸다. 복순이였다.
"오. 복순이구나. 웬일이니?"
"그냥. 마실 왔어."
"마실은 오밤중에 무슨 마실이냐? 다 큰 처녀가."
수련은 어른처럼 한마디 하면서 반가워했다.
"방에 들어가 봐라. 수진 언니 왔어."
수련은 부뚜막 위를 행주로 훔치며 어서 들어가라고 손짓했다. 어머, 수진 언니가 왔다고? 하며 복순이는 뱅그르르 웃으며 토끼처럼 뛰어가 안방 문을 열었다.
"언니 왔네."
"오, 복순이 왔구나. 어서 들어와라."
욱이는 할머니와 함께 자고 있었다. 수진은 똥오줌에 젖은 기저귀를 모아들고 막 빨래하러 나오려는 참이었다.
"언니 언제 왔어?"
"아침에. 넌 이 밤에 어쩐 일이니?"
"그냥 놀러 왔어."
"잘 왔다. 어서 들어와라. 난 빨래 좀 해야겠다."
마침 부엌일을 끝내고 들어오던 수련이 방에서 나오는 수진과 마주 쳤다.
"무슨 빨래?"

"애기 기저귀야."

"내가 빨아줄까?"

수련은 선선하고 부지런했다. 수진은 손사래를 쳤다.

"에구. 너 시집가서나 실컷 빨아라."

수진이 나가자 수련은 방에서 복순이와 마주앉게 되었다. 욱이는 앙증스럽게 두 손을 옹그리고 쌔근쌔근 잠이 들었다. 초저녁잠이 많은 할머니는 지금이 한참 단잠에 빠지는 시간이었다.

"언니, 사실은… 물어볼 게 있어서 왔어. 혹시 그 사람 만나나 해서."

"그 사람이라니?"

"그 사람 있잖아. 딸기밭 같이 갔던 사람. 운전수 말고…"

"얘가 무슨 소릴 하는 거야. 내가 그 사람을 왜 만나니?"

"……"

복순이는 실망하는 듯 했다. 수련은 일단 펄쩍 뛰기는 했지만 묻는 의도가 궁금했다.

"근데 그건 왜?"

"아냐. 아무 것도…"

"말해 봐. 왜 그런 엉뚱한 걸 물어?"

수련은 어조를 부드럽게 해서 물었다. 복순이는 주저하다 말했다.

"안 만난다면서 뭘… 혹 만나면 그 사람 통해서 그 운전수 어떤 사람인가, 알아봐달라고 하고 싶었는데…"

"너… 그 사람 만나는구나?"

"응…"

복순이는 기어들어가는 소리로 시인했다.
"자꾸 만나자고 하니까… 나도 좋고…"
"조심해 너. 잘못하다 신세 망치지 말고."
"그러니까 묻는 거 아냐. 총각인지 아닌지. 집은 어떤지… 나야 언니가 알다시피 그렇잖아. 집에 있어봐야 처지가 그렇고… 그러니 이것저것 알아봐서 확실하면 새겨 보려고 그러지."
복순이의 대담한 표현에 수련의 눈이 커졌다.
"이것저것 괜찮으면? 그렇게 사귀어서 어쩌려고?"
"뭐 어때. 나야 생전 집에 있어도 누가 중매 하나 서줄 사람 없을 텐데… 아버지나 살려고 노력하심 모를까, 눈만 뜨면 술타령이고."
복순이는 더듬거렸지만 솔직하게 말했다. 수련은 무턱대고 야단만 칠 일이 아님을 알았다. 복순이는 눈시울까지 붉혔다.
"언니도 내 사정 잘 알잖아. 내가 살 길은 시집가는 길밖에 없다는 거…. 그러니까 알아봐 줄 수 있으면 알아봐 줘. 그 사람 정말 나를 좋아하는 거 같아."
"……"
"싫어?"
"아냐. 알아봐 줄게."
수련은 이 대위를 떠올리며 고개를 끄떡였다.

걱정되는 점이 없는 것은 아니지만 사실 복순이 사정은 딱했다. 끼니끼리도 넉넉지 못한 복순 네였다. 아직은 전답이 약간 남아있어 열심히 농사짓고 품도 팔고 하면서 알뜰히 하면 이웃에 아쉬운 소리 안 하고 살 수 있으련만 노름으로 가산을 탕진하자 엄마는 떠나버렸고, 그러자 주색에 절어 지내던 아버지는 알코올중독으로 건강까지 망치고 말았다.
 수련은 야단만 칠 것이 아니라 힘닿는 데까지 도와주기로 마음먹었다. 통제부의 속성을 알 리 없는 수련은 이 대위가 직속상관인 만큼 부탁하면 기본적인 신상은 알 수 있을 것으로 여겼다.
 "자주 만나니?"
 "응. 이삼 일에 한 번 정도… 그 사람 내가 귀엽대."
 "마음에 든 모양이구나. 어쨌든 알아서 잘하겠지만 조심해. 함부로 몸 내 맡기지 말고."
 "아유 언니도… 아무렴 내 몸뚱이 내 신센데."
 복순이는 입을 삐죽거리다가 이내 배시시 웃었다.
 "그럼 알아봐주는 거야."
 "그래. 문간방 이 대위님에게 부탁해서 알아봐 줄 게."
 그러자 복순이는 그게 아닌데… 했다.
 "에이. 이 대위라는 사람보다는 그때 같이 있던 이 병장인가 하는 사람이 더 잘 알 것 같아… 언닌 그 사람 그 뒤에 정말 안 만났어?"
 "얘는 자꾸… 내가 그 사람을 왜 만나?"
 수련이 재차 쏴붙이자 복순이는 잠시 머쓱해 했다가 이내 명랑해졌다. 천 병장을 떠올리는 것 같았다.

 그런 복순이를 보며 수련은 문득, 외로움을 느꼈다. 두 살 아래지만 마을에 처녀라고 남은 건 둘 뿐이어서 동생이라기보다 친구였다. 어릴 때 마을에서 함께 자란 또래는 십여 명 있었지만 차차 모두 도시로 가버려 둘만 남은 것이다.
 이제 복순이 마저 가면 혼자 남는 건가? 아니면 나도 때맞춰 결혼차게 될까? 명확하게 밝히지는 않았지만 수진 언니가 오빠의 뜻을 전하며 마음 준비를 하고 있으라는 신호로 불쑥 고향 집에 온 것은 아닐까?…

"수련이 자니?"

수진은 나지막한 소리로 옆에 누운 수련을 불렀다. 댕 댕, 시계가 두 점을 울린 직후였다.

일찍 잠들었던 수진은 욱이가 칭얼대는 바람에 깨어 한참 다독거린 끝에 막 재웠고, 수련은 복순이가 가고 난 뒤 이 생각 저 생각에 잠을 못 이루고 있었다.

"자?"

"아니…"

"그럼 내… 가슴 좀 만져줄래."

수진은 간절하게 말했다. 아픔을 느끼는 듯 했다.

"가슴? 젖 말이야?"

"그래. 젖이 자꾸 뭉쳐서… 아파서 그래."

에이그, 할머니의 한숨이 크게 들렸다. 초저녁에 잠들었던 할머니도 깨어 있었다.

"좀 만져 주려무나. 에이그, 불쌍한 것…"

할머니는 몸을 뒤척여 돌아누웠다. 수련은 손을 언니 가슴에 가져갔다. 살며시 만지니 따뜻하고 몽글몽글한 게 여간 부드럽지가 않았다. 그러나 이리저리 만지니 계란 알 같은 것이 손에 잡혔다.

"어머, 이게 뭐야 언니. 왜 이래?"

"젖이 속으로 뭉쳐서 그래. 내가 주물러서는 잘 안 풀리거든"

"이런 거 말하는 거지?"

수련은 그 뭉쳐진 부분을 살짝 움켜쥐며 물었다. 수진이 고개를 끄떡이자 수련은 살살 애무했다. 수진은 마땅찮아 했다.
"아유, 간지럽게도 만진다. 그렇게 해서 언제 푸니?"
"그럼 어떻게 하라고?"
"꽉꽉 좀 주물러. 남자 손처럼."
"이렇게?"
수련이 그 단단하게 뭉쳐있는 것을 힘껏 움켜쥐자 수진은 비명을 질렀다.
"그만 둬. 내가 풀게. 장난하고 있어 얘가."
에이그… 할머니 한숨 소리가 또 들렸다.
"가르쳐 줘 봐. 가르쳐주는 대로 잘할게."
수련은 수진이 하라는 대로 손가락을 세워 뭉친 기운들을 분산시켰다. 손놀림에 익숙해진 뒤 수련은 속삭였다.
"언니, 적적하지 않아?… 시댁 어른들은 뭐라고 안 해?"
"뭐라고 하겠니… 그냥 소리 없이 지내는 거지."
"언니가 불쌍해. 집에 와서 살면 안 될까?"
"……"
"요즘 세상에 젊으나 젊은 과부가 시댁에서 사는 게 어디 있어? 서른도 안 돼서…"
"나는 입장이 다르잖니… 오빠 관계도 있고."
"아무리 그렇다 해도…"
뭉쳤던 곳이 다 풀어지니 수진의 가슴은 말랑말랑해졌다. 그러나 젖이 흘러나와 옷이 온통 축축해졌다. 수련은 계속 언니 가슴을 애무했다.
"이제 편해졌어?"
"그래. 고맙다."

"자주 이렇게 뭉쳐?"

"가끔… 너도 알아두렴. 의사 선생님 말이 애 낳고나서 처음 젖 나올 때 제대로 풀어주지 않으면 이렇게 자주 뭉친다더라."

수진의 목소리는 촉촉하게 젖어 갔다. 젖이 다 풀리자 그녀에겐 잠이 몰려왔다.

"언니, 자?"

"그래. 잠이 온다.…"

"에이, 얘기 좀 더하고 싶은데…"

수련은 아쉬웠다. 갑자기 결혼 이야기가 나온 데다 설상가상 복순이까지 와서 흔들어 놓고 간 뒤라 여느 날과는 달리 마음이 싱숭생숭했다. 하지만 언니를 못 자게 하면서까지 이야기할 만큼 드러나 있는 것은 없었다.

수련은 혼자 상상의 나래를 폈다. 오빠가 신랑감을 봐두었다니 어떤 사람일까? 반짝이는 별이 장식된 오빠의 멋진 제복이 보였다. 유난히 총칼 퍼레이드가 길었던 언니의 결혼식도 기억에 생생했다. 그 언니와 나란히 선산 잔디를 거닐며 사랑을 속삭이던 강 상병의 자상한 미소도 그려졌다.

'그래. 언니에겐 강 상병이 인연이었던 거야. 언니는 순리를 거역한 거야. 오빠가 그렇게 만든 거야…'

하고 생각하니 어엿한 사회인이 되어있다는 강 상병의 목소리가 어디선가 들려오는 듯했다.

문득 며칠 전 읍에 다녀오려고 나섰다가 고개 위에서 당한 일이 생각나자 수련은 얼굴이 화끈거려왔다. 누구에게도 말할 수 없는 사건이었다. 이제껏 군인에 대해 품어왔던 그녀 나름의 친근한 감정이 무참히 짓밟힌 충격적인 일이었다.

성공한 군인 가족답게 그녀는 군인에 대해 친근한 감정을 갖고 있었다. 고생하는 군인을 보면 무엇이든 도와주고 싶은 측은한 마음이 일었고, 단정한 군인에게선 안도감을 느꼈다. 계급이 웬만큼 높아도 장군의 여동생이라는 긍지가 있어 자연스러울 수 있는 그녀였다.

그러나 부대를 짓는답시고 이 동네에 온 군인들은 이제껏 그녀가 보아온 군인들과 양상이 달랐다. 그들은 군인이 아니라 군복을 걸친 거칠고 천한 노동자들이었다. 군데군데 깁고 또 허옇게 바랜 넝마 같은 작업복을 입고 — 땀을 뻘뻘 흘리며 일하는 모습은 그래도 좋았으나 — 길가는 여자에게 공연히 시비를 걸고 원색적인 야유를 퍼붓는 따위 무례한 행동은 이해하기 힘들었다.

왜 내가 내 고향에서 갑자기 달라진 환경 때문에 그런 불쾌한 경우를 당해야 하는 건지, 수련은 이해하고 싶지도 않았다. 처음에는 몇몇 불량한 군인의 소행이려니 여기고 넘겼다. 그러나 날이 갈수록 그것도 아니라는 생각을 갖게 되었다.

그날은 못 볼 것까지 보았다. 읍에 다녀올 일이 있어 공사가 한창인 고개를 오를 때였다. '헤이, 아가씨.' 하고 부르는 소리가 있어 고개를 돌리니 한 사병이 숲속에 반쯤 몸을 숨기고 서 있었다. 수련과 눈이 마주치자 그는 아랫도리를 가렸던 풀 나무를 젖혔다. 그는 열린 바지 사이로 그것을 내놓고 있었다. 그녀가 보자 그는 신나게 그것을 흔들어 댔다. 기겁을 한 수련은 멎을 듯한 심장을 부둥켜안고 사력을 다해 뛰어 도로 집으로 돌아왔다. 그 못된 놈의 웃음소리는 며칠 동안 그녀를 괴롭혔다.

그런 일이 있은 후 수련은 외출을 삼갔다. 군부대가 들어서면 주변 처녀들이 하나 같이 못쓰게 된다는 말이 자꾸 되새겨졌다. 한 달도 넘게 꼼짝 안 하다가 모처럼 여럿이 어울리는 바람에 딸기밭 다녀온 것이 고작이었다.

때문에 그녀는, 어떤 의미에서는 스스로 위기의식을 느껴 혼인 얘기가 어떤 형태로든 나와 주기를 바라는 일면도 있었다. 고향에 대해 이제껏 품어왔던 아름다운 인상이 훼손되는 게 두려웠고, 급격히 변화하는 상황에서 연로하신 엄마를 제대로 모실 수 있는 건 그래도 오빠라는 생각을 품고 있었다. 아무리 엄마 고집이 항우 같다 할지라도, 막상 자기마저 시집 가 버리면 혼자 몸으로 여기남아 사실 수는 없을 것이었다.

그런 생각 저런 생각을 하고 있던 차에 수진 언니가 왔고, 지나가는 말이지만 혼인 이야기가 나온 것이었다. 수련으로서는 잠을 이루지 못할 만큼 가슴 설레는 이야기가 오간 날이었다.

원대복귀

　비가 내린 덕에 시원했던 것은 하루뿐이었다. 하늘에 구름 한 점 없는 유월 이십팔 일의 날씨는 찌는 듯 무더웠다.
　공사 현장은 더했다. 건축부지다 연병장 부지다, 진입로다 하여 야산을 온통 불도저로 밀고 파헤쳐 놓은 주황색 황토 때문에 지열이 배가하여 더욱 무더운 여름이 만들어지고 있었다.
　24인용 군용 천막 안은 더운 정도를 넘어 후끈후끈 했다. 상황실에 앉아 지구별 공사 진도표를 정리하던 이상운 병장은, 이마에서 가슴에서 땀이 샘처럼 솟아 흐르자 연필을 내던지고 웃옷을 벗었다. 땀으로 축축해진 카키색 러닝셔츠는 짜면 물이 줄줄 한 바가지는 나올 것 같았다.
　그는 양동이로 물을 퍼다 상황실 바닥에 뿌렸다. 그러나 시원한 느낌은 잠시 뿐, 3부 합판이 깔린 바닥은 금세 말라버렸다. 그는 열기와 싸움이나 하듯 계속 물을 퍼다 뿌렸다. 소용없었다. 오히려 물을 퍼 나르는 것으로 인해 몸은 더 견딜 수 없는 지경이 되어갔다.

염병. 정말 더럽게 덥군.

물 뿌리기를 포기한 이 병장은 천막 앞 소나무 그늘에 섰다. 안에 있는 것보다 훨씬 나았다. 살 것 같았다. 소나무 그늘이라고 지열이 없는 것은 아니지만 천막 안처럼 후끈거리는 열기는 없었다. 담배를 꺼내 물고 막 성냥을 그어대는 데 전화벨이 울렸다.

그는 눈살을 찌푸리며 담배에 불을 붙였다. 전화는 따릉따릉 울렸지만 저 후끈거리는 열기 속으로 들어가 수화기를 들고 싶지 않았다. 최소한 담배 한 대 필 정도의 시간은 소나무 그늘에서 쉬고 싶었다.

그는 원망스런 시선으로 전화통을 노려보며 담배를 빨았다. 통신대에서 수동으로 보내는 신호는 이윽고 신경질적으로 연이어 울리기 시작했다. 그 울려대는 꼴이 뭔가 급한 내용이 있거나 계급이 높은 자의 전화 같았다. 이 병장은 할 수 없이 천천히 걸어가 수화기를 들었다.

"통제부 이 병장입니다."

"이 병장?… 나 사단사령부 인사장곤데"

아니나 다를까, 수화기 저편에선 대뜸 신경질적인 음성이 들려왔다.

"왜 이렇게 전화를 늦게 받나?"

"죄송합니다. 현장 때문에 잠시 상황실이 비어 있었습니다."

"방우현 소령님 바꿔!"

"방 소령님 지금 공사장 순시중이십니다."

"그럼 자네가 전해드려… 문서가 곧 가겠지만 어쨌든 7월 10일부로 208연대 B대대장 전임이시라고."

"알았습니다. 그렇게 전하겠습니다."

수화기를 내려놓은 이 병장은 냉수를 마셨다. 한 컵 마시니 갈증이

더한 것 같아 또 한 컵을 들이켰다. 배속에서 물이 출렁거리는 느낌을 받고서야 컵을 놓았다.

다시 소나무 그늘 밑으로 온 그는 사방을 두리번거렸다.

공사를 감독하는 통제부 천막은 시야가 트인 돌출부분에 자리 잡고 있어 넓은 현장의 상당부분을 조감할 수 있었다. 연대본부와 직할대가 들어서는 S지구와 통제부 바로 아래 펼쳐진 A지구 공사장은 다 시야에 들어왔다. 천천히 살펴보던 이 병장은 A지구 연병장 부지 갓길을 걸어가는 방 소령을 발견하고 뛰어갔다.

"단장님, 단장님."

방 소령은 걸음을 멈추고 뒤돌아 봤다. 이 병장은 가까이 다가가 숨을 고른 후 말했다.

"방금 사단사령부 인사장교 전화를 받았습니다. 단장님 전임 명령이 났답니다."

"그래?… 언제, 어디라든?"

이 병장은 기뻐할 소식이다 싶어 달려와 보고를 했는데 방 소령의 반응은 시큰둥했다.

"7월 10일부랍니다. 208연대 B대대장으로…"

방 소령은 보고를 들으며 하늘을 보았다. 208연대라면 백마사단 울타리 안이었다. 고개를 들어 하늘을 보는 그의 모습은 평소와 다름없이 쓸쓸해 보였다.

"저는…"

머쓱해진 이 병장은 뒷머리를 긁적거렸다.

"단장님께서 기뻐하실 것 같아 뛰어왔는데… 공사장에서 이 바쁜 한 생활보다는 나을 것 같아서 말입니다."

"기쁘기는 뭘…"

방 소령은 씁쓰레한 미소를 흘렸다. 그는 주 진입로가 건설되고 있는 토목공사 현장 쪽으로 발길을 옮겼다. 이 병장은 따라 걷자 방 소령은 말했다.

"그건 그렇고… 갈 때 가더라도 가는 날까지는 챙겨야지. 공사병력 지원요청에 대해서는 답이 없니?"

"예, 아직."

"이 대위는 어디 있니?"

"잘 모르겠습니다."

"아침에 보고 못 봤지?"

"예…"

"에 참, 형편없는 자식. 어디 다른 데로 보내버려야지."

방 소령은 혀를 끌끌 찼다. 이 병장은 더 따라갈 필요를 못 느꼈다.

"그럼 저는 올라가 보겠습니다. 상황실이 비어 있습니다."

"그래라."

지프는 어디 보낸 듯 차도 천 병장도 보이지 않았다. 방 소령은 현장 이곳저곳을 돌아보는 중이었다.

발길을 돌려 통제부로 올라오던 이 병장은 한 중대막사 건축 현장에서 혼자 문틀을 세우고 있는 영선을 발견했다.

"어, 영선 씨. 목수로 승진했나?"

"아, 이 병장. 마침 잘 왔네. 이리 와서 조금만 도와 줘."

그는 혼자 문틀을 고정시키지 못해 끙끙대고 있었다.

"문틀을 왜 혼자 세우고 있어?"

이 병장은 달려가 잡아주었다. 영선은 잠시 그대로 잡고 있으라면서 받침목에 못질을 했다.

"마침 와줘서 고마워. 이 병장."
"이제 다 된 거야?"
"응. 이젠 손 놔도 돼."
이 병장이 손을 놓으니 문틀이 약간 움직거렸다.
"이거 아무래도 부실공사 같은데?"
"지랄 같은 소리."
"흔들리잖아."
"못 하나 더 박으면 되지!"
이 병장은 방금 고정시킨 문틀을 조금 세게 흔들어 보았다. 약간 움직이긴 했으나 큰 하자는 느낄 수 없었다. 이 병장은 다른 소리를 했다.
"그건 그렇고… 딸기 들어가기 전에 한 번 더 갈까? 이번은 내가 살게."
"언제 누구누구와 가자고?"
"지난 번 멤버 그대로 가면 안 될까?"
그러자 영선은 픽 웃었다.
"흥, 듣고 보니 목적이 딴 데 있군."
못대가리를 내리치는 망치소리가 크게 들렸다.
"목적이라니. 그게 무슨 소리야?"
이 병장은 펄쩍 뛰지 않을 수 없었다.
"능청떨지 마. 그 속셈 다 알아."
못질을 끝낸 영선은 망치를 놓고 장갑을 벗었다. 잠시 쉬려는 표정이었다. 이 병장은 담배를 꺼내 영선에게 권하고 자기도 피웠다. 영선은 말했다.
"보좌관 이 대위가 그 집 사랑방을 얻었다며? 그 핑계 대고 모두 놀러갔고…"

"그 핑계라니. 보좌관님 이사했다고 팥죽 먹으러 오라고 해서 갔던 것뿐인데."

"팥죽 먹으러 간 거야, 수련 씨 보러 간 거야. 솔직히 말해."

"뭐야?"

이 병장은 어처구니가 없어 웃었다.

"야. 지금 수련 씨라고 했니? 난 아직 수련이가 누구 이름인지도 몰라. 알고 싶지도 않고 누구에게 물어본 적도 없어. 쓸데없이 넘겨짚지 마."

이 병장은 침을 뱉듯 말하고 담배연기를 길게 내뿜었다. 영선은 계속 이죽거렸다.

"그렇다면 다행이군. 아무튼 허튼 수작할 생각 말아. 수련 씨 오빠가 독수리사단 사단장이야."

"내 맘에 있고 없고가 문제지 여자 오빠가 무슨 상관이냐? 사단장이면 불알이 두 쪽이냐?"

"하하하. 불알은 누구나 두 쪽이지. 이 병장은 한 쪽인가?"

그 소리에 둘은 마주보고 웃었다.

"혹시 영선 씨가 그 여자 좋아하는 거 아냐? 그래서 경계하고 질투하는 거. 그렇지? 그렇다면 내가 그 나마의 관심도 꺼 주지."

"그것도 아냐. 그 집과 우리 집은 어울리는 집안이 아냐."

영선은 일축했다. 그러나 짝사랑 하는 듯 스쳐가는 묘한 기운이 있었다. 어쨌든 이 병장의 기분은 좋지 않았다.

"그럼 뭐야. 저 못 먹는 감 남도 먹지 말라는 심뽄가? 아무튼 알았어. 수고해."

이 병장은 한마디 쏘아주고 돌아서서 그 자리를 떠났다. 영선이가

'딸기 얘기 마저 해야지.' 하고 뒤에서 불렀으나 이 병장은 '김샜어!' 하고 둔덕을 올라갔다.

　통제부로 돌아온 그는 세수나 하려고 수건을 가지러 침실로 들어갔다. 24인용 천막 하나의 앞쪽 반은 통제부 상황실이요, 뒤편 반은 근무자 숫자대로 침대가 놓여있는 침실이었다. 문을 들추고 들어가니 코고는 소리가 들렸다. 이 대위가 그 안에서 자고 있었다. 이 병장은 심술이 일어 그를 흔들어 깨웠다.

　"보좌관님. 보좌관님."

　몇 번 팔을 흔드니 이 대위는 눈을 떴다.

　"참 보좌관님도… 매일 주무시기만 하면 어쩝니까?"

　"아 함…"

　이 대위는 일어나 앉으며 하품을 했다.

　"정말 대단하십니다. 이 더위에 푹푹 찌는 천막 안에서 그렇게 달게 주무시니."

　"사람은 할 일이 없으면 잠이 오는 거야. 할 게 뭐 있냐? 시키지도 않고."

　"왜 할 일이 없으세요. 하려고 들면 할 일 투성이죠. 또 혼나시게 됐어요."

　"왜. 영감이 뭐라고 하든?"

　"다른 데로 쫓아버리시겠대요."

　"뭐라고? 푸우 핫핫핫하. 우핫핫하."

　이 대위는 폭소를 터뜨리며 도로 누웠다.

　"쫓아내기 전에 비켜드릴 거라고 아뢰거라. 알겠니?"

　"…정말입니까?"

　"암, 정말이고 말고."

이 대위는 자신만만한 표정이었다.

"수단방법 가리지 않고 빨리 이곳을 떠나기로 마음을 고쳐먹었다. 그래서 위에 부탁했어. 빠르면 수일 내 명령이 날 거다."

수건만 들고 나갈까 하던 이 병장은 칫솔까지 집어 들며 이 대위를 보았다.

"그렇게 마음을 고쳐먹을만한 무슨 일이 있었습니까?"

"그냥… 예감에 떠나는 게 좋을 것 같아서다. 곧 떠날 거야."

그는 아무 일 없음을 필요 이상 강조했지만 한편에선 초조해 했다.

"이해할 수 없군요. 그런 생각이시라면 이사는 왜 했습니까?"

"사정이 그렇게 변했어. 넌 몰라도 돼."

"그건 무슨 일이 있었다는 얘기 아닙니까?"

"넌 몰라도 된다니까."

이 대위는 두 팔을 머리 뒤로 깍지 끼고 다시 누우며 하품을 하고 눈을 감았다.

이 병장은 잠시 그 모습을 지켜보다 말했다.

"어쨌거나 잘되시길 바랍니다. 따분하기 짝 없는 통제부 생활이야 미련 가지실 일 아니겠죠. 새로 가시는 곳은 좋은 곳이겠죠?"

"이깐 놈의 군대 우리 같은 갑종 출신에게 좋은 곳이 어디 있냐? 우리 군댄 사관학교 나온 놈들에게나 좋은 군대야. 우린 들러리일 뿐이라고."

갑종간부후보생 출신인 이 대위 목소리는 패배감에 젖어있었다. 1950년 육군보병학교에 설치된 갑종 장교과정은 68년 육군3사관학교가 개교되자 69년, 230기를 끝으로 제도 자체가 폐지되었다. 이 대위는 그 과정의 막차 출신이었다.

"허 참, 기왕 택하신 직업인데 그렇게 부정적으로 생각하십니까?"

"받쳐줄 후배가 없어졌으니 우린 끝인 거야. 애들 목소리가 없이 늙어가는 마을처럼 미래가 없는 거지. 우릴 이끌어줄 선배들이 없어."

"갑종 출신에도 장군이 된 분이 여럿 있잖아요?"

"각자 저 살기로 남아있을 뿐이지. …근데 너 왜 자꾸 꼬리를 다냐? 네가 뭘 안다고 건방지게."

이 대위는 병장 따위하고 더 말하기 싫다는 듯 돌아누웠다.

이 병장은 쓴웃음을 흘리며 천막을 나왔다. 이럴 때면 속에서 욕이 나왔다. '저하고 나하고 몇 살 차이라고!' 잘해야 두세 살 차이인데 배운 것은 이 병장이 더 많은 것이다. 그는 샘터에서 양치질을 하고 얼굴을 씻었다. 한참 비누칠을 하고 있는데 상황실 전화가 요란하게 울렸다. 그는 두리번거리며 정 병장이나 정 상병을 찾았다. 그런데 이 대위가 일어나 상황실로 가는 게 보였다. 조금 있으니 이 대위 목소리가 들렸다.

"통제부 이 대위입니다.… 작전과장이십니까? 백마! …아 단장님은 현장에 계십니다. 예.… 아, 이 병장요?… 예예, 말씀 알겠습니다. 단장님께 그렇게 전하겠습니다."

이 병장은 수건으로 얼굴을 닦으며 상황실에 들어섰다. 안락의자에 깊숙이 앉아 두 다리를 책상 위에 올려놓은 이 대위는 빙글빙글 웃었다.

"무슨 전화였습니까?"

"부평 황 소령인데 너 좀 복귀했으면 하시더라."

"복귀요? 그래서 뭐라고 하셨습니까?"

이 병장은 갑작스런 소리에 귀를 의심했다. 말년에 복귀라니?…

"단장께 말씀 그대로 전하겠다고 했지. 여기 형편상 곤란할 것 같다고는 했고…"

바지를 걷어 올린 이 대위는 털이 있는 종아리를 쓰다듬었다.
"하지만 그 양반이 부르면 가야하는 거 아니냐?"
"……"
"잘 돼 간다. 너도 가고 나도 가고… 영감 혼자 남아 잘 해 보시라지."
"좋아하실 거 없습니다."
이 병장은 가라앉은 목소리로 말했다. 그가 역겹게 느껴졌다.
"단장님도 가십니다. 7월 10일 자로 대대장 명령 났습니다."
"그래? …어디로?"
이 대위는 다리를 내려놓으며 눈을 치떴다.
"208연대 B대대장으로요."
"옳지. 7월 1일부로 중령이 되신다고 했지."
그는 당연한 것을 잊고 있었다는 듯 멍청한 얼굴을 했다.
"그럼 전부 흩어지는구나."
"단장님과 지내기 불편해서 어디 가시려던 거였다면 보좌관님은 취소하면 되겠네요."
이 병장은 웃으며 농반진반 던졌다.
"음, 그건 아냐. 다른 일이 생겼어."
"대체 무슨 일이 생긴 겁니까? 궁금하네요. …이사한 지 며칠이나 됐다고."
"넌 알 거 없어."
이 대위는 혼자 말처럼 중얼거렸다.
"어쨌든 두 분 다 잘되신 것 같네요. 배짱 안 맞는 분들끼리 거북하게 지내시는 것보다는…"
"그건 네 말이 맞다. 그런데 뭐냐. 어이쿠."

이 대위는 벌떡 일어섰다.
"난 저 위로 간다."
"저 위 어디요? 함바집에요?"
"그래. 뒤를 봐라. 네 말대로 거북한 영감이 오시고 있잖니."
두 손을 뒷짐 진 단장이 언덕을 올라오고 있었다. 뒤를 보고 다시 고개를 돌렸을 때 이 대위는 사라지고 없었다. 평소에는 느려터진 이 대위가 이럴 때는 빨랐다.
숨바꼭질하듯 방 소령이 상황실에 들어섰다.
"일섭이 아직 안 왔니?"
피곤한 듯 의자에 앉으며 방 소령은 천 병장을 찾았다.
"어디 보내셨습니까?"
"차 정비가 필요하다고 해서 보냈는데."
"그럼 정비 끝나는 대로 오겠죠."
이 병장은 방 소령의 지휘봉을 받아 책상 위에 놓았다.
"더우시죠? 세면하시게 물 떠올까요?"
"그래주겠니? 정말 덥구나."
이 병장은 얼른 물을 떠오고 방 소령의 웃옷을 받아 의자에 걸었다.
"월남보다 더 더운 것 같아요."
"야야, 거긴 더우려니 나 하지."
책상 위에 놓았던 방 소령의 지휘봉이 또르르 굴러 바닥에 떨어졌다.
"그래도 여긴 거기보다 십 도 이상 낮은데…"
"지열 때문이야. 월남은 모래땅이라 지열이 없잖니."
방 소령은 푸 푸 소리를 내며 얼굴을 씻고 머리까지 감았다. 이 병장은 얼른 물을 더 떠왔다. 다 씻은 방 소령은 물이 뚝뚝 떨어지는 머리에 수건을 덮고 비벼댔다.

"연락 온 데 없었니?"

"부평 황 소령님 전화가 있었습니다."

"작전과장이? 무슨 일로."

물기를 다 닦아낸 방 소령은 편안히 의자에 앉았다.

"잘은 모릅니다. 보좌관님이 받으셔서."

"이 대위 들어왔었니? 어디 있었다든?"

"여쭤보지 않았습니다."

이 병장은 그렇게 말했다. 그가 뒤에서 자고 있었다고 말할 수는 없었다.

"지금은 어디 있니. 또 나갔니?"

"조금 전까지 계셨는데… 방금 저 위로 가셨습니다."

"저 위에 뭐가 있다고? 이놈이 대낮부터 술 마시러 함바집에 간 모양이군."

방 소령은 또 끌끌댔다.

"에 참 걸레 같은 놈. 그런 놈이 장교라고… 무슨 전화라는 말도 없었어?"

"저를 복귀하라고 하셨답니다. 단장님께서 말씀 좀 나눠보셔야 할 것 같습니다."

"뭐야? 네가 복귀하면 여긴 어떻게 하라고. 어서 전화해 봐라."

방 소령은 펄쩍 뛰었다. 이 병장은 부평에 전화를 걸어 황 소령을 연결했다.

"아, 작정과장이오? 나 통제부 방 소령이요. 전화했었오?"

방 소령의 통화에 이 병장은 잔뜩 귀를 기울였다. 그는 허리를 굽혀 바닥에 떨어져있는 지휘봉을 주워 다시 책상 위에 놓았다.

"이 병장을 보내라 했다며?… 안 돼. 그럼 여기 일 할 사람이 없어. 차라리 보좌관을 데려가라고."

방 소령은 황 소령보다 나이도 많고 군대로도 고참이었다. 그러나 출신이 달랐다. 황 소령은 4년제 육사 출신이요 방 소령은 이 대위와 같은 갑종후보생이었다. 통화는 계속 됐다.

"물론 차츰 질서가 잡혀가면서 너나없이 바빠지겠지. 하지만 여기 공사도 부대 일이야. 나도 곧 떠나겠지만 여기 상황을 보면 이 병장을 지금 빼서는 안 돼… 그건 여기 상황을 몰라서 그래… 안 된다니까."

처음에는 방 소령이 완강했다. 그러나 양쪽 주장이 팽팽해지는 것 같더니 방 소령의 기세가 꺾이기 시작했다.

"허허… 그렇다면 할 수 없겠군.… 그래요, 그렇다면 뭐…"

이 병장은 우울해졌다. 눈물이 핑 도는 기분이었다. 그는 복귀하기 싫었다. 그는 나름대로 남보다 열심히 군 생활을 해왔다고 자부했다. 소총을 들고 일선에서 싸우지는 않았지만 야전 작전사병으로 33개월을 밤낮없이 상황에 시달렸다. 이제 전역까지 석 달 남짓 남았을 뿐이다. 쉬고 싶고, 관례적으로도 쉬는 게 인정되는 시점이었다.

지금 본대로 복귀한다면 작전과 작전사병으로 마지막까지 일에 시달릴 것이 뻔했다. 남보다 나은 능력이 있고 또 열심히 한다고 해서, 옷 벗는 마지막 날까지 그렇게 시달려야 한다는 게 싫었다. 할 수 있다면 구속이 덜한 이곳 공사통제부에서 남은 기간을 보내다 전역하고 싶었다. 그러나 방 소령은 이윽고 항복(?)하고 말았다.

"알았어. 정 상황이 그렇다면 할 수 없지… 그럼 이렇게 하자. 이놈 이 병장 말이야. 볼수록 성실하고 부지런한 놈이더라. 그래서 기회를 봐서 며칠 특별휴가를 주려던 참이었는데… 그래. 그렇더라고. 여기서도 여태 고생만 했지… 그러니까 우리 합의 하에 3일만 휴가를 주자. 여기선 내일 보내고 그쪽에는 4일 후 도착하는 걸로 하자고…

그래, 그래. 그렇게라도 해야 내 면이 설 거 같아.… 그래그래. 그렇게 하자고."

방 소령의 타협은 기껏 3일 휴가였다. 이 병장이 원한 것도 아니었다. 개떡 같은 기분이 된 이 병장은 샘터로 갔다. 숲에서 연기가 나는 것이 저녁밥을 짓는 모양인데 인기척은 없었다. 이 녀석들 어디를 간 건가? 부뚜막까지 가니 정찬화 병장 혼자 밥을 짓고 있었다. 이 병장은 옆에 쪼그려 앉았다.

"종두는 어디 갔니?"

"반찬거리 좀 얻어오라고 공병중대 보냈어요."

그는 연기만 피웠지 나무에 불을 붙이지 못해 애쓰고 있었다.

"아까부터 없던데… 너희 둘이 같이 어디 갔다 오지 않았어?"

"아까요? 아깐 나무하러 산에 갔었죠. 나무를 때야 밥맛이 좋거든요."

찬화는 그렇게 말했다. 그러나 왠지 목소리에 힘이 없었다. 이 병장은 자기 기분이 쓸쓸한 탓으로 그렇게 들리려니 했다.

"저녁에 우리끼리 술 한 잔 먹자. 안주도 좀 만들어 봐."

"술 요?… 무슨 날이에요?"

"송별회가 필요하게 됐어."

"누구를 송별해요? 보좌관님은 이사한 지 얼마 안 됐으니 아닐 테고… 아, 단장 님요?"

"저녁에 말해줄게."

"알았어요. 그럼 준비할 게요."

이 병장은 더 말하지 않고 일어섰다. 갑자기 허전해지면서 통제부가 낯설게 느껴졌다.

그날 밤, 모두 모인 자리에서 이 병장은 자신의 원대복귀 사실을 말해 줬다.

"너무 야속하네요. 말년까지 알뜰하게 부려먹으려고 불러들이는 게…"

"사실 여기서도 지금까진 고생만 하셨죠. 조감도니 배치도니 상황판 다 그리고 만들고… 이제 편해진 참인데…"

그건 그랬다. 아무 것도 없는 야산 기슭에 천막을 치고, 공사상황실을 꾸미기까지 일이 많았다. 부대 조감도도 그리고, 지구별 공사 진도표를 만드는 등 공사 현황을 한눈에 볼 수 있도록 각종 상황판 만드는데 두 달이 걸렸다. 덕분에 어느 누가 갑자기 방문해도 공사현황을 브리핑하는데 부족함 없는 상황실이 만들어졌다. 그 작업을 모두 미술학도였던 이 병장이 해 냈고, 관리도 하고 있는 것이었다.

정 병장도, 정 상병도 서운해 했다. 이 병장은 담담했다.

"할 수 없지 뭐. 군대서 까라면 까야지 할 수 있니? 내가 원래 일복이 많은 놈이라서 그래."

그들은 숲에 둘러앉아 소주를 마셨다. 꽁치통조림에 김치를 섞은 찌개에 돼지고기와 소시지를 볶은 안주도 있었다. 총각김치, 풋고추와 된장, 약간의 과자도 있어 그런대로 푸짐했다.

"그럼 이 병장 대신 누가 오지?"

천 병장이 물었다.

"모르지. 대안이 있겠지."

"공사통제부라는 게 있으나마나 한 거라서 그러는 거 아냐?"

"아지은 준비상태니까 별 관심 없을 수도 있겠지. 그러나 공사가 본격적으로 시작되면 공사통제부는 반드시 있어야지. 그땐 달라질 거야."

천 병장은 유난히 더 속상해 했다. 하루 전만 해도 전혀 예상 못한 일이었다.

"말도 안 돼. 단장님이 잘못 생각하신 거야."

"맞아요. 단장님이 절대 안 된다. 하면 안 가도 될 텐데."

정 병장도 한 마디 거들었다. 이 병장은 아는 대로 말했다.

"단장님도 열흘 후면 떠나. 208연대 B대대장으로 이미 명령이 났어."

"그래요? 그럼 모두 가네요. 이 대위님도 어디로 곧 가실 것 같던데요."

정종두 상병이 말했다.

"너한테 뭐라고 하시디?"

"전화 통화하는 걸 들었어요. 어디든 좋으니 빨리만 명령 내달라고 누군에겐가 다급하게 통사정하든 데요."

무슨 일이 있었던 것일까? 이 병장은 이 대위에게 무슨 일이 있었는지 더욱 궁금해졌다.

"단장님 가시고, 이 대위님도 가시고… 그러면 여긴 누가 지키죠?"

"공사통제부라고 만들어 논만큼 비워놓진 않을 테니 누군가 오겠지. 걱정들 마라. 낯설 것 같지만 누군가 와서 또 지내다보면 금세 친해지고 익숙해지고… 군인의 삶이라는 게 다 그런 거지 뭐."

"에이, 단장님이니 이 대위님이니 얘기하지 맙시다. 우리끼리 있는데 뭘 장교들 얘기를 해요."

비교적 말없이 술만 마시던 정종두 상병이 목소리를 높이며 끼어들었다.

"엇다, 이 녀석. 이 대위 똥 묻은 바지 빨아줄 때는 언제고."

"그런 거하고는 다르죠."

"에이 썅! 아무튼 군대는 내 배짱에 안 맞아."

천 병장은 거칠게 내뱉으며 침을 뱉었다. 이 병장은 조용히 타일렀다.

"일섭아. 그렇게 침 뱉지 마. 배짱에 안 맞기는 나도 너 못지않아. 하지만 어떤 일에도 장단이 있는 거야. 좋은 쪽으로, 긍정적으로 생각하는 자세가 필요해. 내 경우도 보자. 까짓 얼마 안 남은 거 여기 있으나 부평 본대에 복귀하나 마찬가지라면 마찬가지야. 마음 적으로야 여기가 얼마나 편하고 자유스러우냐. 부평에 가 봐라. 아무리 말년 고참이라도 철조망에 갇혀 생활해야 하는 갑갑함이 없겠니? 외출 한 번 하려면 몇 사람에게 아쉬운 소리 하고 허락받아야 하고… 하지만 생활 여건을 봐라. 여기에 제대로 된 식당이 있니 목욕을 할 수가 있니. 화장실조차 없는 곳이니 좀 불편하냐. 부평은 그 반대지. 문화시설은 충분해. 자유가 여기보다 못할 뿐이지. 그러니까 좋은 점에 감사할 줄 알게 되면 불평 없이 받아들일 수 있어."

"난 그게 아니고… 내 의사가 아닌 타의에 의한 갑작스런 변화를 내가 받아들여야 한다는 게 참기 힘들 뿐이야."

"네 마음 이해 해. 그러나 어떻게 하니. 우리 형편상 피할 수 없는 명령이잖아. 그것 역시 받아들이는 자세를 가져야지."

"잘 모르겠어. 아무리 군대요, 졸병이라도 그렇게 일방적으로 받아들이기만 해야 하는 건지."

천 병장은 다리를 쭉 뻗으며 반쯤 누웠다.

"어느 게 절대적이라는 건 없어. 약자일 때는 가급적 상황에 순응하는 게 결국 나 자신을 편하게 하더라.… 이 정도 명령은 우리 입장에서 받아들여야지. 아무튼 섭섭하구나. 이제 복귀하면 헤어지는 거나 다름 없는데."

이 병장은 술잔을 비운 뒤 정찬화 병장에게 내밀었다.

"내가 전역하는 9월까지는 공사가 안 끝나겠지?"

"전 잘 모르죠. 완공예정이 언제죠?"

"처음 예정은 내년 봄이었어. 그게 11월 말로 당겨졌다지 아마."

"그런데 왜 이렇게 지지부진하죠? 지금 같아서는 몇 년 걸릴 것 같아요."

"높은 양반들이 알아서 하겠지 뭘."

그렇게 주고받는데 정종두의 짜증 섞인 목소리가 끼어들었다.

"에이, 우리끼리 앉아 있는데 그런 얘기 그만 하자니까요."

정 상병의 시무룩한 모습은 오늘따라 유난했다. 이 병장은 빙긋 웃었다. 저 녀석이 저렇게 나를 좋아했나? 이 병장은 자기의 복귀를 서운하게 여겨 시무룩한 것이라고 여기며 정종두의 잔에도 술을 가득 채워주었다.

"정종두. 열심히 군복무 끝내고 사회에서 만나자."

"아직 인사는 이르죠. 전역하시기 전에 여기 또 오시겠죠. 그렇게 될 거에요."

정종두는 그렇게 예언하며 피식 웃었다. 힘이 하나도 없는 웃음이었다.

"만약 그렇게 된다면… 그건 내게 다시없는 불행일 거야."

이 병장은 무심코 한마디 흘렸다. 마치 자신의 운명을 예언이나 하듯이…

"야. 종두야. 천막에 가서 기타 좀 가져와라. 이 병장 노래나 듣자."

천 병장이 말했다.

그들은 그렇게 샘이 있는 숲에 둘러앉아 술을 마시며 이 병장의 원대복귀를 섭섭해 했다. 정 상병이 기타를 가져오자 이 병장은 늘 부르던 노래 '애인을 구합니다.'를 기타 반주에 맞춰 불렀다. 그 노래는 이상운 병장 작사 작곡이었다.

애인을 구합니다. 어여쁜 나의 여인 / 긴 머리 고운 입술, 새까만 눈동자에 / 나는 군바리요. 이름은 상운입니다 / 미술대학 다니다가 군인이 되었지요.

"다음 찬화."
이 병장은 소리치며 반주 음향을 높였다.

애인을 구합니다. 순결한 나의 여인 / 착한 마음 밝은 미소, 따뜻한 손길이여 / 나는 군바리요. 이름은 찬합니다 / 고등학교 졸업하고 군인이 되었지요

"다음 일섭이."

애인을 구합니다. 튀지 않는 나의 여인 / 서로 믿고 사랑하면 그것으로 족하지요 / 나는 군바리요. 이름은 일섭입니다 …

그들은 그렇게 돌아가며 노래를 불렀다. 저마다 제 이름을 대며 소개하는 대목도 멋대로 였다 후렴은 합창을 했다.

긴 긴 머리카락, 박 박 깎일 때엔 / 나도 몰래 눈물이 두 **뺨**을 적셨지만 / 이제는 고참이요. 낼모레 제댑니다 / 나를 진정 반겨줄 애인을 구합니다.

.

"후후후… 복순이가 생각나는데…"
천 병장이 말했다. 이 병장은 깜박 잊었다는 듯 물었다.
"너 솔직히 말해 봐. 오늘 낮에 정비하러 간다고 핑계대고 딴짓했지?"
"차는 정비했어. 오일도 갈고… 내 주제에 생판 거짓말이야 어떻게 해. 그러면서 잠시 만났지."
천 병장은 그 시간이 즐거웠다는 표정이다.
"이 병장은 그 여자 생각 정말 안 나?"
"생각하면 뭘 하냐. 군바리 졸병 주제에."
이 병장은 기타를 옆에 놓고 담배를 꺼내 피웠다.
"이 병장은 참 이상해. 다른 건 다 긍정적이고 적극적인데 여자에 대해서는 왜 그렇게 소극적이지?"
"말해줄까?"
후우- 담배연기를 길게 내뿜으며 이 병장은 풀밭에 누웠다.
"사랑은 자유 속에서 피어야 아름답다고 믿기 때문이야. 나는 아름다운 사랑을 하고 싶거든. 그런데 군대는 계급이 지배하는 조직 사회야. 이런 데는 자유가 없어."
"장교들은 자유롭겠죠."
정 병장이 옆에 누우며 둘의 대화에 끼어들었다.
"장교도 마찬가지야. 계급사회란 계급이 인격이고 능력이고 모든 것을 대변하는 사회야. 아무리 한 분야에 전문이고 유능해도 자기 계급 이상의 임무를 맡을 수 없어. 다시 말해 능력보다 계급이 우선인 거고 나아가 개개인의 존재감이나 창의력을 인정하지 않는 거지. 인간을 부속품 삼아 만들어진 기계화 사회라고나 할까? 그런 사회에선 아무리 계급이 높아도 자연인다운 자유는 없어."

"허허허. 갑자기 군대가 무서워지네요."

"나는 그렇다."

담배를 끈 이 병장은 기타를 배 위에 올리고 손가락 가는 대로 음을 울렸다.

"진정한 마음에서 우러나는 존경심으로 윗사람 섬기며 살고 싶고, 자유로운 환경에서 피어나는 인간애로 사랑을 노래하며 살고 싶다. 그런 의미에서 보면 군 생활 3년은 보다 아름다운 사랑, 완전한 인생을 위해 기꺼이 희생할 수 있는 기간이지."

이 병장은 동요, 섬집 아기의 멜로디를 쳤다. 기타소리는 그들이 모여 있는 숲을 채운 뒤 별빛 총총한 하늘로 올라갔다.

섬집 아기 동요가 애절한 탓인지 천 병장은 공연히 심각해져 자작술을 거푸 마셨다. 취할수록 복순이가 생각나는 모양이다.

"천 병장님도 고민이 있으시군요."

정 상병이 취한 눈빛으로 천 병장을 보았다. 자신도 고민이 있다는 전제였다.

"제 술 한 잔 받으시죠."

정 상병은 술잔을 내밀고 술을 부었다. 이 병장이 그 눈치를 챘다.

"일섭아. 너는 복순이 어쩌려고 그러니?"

"어쩌긴… 그저 고민할 뿐이지."

"없는 것보단 낫니?"

"그런 것 같아… 그런데 모르겠어."

천 병장은 정 상병이 따라준 잔을 비웠다. 잔이 비자 정 상병이 또 술을 부었다.

"술이나 드세요. 뭘 그까짓 여자를 가지고 고민을 하십니까? 군바리 아녜요. 군바리."

"뭐야?"

천 병장은 정 상병이 갑자기 웃긴다고 생각했다. 정 상병은 술에 취해 계속 주절거렸다.

"군바리가 뭐 사람입니까?…"

말이 거듭되는 사이, 천 병장은 정 상병이 주정하는 것을 알았다.

"너 지금 나에게 주정하는 거냐?"

"주정이 아니라 군바리는 군바리처럼 사랑하면 된다 이겁니다. 무슨 사람 흉내를 내며 고민하고 심각해 하고… 웃기는 거지."

천 병장 입에서 대뜸 욕이 튀어나왔다.

"야 이 새끼야. 엇다 대고 주정이야, 주정이."

"허허. 칠 테면 쳐보쇼. 까짓 이리 터지나 저리 터지나 그것도 군대생활일 테니까."

"너 정말 정신 안 차릴래?"

"치라니까요. 상관없어요. 몸 마음 편해 고향생각 하며 찔찔 짜는 생활이나, 얻어터져가며 긴장해서 지내는 거나 매일반 아닙니까? 이게 뭡니까? 가슴이 답답해서 살 수가 있습니까?"

"닥치라니까 그래도 이 새끼가!"

천 병장은 그의 뺨을 주먹으로 후려쳤다. 정종두는 물러나지 않았다.

"또 쳐요. 아주 짓이겨 주세요. 이게 무슨 사람 사는 겁니까? 생각해 봐요. 열심히 한다고 군대생활 단축됩니까? 맘에 맞는 사람과 함께 지낼 수나 있습니까?… 사람답게 살지도 못하면서 고민은 왜 하냔 말입니다."
 "이 새끼가 그래도."
 천 병장의 주먹이 또 날자 정 상병은 뒤로 나둥그러졌다. 정 병장이 얼른 달려가 정종두를 감싸 안았다. 순간 정종두는 울음을 터뜨렸다. 이 병장이 물었다.
 "찬화야. 종두에게 무슨 일이 있었던 거냐?"
 "낮에… 전령이 다녀갔잖아요. 종두에게 편지가 왔는데… 그 여자였죠. 늘 자기 애인이라고 자랑하던 여자… 그런데 시집을 간다고…"
 찬화는 종두의 아픔을 알고 있었다.
 "그럼 낮부터 그랬겠구나. 그래서 너희 둘 오후에 보이지 않았던 거구나. 진작 말해주지…"
 이 병장 기분은 착잡해졌다.
 "개 같은 년!"
 천 병장은 방향을 돌려 그 여자를 욕했다.
 "가면 말없이 갈 것이지 한 구멍 두 놈에게 대 주면서 뻔뻔하게…"
 이 병장이 일어섰다.
 "됐다. 이제 그만들 들어가서 자자. 내일 치우기로 하고."
 기타를 들고 일어선 이 병장은 먼저 그 자리를 떠나 천막에 들어가 침대에 누웠다.
 천막지붕에 군데군데 나 있는 작은 구멍 사이로 용하게도 별빛이 스며들고 있었다.

만남

일찌감치 아침상을 물린 수진은 기저귀며 아기 옷을 챙겼다.
"뭘 이렇게 일찍 서두르니?"
할머니가 물었다.
"수련이가 엄마에게 아무 말 안 했어요?"
"아무 말 못 들었다. 무슨 일이 있니?"
"고 계집앤 엄마에게 얘기도 안 하고 쫓아온다고."
"수련이가 널 쫓아가?"
할머니가 눈을 치뜨자 수진은 손을 멈추고 빙긋 웃었다.
"갑갑한가 봐요, 엄마. 저 바래다주면서 창경궁이라도 갔다 오고 싶대요."
순간 우당탕 쿵쾅, 마루에 올라온 수련이 방으로 들어왔다.
"됐어, 언니. 이 대위 부인이 엄마 저녁 해 준대."
"아니 넌 저녁이 문제니? 엄마에게 허락도 안 받고."
수진이 나무라자 수련은 머쓱해서 할머니를 보았다. 할머니가 먼저 말했다.

"알았다. 그렇게 갑갑하면 갔다 오렴."

할머니가 선선히 승낙하자 수련은 어린아이처럼 기뻐했다. 그녀는 얼른 옷장을 열고 입고 갈 옷을 골랐다. 이것저것 살피던 수련은 노란색 원피스를 골라 들었다.

"엄마. 이 옷 입을까?"

"그러렴. 그거 한 번 밖에 안 입은 옷이지?"

"네…"

노란색 원피스는 언니 결혼식 때 입었던 옷이었다.

수진이 가방을 다 챙겼을 때 수련도 외출 준비를 마쳤다. 욱이를 등에 업은 수진과 수련은 그렇게 여덟시쯤 대문을 나섰다.

"택시 불러서 타고 가지 왜 걸어간다고 그래?"

할머니는 그게 못마땅했다.

"걱정 마세요 엄마. 조금 걸어가다가 빈 택시 만나면 타고 갈 거예요. 우선은 걷고 싶어서 그래요."

대문밖에 나오자 욱이가 펄쩍펄쩍 뛴다.

"아유, 저것 봐라. 밖에 나오니까 저렇게 좋아하는구나. 에이그, 가엾은 자식…"

월남에서 전사한 사위가 자꾸 눈에 밟혀서, 말은 그렇게 했지만 할머니는 미소를 지었다.

"그럼 잘 가라. 소식 자주 전하고."

"네, 엄마. 안녕히 계세요."

모녀는 함께 미소를 짓기도 하고 이를 드러내며 웃기도 했지만 아무래도 마음 한 편에는 쓸쓸함이 있었다.

그때 대문이 삐이꺽 열리고 이 대위와 이 대위부인이 나왔다. 이 대위가 통제부로 출근하는 시간이었다. 그는 이내 상황을 파악했다.

"아니, 가십니까? 좀 더 계시다 가시지 않고…"

그는 할머니 보다 수련을 보며 말했다. 옆에 있는 수진은 왠지 바로 보지 못했다. 하지만 대답은 수진이 했다.

"가야죠. 3일이나 있었는걸요."

수진은 조용히 웃었다. 그제야 이 대위는 수진을 보았다.

"차는요, 택시를 부르셔야죠."

"아녜요. 옛날 생각하면서 조금 걸으려고요."

"아이구… 그럼… 제가 얼른 올라가서 통제부 지프 사정을 볼게요. 보낼 수 있으면 보내겠습니다."

이 대위는 이 병장이 원대복귀 차 떠나는 걸 알고 있었다. 이 병장 가는 데 일산역까지 태워다 주자는 건의는 가능할 것 같았다. 단장이 자기 말을 들어 지프를 내줄지 모르지만.

"오 참… 그렇게 하면 좋겠네요."

이 대위부인과 할머니는 함께 좋아했다. 그러나 수진은 고개를 저었다.

"괜찮아요. 말씀만 고맙게 받을 게요. 저희 걱정 마시고 얼른 출근하세요."

그리고 수진은 '어서 가자' 하고 수련을 재촉했다. 수련은 이 대위 부인에게 말했다.

"그럼 아주머니, 우리 엄마 하루만 부탁드려요."

"염려 말고 잘 놀다 오세요."

"욱아. 욱이도 빠이빠이 해야지. 할머니 빠이빠이…"

"예. 그럼 안녕히 가십시오."

이 대위는 정중하게 인사했다. 수진을 바라보는 그의 눈빛은 마치 큰 죄를 짓기나 한 것처럼 보기에도 더 없이 무거웠다.

그녀들은 걷기 시작했다. 영선 네 앞마당을 지나 작은 개울둑을 타고 걸어 찻길로 나왔다. 작은 다리를 건너 삼거리에서 왼쪽으로 가면 길 양편에 부대공사가 한창인 오르막길이었다. 한편에선 도로확장공사가 진행되고, 한쪽에선 중대 막사들이 건축되고 있었다.

낡고 더러운 데다 땀에 절어 희퍼래진 작업복을 입은 일단의 병사들이 이른 아침부터 확장된 도로 옆에 배수로를 파고 있었다.

지난 번 일이 아직 기억에 생생한 수련은 긴장하며 언니 옆에 바짝 붙어 걸었다. 혼자라면 이젠 걸어 갈 용기가 나지 않는 길이었다. 아기를 업은 언니와 함께이기에 걷는 것이었다.

"아유, 저 군인들 좀 봐라. 얼굴이 그냥 새까맣구나."

열심히 흙을 파고 퍼 나르는 병사들을 보면서 수진이 말했다.

"집에서는 하나 같이 귀한 자식들일 텐데…"

"불쌍하긴 뭐가 불쌍해."

수련은 입을 비죽거렸다. 빨리 잊을 수 있으면 좋으련만 그럴수록 더욱 생생해지는 그 못된 놈의 그림자가 어른거렸다. 언니에게도 있는 그대로 말할 수 없는 망측한 일이었다.

"여기 와서 일하는 병사들은 우리가 알고 있는 군인들이 아냐. 어디서 왔는지 순 야만인들이라고."

"왜애?"

"별 별 해괴한 짓을 다 하는 바람에 여자들은 이 길 못 다닌다고. 나도 당했는걸."

"에이, 어디에나 그런 사람들이 섞여 있지."

수진은 너그럽게 웃었다. 수련은 펄쩍 뛸 수밖에 없었다.
"모르는 소리 마. 언니는 당해보지 않아서 그래."
"무슨 일이 있었는데?"
"말할 수도 없어. 너무 천박하고 망측해서… 아프리카 미개인들도 그런 짓은 안 할 거야. 어쩜 오늘도 무사하지 않을 걸?"
"오늘은 아무 일 없을 거야."
"어떻게 장담해?"
"욱이가 있잖니. 아기의 힘이 얼마나 큰지 아니?"
수진은 든든한 갑옷이라도 입은 사람처럼 빙긋 웃으면서 걸었다. 배수로 작업에 열중인 병사들의 옆을 지나며 수진은 수련을 보았다. 잔뜩 얼굴이 굳어 있는 게 무슨 일인가 있긴 있었던 것 같았다.
그러나 수진의 말대로 작업 중인 구간을 다 지날 때까지 염려하던 야유나 희롱의 소리는 일체 없었다. 이윽고 고개를 넘었다. 수련의 입장에서는 무사히 넘은 셈이었다.

고개라고 해야 이십 도도 안 되는 경사 길을 십오 분 정도 오르고, 또 그 정도 내려가면 되는 가벼운 길이었다. 공사로 인해 기슭에 가득했던 나무숲이 제거되어 예전보다 고개가 높아 보이는 감이 있지만, 그건 공사가 진행되는 쪽에서 볼 때만 그랬다.
공사는 오륙 부 능선에서 이루어지고 있어 고개 너머 반대쪽 기슭에서는 전혀 보이지 않았다. 고개 넘어 내려가는 길은 예전과 다름없는 시골, 야트막한 야산 고개를 넘는 풍경이었다.
고개 넘어는 광활한 경기평야였다. 평야 저편에 가물가물 도시로 발전해가는 일산 읍이 보였다. 걷기에는 다소 먼 길이었다. 평지이기에 실제보다 더 멀고 지루해 보이는 길이기도 했다.

고개를 다 넘고 나니 차츰 힘들어져 차가 있었으면 싶어지는 수진이었다. 아침 길 출근하는 사람들이 있어 택시가 다닐 만도 하건만 그날은 고개를 다 넘도록 다만 한 대의 차량도 지나가지 않았다.

"오늘은 왜 이렇게 차가 귀하지?"

수진이 앞뒤를 두리번거리자 수련이 물었다.

"언니 다리 아파?"

"아니 다리는 뭐. 애 때문에 그러지…"

"욱이 내가 업을까?"

"애 업는 건 쉬운 줄 아니?"

"힘들면 여기 서서 차를 기다릴까?"

"아냐. 택시 만날 때까지 걷자. 걷는 것도 사실 괜찮아."

그 길은 그녀들이 읍의 학교에 다니던 길이었다. 하찮아 보이는 돌멩이 하나, 길 가의 나무 한 그루에서도 얼마든지 옛이야기를 피워낼 수 있는 길이었다.

아침 해가 등 뒤로 떠올라 그림자를 길게 만들었다. 그녀들은 자기키의 두 배는 됨직한 자기 그림자를 밟으며 걸음을 계속했다.

"언니. 앞집 영선이 있잖아."

수련은 팔에 걸쳤던 핸드백을 어깨에 메며 말했다.

"후후후. 엄마가 한 번 농담을 했어. '영선이 우리 데릴사위 삼을까?' 하고."

"엄마가 어떻게 그런 농담을?…"

"아무튼 하셨어. 그 뒤로 얼마나 나에게 잘하는지 몰라."

"너에게. 아님 엄마에게?…"

"나에게 지. 물론 엄마에게도 잘하고."

"뭐라고 말도 하디?"

"말은 없지만… 잔뜩 기대하는 눈치야."

"에유, 끔찍한 얘기구나."

수진은 차라리 웃었다.

"우리 집안이 이렇게 된 게 걔네 아버지 때문인데…"

수진은 옛일을 떠올렸다.

"엄마는 옛일을 잊어버렸나?"

"엄마가 어떻게 옛일을 잊으시니… 철천지한이 맺혔을 사람인데. 아래윗집 사니까 어쩔 수 없어서 침묵하는 거겠지. 세월도 오래 됐고… 그리고 요즘 세상에 아버지가 그랬다고 자식까지 미워할 수 있겠니? 대충 잊어버리고, 용서하고 그렇게 사시는 거지."

수련은 어렸을 때 일이어서 잘 알지 못했다. 다만 육이오 사변의 와중에 대지주였던 아버지를 착취를 일삼은 악질반동분자로 고발한 것이 영선이 아버지였다는 사실만 들어서 알고 있었다. 비록 살아남기 위해 사상이 극단적으로 대립했던 격변기였다 할지라도, 적어도 3대 이상 대지주의 땅을 소작인으로서 전답을 부쳐왔고, 지주는 지주대로 후덕하게 나누며 살아왔던 관계에서 볼 때 영선 아버지의 배반은 은혜를 저버리는 패륜행위여서 동네 사람들은 영선 아버지를 동네에서 추방하려고까지 했을 정도였다.

수련의 아버지는 그때 인민재판에 끌려갔다가 반신불수가 되어 풀려난 뒤 다시 기동을 못했고, 끌려가는 아버지에게 매달리던 아들 넷은 공산당원에게 맞아 무참히 죽고 말았다.

짧은 기간 인민군 치하에서 어깨에 힘주던 영선이 아버지는, 국군이 다시 들어오자 행방불명자가 되어 버렸다.

20년도 더 지난 옛일이었다. 강산이 두 번 이상 변했고 주력 세대도

교체되었다. 그러나 그런 엄청난 일이 있었음에도 아버지가 사라진 영선 네 가족은 그 집에 살아야만 했다. 갈 곳이 없었기 때문이었다. 잊을 수 없는 일을 가슴에 품은 채 수련 네와 영선 네는 그렇게 아래윗집으로 마주보며 살고 있는 것이었다.

살아있기에 지난 일을 잊을 수는 없지만, 그렇다고 용서할 수 없는 원수라고 계속 미워만 하면서 살 수도 없는 두 집이었다.

그녀들은 어디를 가는 게 아니라 산책하듯 천천히 걸었다. 그렇게 걷다가 택시를 만나면 탈 생각이었다.

길 양편은 전부 논이었다. 논 가운데에 도로가 만들어진 것이었다. 모심기를 끝낸 지 얼마 안 된 논에는 물이 가득했다. 잔잔한 바람에도 주름이 잡히고 그림자가 일렁였다.

논과 논을 가른 둑에는 홀쭉이 높게 자란 미루나무, 느티나무가 파수꾼처럼 우뚝우뚝 곳곳에 버티고 서 있었다.

논 사이를 깊숙이 흐르던 도랑이 길 옆으로 나왔다. 그렇게 길과 도랑이 만나는 곳에 두 그루 커다란 소나무가 있어 아래를 지나는 그녀들을 잠시 그늘에 있게 하기도 했다.

"생각할수록 언닌 잘못했어. 강찬호 씨와 결혼하는 건데…"
수련은 늘어진 가지에서 솔잎을 따 입에 물었다.
"그 사람 얘기는 왜 자꾸 하니?"
수진은 짜증스럽게 말했다.
"내게도 그런 사랑이 있었으면 해서 하는 소리야."
수련은 언니의 반응은 아랑곳하지 않고 계속 말했다.
"마음에 맞는 상대를 만나 멋진 추억을 만들고, 결혼해 살면서 두고두고 얘기하고… 그러면 얼마나 인생이 행복할까?"

"세상일이 그렇게 만만하게 꿈꾸는 대로 풀린다든?"

"그래도… 난 중매는 이상할 것 같아. 그거 어색해서 어떻게 살지?"

"중매도 좋은 점이 있더라. 깨끗하게 둘만의 새 인생을 시작하는 거니까. 사귀다가 결혼하든 결혼을 전제로 만나 살든 몰랐던 남녀가 가정을 만들어 어울려 사는 건 마찬가지지. 살다보면 정은 들게 마련이야. 그냥 이웃도 그런데 부부는 살을 섞고 살지 않니…"

수진은 전사한 남편을 생각했다. 살을 섞고 살았던 그리운 사람… 한 줄기 바람이 수련의 노란 원피스 자락을 출렁이게 했다.

빠앙 빵 –

때맞춰 병사들을 실은 군 트럭이 한 대 지나가자 바싹 마른 길에서 먼지가 치솟았다. 수진은 얼른 욱이를 수건으로 덮고 돌아서서 먼지가 가라앉기를 기다렸다. 트럭 위의 군인들은 그녀들을 보자 떠들고 소리치며 멀어져 갔다.

"개새끼들!"

먼지가 가라앉기 무섭게 수련은 이빨을 갈았다.

"그게 무슨 말버릇이니? 계집애가."

수진은 야단쳤다.

"지금 뭐랬는줄 알아?"

"개새끼들, 이랬잖아."

"저 야만인들이 뭐라고 하는 소리를 들었냐고?"

"그까짓 소리를 왜 듣니?"

"난 들려. 들리는 걸 어떻게 안 들어."

둘은 마주 보며 서로 내가 뭘 잘못했니? 라는 걸 눈빛으로 싸웠다. 그러나 이내 독소를 지우며 다시 걸었다.

"요즘은 택시가 안 들어오는 모양이구나."

수진이 조금 힘들어하자 수련은 혹시나 하고 앞뒤를 두리번거렸다. 멀리 뒤에 또 군대 지프가 한 대 오는 것이 보였다. 다른 차는 보이지 않았다. 기차역이 있는 일산 읍까지는 아직도 오리 넉넉하게 남은 듯싶었다.

"욱이를 내가 업을까?"

"네가 어떻게 업니. 그런 옷 입고."

"그럼 뒤에 군대 지프가 오는 데 세워볼까?"

"태워줄까?"

수진은 힘들어하는 게 역력했다.

뛰 뛰 경적이 울렸다. 지프가 다가오며 울리는 경적이었다. 손을 들어 도움을 청해보려던 수련은 그 경적소리에 미리 체념하고 바로 걸었다. 뛰 뛰 거리는 폼이 또 희롱이나 할 것 같아서였다. 그러나 달려오던 지프는 그녀들 옆에 섰다. 앞에 탄 병장이 물었다.

"한수진 씨 아닙니까?"

"예, 그런데요…"

수진은 엉겁결에 대답했다. 병장은 활짝 웃으며 차에서 내렸다.

"타십시오. 읍까지는 지프로, 서울까지는 기차로, 보디가드가 되어 모시라는 엄명을 받았습니다."

"어머, 누가요?"

반갑지만 수진은 뜻밖이어서 의아해 했다.

"공사통제부 이정봉 대위께서 그렇게 명했습니다."

"아, 예."

그제야 그녀들은 안심하고 차에 올랐다.

"동생 분은 한수련 씨죠?"

차가 출발하자 병장은 수련을 보며 말했다.
"어머, 어떻게 제 이름까지?…"
"딸기밭에 같이 갔던 이상운 병장입니다."
"어머, 그러시군요. 낮에 보니 전혀 몰라보겠어요."
수련은 반가웠다.
"조용하고 감상적인 분 같았는데 이렇게 씩씩한 용사의 모습으로 나타나시다니…"
"하하하. 그렇습니까? 저도 마찬가지입니다. 낮에 뵈니 아름다움이 눈이 부실 정도네요."
"어머 그런 말도 할 줄 아시고."
수련은 기분이 좋아졌다.
"어떻게 된 거니?"
수진은 궁금해서 묻지 않을 수 없었다.
"호호호. 며칠 전 여럿이 어울려 원당 샛말에 있는 딸기밭에 갔었어. 그때 얘기야. 달도 없는 밤이어서 서로 얼굴도 볼 수 없었거든."
수련은 그날 밤의 이 병장을 떠올려 대비해 보았다.
"안녕하세요?"
천병장도 인사했다. 수련은 기억을 더듬었다. 복순이가 말하던 친구?….
"네, 그때… 천 병장님이셨든가요?"
"어이구, 기억해 주셔서 영광입니다. 저 천일섭입니다. 복순 씨도 잘 있죠?"
"그럼요."
천 병장도 기분이 좋았다.
수진은 믿어지지 않아 다시 물었다.

"정말 이 대위님이 그렇게 말씀하면서 보내셨어요? 그냥 꾸며서 이 병장님이 하신 소리죠?"

"두 분이 걸어서 일산까지 가신다고 얼마 전에 출발하셨다면서 빨리 쫓아가 모시라고 하시더군요."

"그럼 저희 때문에 일부러 오신 거예요?"

이번엔 수련이 확인했다.

"그럼요. 일산역까지는 지프로, 서울역까지는 기차로 모시라는 엄명이 있었다니까요."

이 병장은 시치미 떼고 재차 그렇게 말했다. 물론 수진의 의심이 당연했다. 군대는 그런 명령이란 게 있을 수 없는 걸 수진은 알기 때문이었다. 작전용 군용 지프에는 민간인을 태울 수조차 없는 일이었다.

원대 복귀하는 이 병장을 일산역까지 태워다 주라고 방 소령이 차를 내준 게 전부였다. 다만 통제부를 떠날 때 이 대위가 걸어가고 있는 수진 씨 자매를 만날 것이라고 귀띔을 해준 게 작용했을 뿐이었다. 어쨌든 이 병장은 그렇게 말했고, 그녀들은 흡족해 했다.

읍이 가까워지자 천 병장은 긴장했다. 기차역까지 가려면 네거리를 지나 조금 더 가야하는데 거기 헌병이 있을 때가 많았다. 그녀들이 아무리 군인 가족이라 해도 민간인을 태운 운전병 입장은 헌병이 신경 쓰였다. 더구나 선임 탑승 장교도 없는 상태였다. 천 병장은 이 병장에게 속삭였다.

"어떻게 할까. 예감이 좋지 않은데…. 헌병이 있을 것만 같아."

"어떻게 하면 좋겠니?"

"네거리 전에 내려서 걸어가게 하면 좋을 텐데. 역까지 십여 분 걸어가면 되는 거리거든."

"야, 큰소리 쳐놓고 쪽팔리게… 매일 드나들면서 여태 헌병 하나 못 새겼어?"

"……"

"그냥 가 봐. 운에 맡기자."

"헌병 있어도 자신 있어?"

"자신 있으나마나 모신다고 큰소리쳐놓고 어떻게 그런 꼴을 보이니? 죽으나 사나 역까지 가야지."

그렇게 말하는 이 병장의 내심에는 그녀들이 독수리사단 사단장의 여동생들이라는 구실이 있었다. 일산은 아직 독수리사단 위수지역이었다.

"좋아. 알았어."

천 병장은 에라 모르겠다, 하는 식으로 읍의 중심지로 들어갔다. 아직은 이 병장이 하라는 대로 해서 잘못된 일이 없었기 때문이었다. 물론 한편에선 헌병이 없기를 바랐지만 아침 출근시간 대라 그건 무리였다. 아니나 다를까. 네거리에서 헌병에게 걸렸다.

병장 계급장을 단 헌병은 선임탑승자석의 이 병장을 살폈다.

"어디 갑니까?"

결코 공손하지 않은 물음이었다.

"아, 기차역까지 이분들을 바래다 드리라는 명을 받았습니다."

이 병장은 태연히 말했다. 자신의 휴가나 원대복귀는 이야기할 필요가 없었다. 이 병장은 여기 근무하는 헌병이 독수리사단 소속임을 알고 있었다.

"이 여자 분들이 누군데요?"

"독수리사단 사단장의 여동생들입니다."

"사단장님의?… 정말입니까? 이 차는 백마부대 차 아닙니까?"

헌병은 의심했다. 그는 직접 수련에게 물었다.

"사단장님 가족이 맞습니까?"

"네. 사단장님이 오빠예요."

수진이 대답했다. 그래도 헌병은 의심이 가는 얼굴이었다. 그는 다시 물었다.

"사단장님 존함을 말씀해 보시죠?"

"한경림 장군님이신데요, 친오빠예요."

수진이 주저 없이 답하자 헌병 병장은 더 묻지 않고 경례를 붙였다.

"좋습니다. 편히 가십시오."

숨을 죽인 채 잔뜩 긴장하고 있던 천 병장은 야호! 하며 얼른 기어를 넣고 가속페달을 밟았다. 순간 잠깐만, 하고 이 병장이 헌병을 보며 차를 세웠다. 그는 헌병 병장의 명찰을 살폈다.

"구효덕… 실례지만 S대 미대 67학번 아닙니까?"

"맞습니다만…"

이 병장은 반가워서 목소리를 달리했다.

"나 몰라? 이상운."

"어라. 이게 무슨 일이야. 상운이… 어쩐지 낯이 익다 했더니… 야아, 몰라보게 변했구나."

"세상일 모르겠군. 미술학도가 헌병바가지를 쓰고 있다니…"

이 병장은 반가움에 휩싸여 얼른 차에서 내려 헌병의 손을 잡고 흔들었다. 대학 동기였다. 상운으로선 군대생활 중 대학동기를 만난 것이 처음이었다.

"야. 정말 반갑구나. 너 자리 지켜야 하니? 차 한 잔 할 시간 있겠어?"

반가움에 들뜬 이 병장은 자신의 위치조차 잊고 그렇게 제안했다. 구 병장도 마다하지 않았다. 그만큼 그들은 뜻밖의 만남이 반가웠다.

"여긴 외진 곳이라 잠시 차 한 잔 정도는 가능하지. 그런데 저 여성분들은 어쩌고."

"아 참, 그렇지. 어떻게 한다?…양해를 구해볼까?"

이 병장은 차 안의 수진과 수련에게 말했다.

"이거 어쩌죠? 너무 친한 친구를, 너무 우연한 자리에서, 너무 오랜만에 만났네요. 대단히 죄송하지만 먼저 가시면 안 될까요? 천 병장이 역까지 모셔다 드릴 겁니다. 저는 다음 기차로 가겠습니다."

수진과 수련은 어이가 없어 서로 마주 보았다. 좋았던 기분이 순식간에 사라졌다. 이 병장은 그녀들의 기분 따위 아랑곳하지 않았다. 친구를 만난 것이 더 반가웠다.

그도 그럴 것이 이 병장 입장에서는 가는 길에 같이 가려고 했을 뿐 아는 사이도 아니요, 꼭이 모셔야 할 무슨 임무가 있는 것은 애초부터 아니었기에 부담은 없었던 것이다. 다만 과장해서 말한 것이 마음에 걸릴 뿐인데, 군인 가족이라면 그런 일이 있을 수 없는 일이라는 걸 알 것도 같았다.

"그럼 그러시죠, 여기까지 태워준 것도 고마웠어요."

수진은 웃으면서 그럼 그렇지! 하며 선선히 양해했다. 그러나 기분이 몹시 상한 수련은 고개를 돌렸다. 이 병장은 개의치 않고 천 병장에게 말했다.

"일섭아. 여기서 헤어져야겠다. 역에 모셔드리고 바로 돌아가라. 나중에 연락할 게."

"알았어. 꼭 연락해."

이 병장과 천 병장은 악수를 하며 이별의 섭섭함을 달랬다.
지프는 일산역으로 갔고 이상운 병장과 헌병 구효덕 병장은 가까운 제과점으로 갔다. 빵과 커피를 주문하고 구효덕은 말했다.
"정말 반갑다. 이렇게 만날 수도 있구나. 너 월남 갔었지?"
"그래. 백마부대…. 휴전이 되니까 다 철수했지. 맹호니 청룡이니 다른 부대는 다 해체됐는데 백마 사단은 여기 새로 부대를 짓고 있어."
"그런 상황은 대충 알지."
"그동안 공사통제부에 파견 나와 있었는데 작전과장이 마지막까지 부려먹으려고 복귀하라고 해서 부평으로 가는 거야."
"그랬구나. 진작 여기 있는 줄 알았으면 좋았을 걸. 나도 석 달 전부터 여기 파견인데."
"하필이면 떠나는 날 만났구나.…"
"아까 그 사단장 여동생들은 어떻게 된 거냐?"
"아, 사단장 고향집이 부대 신축공사장 바로 앞에 있어. 사단장 집안이 대대로 살아온 고향 마을인 거지. 그 집에 공사통제단장 보좌관이 세 들어 살고 있어 한 번 갔다가 인사했지. 오늘 일은 특별한 임무가 있었던 건 아냐. 그냥 원대복귀하는 나 일산역까지 태워다주라고 통제단장이 차를 내준 거였어. 오는 길에 그녀들을 만나 태워준 거지. 현역 사단장 동생들이고 백마 사단이 들어서기 전까지는 여기가 독수리사단 관할이니까 괜찮을 것 같다는 판단이었지."
"역시 너다운 판단을 한 거구나."
그들 앞에 빵과 뜨거운 커피가 놓이자 그들은 커피 잔부터 잡았다.
"얼마 만이냐. 우리가 만난 게."
"나 입대할 때 네가 송별회 해 줬으니… 33개월 반쯤 됐지."
이 병장은 은근히 그것이 자기의 군대 밥이라는 걸 과시했다.

"그렇지. 넌 곧 전역하겠구나."
"너는 언제 입대했니?"
"난 졸업하고 왔어. 이제 겨우 일 년 됐나?"
"그런데 벌써 병장이야?"
"후후후. 파견 근무하는 헌병은 다 병장이지 뭐. 가불 병장."
구 병장은 눈을 깜짝이며 웃었다.
"월남에는 얼마나 있었니?"
"20개월 정도… 만날 훈련이나 하는 군대생활이 싫어 난 자원해서 갔어. 군인이란 게 뭐냐? 전쟁이든지 평화든지 성격이 분명해야 생기가 도는 것 아니냐."
"뭔가 항상 모색하는 건 여전하구나. 네가 경험한 월남은 어떠했니? 철수말년의 주월한국군에 대해선 말들이 많던데."
"무슨 말?"
"한편에선 월맹과 막판 치열한 땅따먹기로 많이들 죽었다 하고, 한편에선 박스군대라는 소문도 무성하고."
"둘 다 맞아. 작전을 나가는 중대나 대대는 희생이 많았지. 조금 편하고 안전한 데 있는 놈들은 돈 벌려고 박스꾸리는 데 혈안이었던 것도 사실이고."
"넌 어느 쪽이었어?"
"야, 날 알잖아. 난 그냥 본분에 충실했어. TOC에 있었으니까 벙커에서만 생활해서 안전하긴 했지."
"TOC라니?"
"Tactical Ops Center의 약자야. 월남에선 3군 전술합동본부라는 의미도 있었던 곳이지. 미군 항공지원반, 월남군 포병지원반이 우리와 합동 근무하는 곳이었으니까."

"특과처럼 들리는데?"

구효덕은 고개를 갸웃했다.

"특과는 무슨 특과… 국내하고 군대 편제가 달라서 그렇게 들리는 거지. 쉽게 정보작전과 정도로 이해하면 돼. 거기 미군과 월남군이 파견 나와 함께 근무하는 정도로. 국내도 작전과에 포병이 파견 나와 있잖니."

"그랬구나. 어쨌든 그랬다면 객관적으로 상황을 판단해볼 수 있는 자리이긴 했겠네."

"그 점이 행운이었지. 아무튼 희생은 많았어. 희생이 많았기에 한편에서 그 위로랄까 대가로 박스도 가능했던 거라고 보면 돼. 박스가 별 건 아니지. PX에서 파는 면세물품 사서 고국에 보내는 건데 웬만한 가전생활용품, 오디오 제품, 카메라 따위가 다 있었던 거야. 고국에만 보내면 두 배, 세 배 받을 수 있는 인기 있는 외제물건들이지."

"꽤 큰돈이 된다고들 하더라고."

"관세 낼 거만 안 내도 큰 돈 아니겠니? 몇 번 회전하면 더 큰돈이 될 수도 있겠지. 그러나 그렇게 물건 보내고 돈 보내고 무역하는 사람처럼 할 수 있는 위치의 사람은 많지 않았어. 대개 일이 회 정도지. 그중 재주 좋은 놈들은 일 회지만 박수를 여러 개 꾸렸지."

"……"

"그런데 넌 왜 박스에 그렇게 관심이 많으니? 궁해졌냐?"

이 병장이 웃으며 묻자 구 병장도 웃었다.

"아니, 하도 말이 많으니까 궁금했던 거지. 그래. 그 상황은 대충 알겠고… 그래 넌 뭘 느꼈니?"

"좋은 경험을 했다. 흔히 자유와 평화를 위해서 싸웠다는 얘기들을 하는데 내 느낌은 달랐어. 남쪽에는 이데올로기가 없었어. 호치민의 민족자결주의와 미국의 자존심 싸움에 우리가 끼어들었던 거지. 따라서 명분이 약한 참전이었어. 우리 명분은 달러에서 찾을 수밖에 없는 거였어…"

"월남 정권 역시 민족자결을 원한 건 마찬가지 아니었을까?"

"월남 정부는 다분히 미국이 선택한 거니까 독립적 의미가 약하지. 한국군 파병도 월남의 의사는 상관없이 미국과의 파트너십이었던 것처럼… 월남 정부의 정치적 동기가 국민의 지지를 받지 못하니까 우리 입장도 곤란할 때가 많았어. 내가 만난 베트민들은 한국이 돕는 걸 원하지 않았어. 한국군을 환영해? 우리 정부의 황당한 연극 연출이었지. 그들은 이데올로기를 따지기 전에 전쟁이 너무 오래 지속되는 것에 더 염증을 느끼고 있었기 때문이야. 누가 이기고 지고라든가 민주주의냐 공산주의냐 따위에도 관심이 없는 거지. 여자들 입장에서 보면 내 남편, 내 아들이 어느 편에 있느냐 에만 관심을 보였다고 할까? 그러니까 우리가 도운 것은 미국이지 절대 월남이 아니었어. 미국이 우리를 선택한 거고, 또 달러도 미국이 지불했으니까… 슬프지만 우린 용병이었던 거야."

이야기를 하다 보니 쓴 웃음이 저절로 나오는 상운이었다.

"결국 뭐냐. 희생자들만 돈 같지 않은 돈에 팔려 개죽음 한 거네."

"죽은 자는 개죽음이지. 그러나 반면에 살아 돌아온 사람들은 돈이든 경험이든 무엇인가 얻어왔지. 또 건설이나 항공 등 많은 기업이 진출해서 경제적으로 기초 체력을 다진 것으로 알아. 그러니까 뭐랄까. 참전용사건 민간 기업이건 살아서 돌아온 사람들이 얻은 건 죽은 자들이 준 것일 수 있어. 그들이 나중에라도 그걸 느끼고 죽은 자들에게 보답을 한다면 개죽음이 아닐 수도 있지. 그러나 그런 일이 생길까?"

"피카소의 게르니카 같은 대작이 네 머리 속에 움트고 있는 것 같은 뉘앙스를 풍기는 애기구나."

구 병장은 고개를 끄떡이면서 시계를 보았다.

"아 참. 너 근무 중이었지?"

이 병장은 너무 반가운 나머지 잊어버렸던 현실로 돌아왔다.

"응. 반가워서 밥이라도 한 끼 같이 먹고 싶지만 때도 아니고… 그만 일어나야겠다. 가서 근무해야지."

"그래. 나도 가야지."

그들은 일어났다. 빵집을 나온 그들은 처음 만났던 네거리로 돌아왔다.

"갈 게. 다음에 보자."

이 병장은 구 병장과 포옹하는 것으로 특별한 반가움을 표했다.

"그래. 역까지 가는 데 오 분이면 될 거야."

"혹시라도 공사장 다시 오는 길 있으면 연락할 게."

"곧 전역할 놈이 여길 뭐 하러 또 오겠니. 옷 벗고 면회를 와 줘야지."

"그런가? 하하하하."

그들은 활짝 웃으며 포옹을 풀었다. 그렇게 막 헤어지려는데 뛰, 뛰 소리가 들렸다. 천 병장이었다. 수진 일행을 일산역에 내려주고 돌아오는 길이었다.

이 병장은 천 병장을 가까이 오게 하여 구 병장에게 소개했다.

"효덕아. 너 여기 있는 동안 이 녀석 좀 봐 줘라. 이 녀석도 옷 벗을 날이 얼마 안 남았는데, 나하고 특별한 정을 나눈 놈이야."

"그래? 내가 뭐 힘이 있나?"

"그런 소리 말고."

"알았어."

"잘 부탁합니다."

천 병장이 인사를 했다.

"어떻게, 기차 타는 거 보았니?"

"못 탔어. 역에 가니까 조금 전에 지나갔대. 한 시간에 한 번이니까 오십여 분 기다려야 하게 됐지."

"저런, 아직 그 오십 분이 안 됐잖아. 그럼 가면 다시 만나겠구나. 아, 이거… 뭐라고 말하지?…"

이 병장은 뒷머리를 만지며 난처해했다.

셋은 한 마디씩 더 인사를 주고받고 각자의 방향으로 헤어졌다. 이 병장은 부지런히 역으로 갔다. 이 병장이 역에 도착했을 때는 기차가 올 시간이었다. 그는 급히 표를 끊어 플랫폼으로 나갔다. 기차를 타려는 사람이 많지 않아 한 눈에 들어왔다. 아기를 업은 수진과 수련은 플랫폼 중간쯤에 서 있었다. 그는 잔뜩 미안해하며 그녀들에게 다가갔다.

"아직 못 가셨군요?"

"어머, 예…"

다시 나타난 상운을 수련은 반가워하지 않았다. 하지만 수진은 반겼다.

"저흰 원래 이번 기차 탈 생각이었어요."

"이유가 있습니까?"

"여덟시 반 기차는 통근하는 사람, 또 통학하는 학생들 때문에 항상 만원이거든요. 이번 차는 그 반대예요. 늘 자리가 넉넉하죠."

"그렇군요. 그렇게 말씀하시는 걸 들으니 이 고장 분이 맞는 것 같습니다."

이 병장이 웃었다.

"여기서 태어나 자란 걸요."

수진도 웃음으로 응답했다. 등에 업힌 욱이가 칭얼대자 수진은 둥둥 흔들어 주었고, 옆에 있던 수련은 수련대로 토닥거리며 달랬다.

"호칭을 어떻게 해야 좋을지 모르겠군요. 아기를 업으셨으니 아주머니라고 하겠습니다. 아주머닌 참 너그러우신 분 같아요."

"별 말씀을…"

"같이 앉아서 가도 될까요? 아까 너무 무례를 저질러서…"

"그러세요. 기차 타면 저절로 얘기가 많아지잖아요."

수진은 선선하게 말했다.

"아깐 정말 미안했습니다."

"괜찮아요. 천 병장님한테 얘기 들었어요. 원대복귀하시는 거라면서요. 이 대위님이 어쩌고 했다는 얘기는 이 병장님이 그냥 한 소리라는 것도요."

수진은 싱긋 웃었다. 기분 상한 게 하나도 없는 얼굴이었다. 그러나 수련은 계속 얼굴을 마주치지 않으려 했다.

조금 기다리니 기차가 왔다. 수진의 말대로 출근 시간 직후여서인지 기차는 텅텅 비어 있었다. 가운데쯤에서 기차에 오른 그들은 세 번째 객실의 중간에 앉았다. 수진과 수련이 먼저 가는 방향을 등지고 앉았다. 상운은 수진의 맞은편에 앉았다. 자리가 잡히자 수진은 포대기를 풀어 업었던 욱이를 앞으로 안았다.

"한 번 더 사과드립니다. 아까는 미안했습니다."

이 병장은 얼굴까지 붉히며 거듭 사과했다.

"오랜만에, 뜻하지 않은 곳에서 정말 반가운 대학 동기를 만나는 바람에 그랬습니다."

"이해해요. 미안할 게 있나요? 잘하신 거죠."

수진은 너그럽게 웃었다.

"왜 미안할 게 없어."

수진과 달리 수련은 톡 쏘았다.

"우릴 놀린 거 아냐. 임무를 받았든 아니든, 책임지지 못할 말을 왜 해. 당연히 사과해야지. 하여튼 요즘은 별꼴 다 당한다니까."

"미안했습니다. 진심으로 사과합니다."

"사과 받고 싶지도 않아요."

수련은 냉랭했다. 수진이 눈치를 주었다.

"왜 그러니? 이해를 해야지. 상황이 그렇게 됐을 뿐이지 일부러 그러신 건 아니잖아."

수진은 이 병장에게도 말했다.

"별다르게 생각하지 마세요. 예가 좀 성미가 있어서 그래요."

"언닌 자꾸 그렇게 말할 거야."

수련의 자존심은 가만있지 않았다.

"그만 하라니까 자꾸 왜 그러니?"

"화가 나는 건 나는 거지."

"그럼 어떻게 하자는 말이니?"

수진은 답답했다. 이 병장이 또 나섰다.

"단단히 화가 나셨군요. 어떻게 하면 풀리실까요? 제가 다른 데 가서 앉을까요?"

이 병장은 어쩔 줄 몰라 쩔쩔맸다. 그러자 수진은 얼른 손을 흔들며 상관 말고 그냥 앉아있으라고 했다. 수진으로선 이 병장에게 물어보고 싶은 것이 있었기 때문이었다. 그러자 상운과 마주보는 자리에 있어 시선 둘 곳이 마땅치 않은 수련은 욱이만 보며 장난했다.
　탑승한지 삼 분이 지났건만 기차는 움직이지 않았다. 상운은 고개를 갸웃거리며 수진에게 물었다.
　"왜 안 가죠?"
　"기차가 와야 가죠."
　"⋯⋯?"
　"여기서 기차타시는 게 처음인가 보군요. 여긴 상행과 하행이 교차하는 역이에요. 선로가 하나뿐이거든요."
　수진이 설명하기 무섭게 빠앙, 빠아앙 하는 기적소리와 함께 하행열차가 달려오더니 그들 옆에 섰다. 하행열차는 만원이었다. 많은 사람들이 기차에서 내렸다. 중년 남녀의 모습이 유난히 눈에 띠었다.
　"그리고 보니⋯ 오늘이 토요일이군요."
　새삼스런 눈빛으로 차창 밖을 응시하며 상운은 중얼거렸다. 오가는 사람들의 얼굴이 하나 같이 밝고 즐거워보였다.
　순간 그를 깜짝 놀라게 하는 일이 벌어졌다. 승객들이 미처 다 내리기도 전에 기차가 움직이기 때문이었다. 아, 어쩌려고⋯ 하는데 그건 착각이었다. 움직이는 것은 방금 도착한 하행열차가 아니라 자신이 타고 있는 상행열차였다.

　서서히 역 구내를 빠져나간 열차는 이윽고 힘차게 달렸다. 유월 말의 싱싱한 푸름⋯ 논, 밭, 산, 나무, 강, 평야, 하얀 구름이 둥실 떠있는 파란 하늘⋯ 거대한 자연이 차창 밖에서 움직이고 있었다.
　"인제 봐도 자연은 신비롭고 아름답군요."
　창틀에 팔을 얹은 상운은 혼자 중얼거리듯 말했다. 바람이 쏜살

같이 달려와 그의 얼굴을 때리고 옷자락에 매달려 파르르 떨었다.

"창문 좀 닫아주시겠어요? 욱이 때문에요."

수진이 미안해하며 말했다. 상운은 '아, 예' 하고 얼른 일어나 창문을 내렸다.

아직 성이 풀리지 않은 수련은 자리의 불편함을 느끼며 여전히 욱이만 보았다. 부드럽게 쓰다듬기도 하고 살쩍 볼을 찌르기도 하며 장난했다. 갑자기 욱이가 '응애' 하고 울음을 터뜨리자 수진은 짜증을 냈다.

"왜 애는 가지고 그러니!"

"뭘… 내가 울렸나."

수련은 퉁명스럽게 변명하며 피식 웃었다. 어색한 자세, 시선… 그녀는 두 손을 무릎 위에 모으고 손톱을 보기도 했다.

"욱아, 에구 욱아…"

안고 흔들어도 아기는 계속 울었다.

배가 고파서 그러나 싶어 수진은 가슴을 헤치고 얼른 젖을 꺼내 물렸다. 그제야 욱이는 울음을 그치고 젖을 빨았다.

마주앉은 상운은 물끄러미 그런 수진과 욱이를 지켜보았다. 열린 저고리 섶 사이로 수진의 우유 빛 속살이 보였다. 부드럽고 탐스러운 유방의 일부가 시야를 가득 채우자 묘한 감정이 일었다. 저도 모르게 얼굴이 붉어지고 호흡이 뜨거워지는 것을 느끼자 그는 시선을 차창 밖으로 돌렸다. 완행인 기차는 기분 좋게 흔들리며 달렸다.

"아까 천 병장님에게 들었어요. 어디로 원대복귀하세요?"

젖을 물린 채 수진이 물었다.

"부평에 본대가 있습니다. 공사 때문에 여기 통제부에 파견 나와 있었는데 복귀하라는 명령이 떨어졌습니다. 그래서 가는 길인데 고맙게도 3일 쉬었다 복귀하라고 특별휴가를 주는군요."
 이 병장은 차분한 목소리로 답했다.
 "어머 그러시군요. 열심히 하시니까 보너스를 주셨겠죠. 집은 어디신데요?"
 "서울 혜화동입니다."
 "창경궁 옆 혜화동 요? 좋은 동네 사시는 군요."
 수진은 웃으며 말했다. 수진의 웃음이 참 깨끗하다고 상운은 생각했다. 그때 수련이 흥, 하고 콧소리를 냈으나 아무도 상관하지 않았다. 상운이 또 물었다.
 "아주머니는 어디 사세요?"
 "우린 한남동 살아요."
 "한남동이면 혜화동보다 훨씬 더 수준 높은 동네죠."
 "동네가 중요한가요? 누구와 얼마나 재미있게 사느냐가 중요하지…"
 수진은 말꼬리를 흐리며 또 웃었다. 아까와는 사뭇 달라진, 허전함이 밴 웃음이었다.
 "군인가족이라는 이야기를 들었습니다. 아빠도 군인이신 가요?"
 상운은 이야기가 하고 싶어졌다. 수진의 말대로 기차여행이 그렇게 만드는 것인지도 몰랐다.
 "네…"
 대답이 힘이 없었다. 수진은 욱이를 보았다. 열심히 젖을 빠는 아기의 머리를 쓰다듬더니 고개를 들었다.
 "누가 그런 얘기를 하던가요? 우리 집이 군인가족이라고… 이 대위님이 그러시던가요?"

"이 대위님도 그랬고, 영선 씨도 그렇게 말하더군요. 오빠가 현재 독수리사단 사단장님이라는 사실도 그들에게 들었습니다."
"오빠가 장군이면 군인가족인가요?"
"아니, 그 외에도 가족 중에 군인이 많다고 하던데요?"
 상운은 담배를 한 개 꺼내 만지작거렸다. 피우고 싶었다. 그러나 그녀들 앞에서 선뜻 불이 붙여지지 않았다.
"병장님도 월남에 계셨었죠? 이 대위님과 함께 계셨어요?"
 수진은 이때다 싶어 묻고 싶은 것을 물었다.
"같이 있진 않았어요. 그분은 대대 작전장교였습니다. 저는 상위 부대인 연대에 있었고요. 같은 작전 계열이라 존재는 서로 알고 있었죠."
 젖을 배불리 먹은 욱이는 그대로 잠이 들었다. 수진은 가슴을 여민 뒤 자세를 편하게 고쳐 앉았다.
"그러셨군요. 그럼 혹시… 장지원 대위도 아시겠군요?"
"장지원 대위라면 5중대장이셨던 분요? 철수 몇 달 안 남기고 전사하신 분, 애매하게 가셨죠. 안타깝게…"
 상운은 엉겁결에 별생각 없이 말했다. 순간 수진의 눈은 무섭게 빛났다.
"애매하게… 라뇨? 그게 무슨 뜻이죠?"
수련도 덩달아 바짝 귀를 기우렸다. 이 병장은 눈치를 채지 못했다.
"아시는 대로 그 분 얘기 좀 해주실래요?"
 수진이 눈을 빛내며 적극적으로 나오자, 상운은 그제야 심상치 않은 분위기를 느꼈다.
"아시는 분인가요?… 그런 이야기를 들어서 무얼 하시려고요?"
 수진의 눈가에 슬픈 빛이 도는 걸 상운은 여실히 느낄 수 있었다.

"이 아이에게 들려주려고요."

이 병장은 비로소 긴장이 풀려있는 자신을 발견했다. 조심성 없이 말을 막은 것이 후회되었다.

"아이… 아빠셨나요?"

"…네."

수진은 더 참지 못하고 눈가에 물기를 보였다. 손수건을 꺼내 눈가를 훔쳤다.

"미안합니다. 생각 없이 함부로 말해서."

기차가 정거장에 멎었다. 백마역이라는 표지판이 보였다. 삼사십 명 되는 사람이 움직였다. 내리는 사람보다 타는 사람이 많았다.

이 병장은 자책을 하면서 내리고 타는 사람들을 지켜보았다. 덜커덩, 하고 기차는 다시 움직였다.

"이 대위님도 그 사실을 알고 계시나요?"

"예, 사흘 전 저녁을 함께 먹을 때 얘기했죠."

"뭐라고 이야기 안 하시던가요?"

"얘기 해 주셨어요. 야간 정찰 중에 베트콩과 교전이 붙어 중상을 입었다고요. 빨리 응급처치를 받았으면 살 수 있었을 텐데 구급헬기 지원이 늦어져서 그만 어쩔 수 없었다고 하시더군요."

상운은 비감을 느꼈다. 세상이 좁아도 너무 좁은 게 슬퍼졌다. 상운의 의문이 풀렸다. 이 대위가 왜 힘들게 이사까지 와서, 서둘러 다시 떠나려했는지 그 이유를 안 것이다. 모르고는 살 수 있지만 서로를 알고 난 뒤라면 이 대위는 그 집에서 살아서는 안 되는 사람이었다.

장지원 대위는 대대 작전장교의 실수로 아군의 총탄에 숨졌다. 그 실수를 저지른 작전장교가 바로 이정봉 대위였다. 휴전이 임박한 월남 전장의 특성상 죽음은 전사로 미화되고, 마땅히 군법에 회부되어야 할 이 대위는 때마침 출현한 베트콩과의 접전으로 은폐의 구실이 생겨나 구사일생 살았다. 그러나 진실이 묻힐 수는 없었다.

"참 세상이 좁군요."

이 병장은 진심으로 위로했다.

"애매하다는 게 무슨 뜻인가요? 욱이에게 들려줄 이야기가 더 있나요?"

수진은 애매한 죽음이라는 표현이 마음에 걸렸다. 안타깝다는 말도, 이 병장의 입에서 참 세상이 좁다는 말까지 나온 것도 예사롭게 들리지 않았다. 식은땀을 흘리던 이 대위 모습도 떠올랐다. 필시 아직 모르고 있는 이야기가 더 있을 듯싶었다. 상운은 침을 꿀꺽 삼키고 돌려서 말했다.

"듣고 보니 이 대위님이 다 말씀하셨군요. 그 이야기가 전부입니다. 미군의 협조가 너무 늦어 살 수 일는 분이 돌아가셔서 애매하다고 했던 겁니다."

"더 이상의 이야기는… 없다는 말인가요?"

"그렇습니다. 그 때 상황을 이 대위만큼 잘 아는 다른 사람이 없기 때문입니다."

"……"

수진은 더 묻지 않고 생각했다. 아직 모르는 이야기가 더 있는 것 같지만 이 병장의 태도가 입을 다문 형상이기 때문이었다.

기차는 덜커덩거리며 열심히 달렸다. 쓸쓸한 눈으로 차창 밖을 바라보던 상운은 그때까지 들고만 있던 담배에 무심코 불을 붙였다. 창문이 닫혀 있어 연기는 흩어지지 않고 주변을 맴돌았다.

"담배를 끄시든가 딴 데 가서 피우시죠. 어떻게 아기 앞에서 담배를 피울 수가 있어요."

이제껏 말이 없던 수련이 카랑카랑하게 말했다. 이 병장은 어?, 하고 스스로 놀라며 얼른 담배를 손가락 사이에 감추며 일어섰다.

"미안합니다. 깜박 했습니다. 탑승구 쪽에 가서 피우고 오겠습니다."

"아녜요, 조금만 피우실 거면 그냥 앉아 피우세요."

수진은 너그럽게 말했다. 그러나 수련은 강경했다.

"다시 오실 필요도 없어요."

"……?"

이 병장은 담배를 끄고, 말을 잃은 채 수련을 보았다. 수련은 시선도 주지 않았다. 보기도 싫은 상대가 되어버린 것이다. 상운은 말했다.

"제발 그만 용서하십시오. 제가 잘못했습니다."

그러나 수련은 더 이상 참을 수 없는 시선으로 상운을 보았다. 경멸이 담긴 차가운 눈빛이었다.

"뭘 잘못하셨는지는 아세요?"

"……?"

"미안하다는 말을 입에 달면서 계속 실수하고 있는 걸 아세요? 상대해보니 참 이해하기 힘든 분이네요."

"말씀이 심하시군요. 무슨 잘못을 그렇게 거듭했다고…"

"진정 모르시나요? 자신이 저지른 잘못도 모르는 수준이신가요?"

"예. 전 정말 그렇게 큰 실수를 했다고는 생각되지 않습니다. 잘못이 있었다면 군인이기 때문이라 여기고 너그럽게 이해해 주십시오."

"뭐라고요? 군인이기 때문이라고요? 점점 도를 더하시는 군요."

수련이 기가 막히는 듯 혀를 내두르자 상운은 모욕감에 얼굴이 붉어졌다. 수진이 나섰다.

"얘, 수련아."

그러나 수련은 손을 들어 '언니는 가만있어.' 하고 이 병장에게 말했다.

"여보세요. 군인이기 때문이라고요? 군인이면 그렇게 언행을 함부로 해도 된다는 말인가요?"

"잘못했다고 하지 않습니까. 얼마나 더 사과해야 합니까?"

"누가 사과를 받겠답니까. 대체 우리를 뭘로 아시고 이러시는 거죠?"

"제가 뭘 어쨌다는 말씀입니까?"

"정말 오늘 우리에게 뭘 어떻게 했는지 모르세요? 제가 기억을 더듬어 드릴까요?"

"……?"

"처음에 뭐라고 그러셨죠? 우리가 차를 태워 달랬나요? 댁이 그랬죠? 우리가 서울까지 동행해 달랬나요? 그것도 댁이 그런다고 그랬지요? 그리고 나서 어떻게 했죠? 친구 하나 만났다고 우릴 초라하게 만들었죠? 그것도 군인이기 때문이었나요?"

"예, 수련아."

"언니는 가만있으라니까."

수련은 공격을 계속했다.

"지금도 그래요. 뭐가 죽음이 애매하네, 안타깝네, 함부로 말하더니 끝에 가서 꼬리를 감춰요? 댁에 궁금한 건 다 물어보고?… 우리가 그렇게 만만해 보이셨나요?"

상운은 말을 잃고 입을 벌렸다.

"수련아, 제발 그만 해."

"어떻게 그렇게 책임 없는 말들을 술술 하고, 함부로 행동하세요. 물론 미안하다고 했어요. 하지만 마음대로 실수하고 마음대로 미안하다고 하면 되는 건가요? 군인이기에 그렇게 살아도 된다는 말인가요?"

수련은 맺혔던 것들을 모두 꺼내 퍼부었다.

"아시다시피 우리가 군인 가족이에요. 많은 군인들을 보았지요. 하지만 댁 같이 무례한 군인은 듣지도 보지도 못했어요. 정말로 경멸스럽군요."

수진이 소리쳤다.

"이제 그만해 정말! 애가 어딜 기차 안에서 언성을 높이고."

다행히 그들이 타고 있는 객실에 그들을 눈여겨 볼 사람은 별로 없었다. 수진이 무섭게 말리자 수련은 일시 퍼붓기를 그만두었다. 그러나 상운을 보는 눈빛은 여전히 분함으로 이글거렸다. 입술까지 파르르 떨던 수련은 이윽고 언니 하며 수진의 어깨에 얼굴을 묻고 흐느꼈다.

"이렇게 분할 수가 없어, 언니. 이렇게 약이 오를 수가 없어…"

상운은 쇠망치로 머리를 얻어맞은 사람이 되었다. 스스로는 처신을 잘한다고 했지만 수련의 지적이 잘못된 것은 아니었다. 이게 무슨 일인가. 내가 이런 형편없는 실수를 저지르다니. 왜 이렇게 정신을 놓고 있었던 걸까…

"개의치 마세요. 애가 성질이 좀 팩팩해서 그래요."

수진은 욱이를 고쳐 안으며 말했다. 그녀의 조용한 웃음에서 상운은 신비한 기운을 느꼈다. 성모의 자비스러움 같은 신비함이었다.

"아닙니다. 듣고 보니 정말, 제 잘못이 도를 넘었습니다."

그 소리를 들은 수련은 언니 어깨에 묻었던 얼굴을 돌렸다.

"흥! 또 사과하시는 건가요?"

"이번엔 진정입니다. 제가 왜 실수를 연발하면서 태연했는지 저도 모를 지경입니다. 솔직히 오늘의 저는 제 정신이 아닌 상태입니다. 매우 혼란스럽군요."

상운은 진심으로 반성하며 차분하게 심정을 털어놨다.

"외람된 표현일 것입니다만 20개월 여 월남생활에서 20년 같은 세월을 보냈습니다. 아주머니는 이해해 주실까요? 전쟁을 치룬 뒤의 이 허전한 마음을…"

"의학적으로 트라우마(trauma) 같은 게 있다는 얘기… 아빠에게 들은 적이 있어요."

"저도 살펴봤습니다. 심리학에서는 영구적인 정신 장애를 남기는 충격이라고 하더군요… 책만 봤지 진단을 받은 것은 아니기에 제게 그런 외상이 있는 건지는 모르겠으나 도무지 정리가 되지 않을 때가 많습니다. 달라진 것이 없는데 오늘처럼 평상시 같지 않게 나사 풀린 제 모습이 나타나곤 하는 겁니다. 분명 삶의 대열에 끼어있는 하나인데 구경꾼이라는 생각이 들기도 하고 말입니다. 하지만 두 분께 잘 해 드리려는 생각은 분명히 가지고 있었습니다. 그것은 믿어 주셨으면 합니다."

"알아요. 그 이상 무엇이 있겠어요. 잘 해 주셨어요. …시간이 지나면 다 원래대로 되실 거예요."

"그래야겠죠. 그러나 한편에선 고쳐질 수 없는 뭔가가 제 내부에 들어앉아 있는 느낌입니다. 저를 결정적으로 변화시키고 있는 무엇이 말입니다. 사실 한 때는 죽음이란 현상을 예술적으로 분석하는 데 집착하기도 했습니다. 어째서 탄생은 축복으로 여기면서 죽음은 애통해 하는가. 영혼의 세계가 있어 생명이 영원하고, 그래서 삶도 하나의 과정이라면 죽음이나 탄생이나 같은 의미여야 하지 않을까, 하고 말입니다. 그런 생각을 하게 된 동기는 월남에서 여러 죽음을 목격했기 때문일 겁니다. 삶과 죽음이 종이 한 장 차이라는 말은 애매하고 문학적인 표현이었습니다. 제 경험에 의하면 종이 한 장 차이가 아니라 한두 발자국 차이였습니다. 허무한 거죠. 그 허무함 속에서 어쩌면 저는 죽음을 포용하게 된 반면 삶은 시시하게 여기게 되었는지 모릅니다. 허무주의의 시작과도 같이 말입니다. …전 전쟁을 비참한 것이라고 여기지도 않게 되었습니다. 서로 죽고 죽이는 살육의 현장도 생태계 자연현상의 하나로 받아들이게 된 것입니다. 전장의 잔혹한 행위들 역시 인간의 모습이고, 전혀 그럴 것 같지 않던 내 동료가 상황에 따라 짐승이 되었듯, 나도 상황에 따라 얼마든지 그렇게 변할 수 있을 것이라고 생각할 때면 인간입네 하고 고상을 떠는 게 위선인 것 같아 견딜 수가 없었습니다. 차라리 죽음이 아름답고, 모든 죽어가는 것을 사랑하자는 시인의 노래가 현실적인 것처럼 귓가를 맴돌았습니다. … 아마도 그런 것들이 변화의 요인이었던 것 같습니다. 오늘의 상황은 또 달랐습니다. 제멋대로 일편 들뜨고, 일편 허무에 젖어 아무도 원하지 않는 베품을 허공에 뿌려대며 자기만족을 구하는 나를 보았습니다. 아마도 그것은 삶도 죽음도 아닌 그 중간에서의 방황과도 같은 것일 겁니다."

"너무 그렇게 심각하게 생각하지 마세요. 자기를 돌아보는 것은 좋지만 지나치면 자학이 될 수 있으니까요."

수진의 마음은 넓기만 한 게 아니라 깊이도 있었다.

"믿어 주십시오. 결과야 어쨌든 두 분에게 잘 해 드리려고 그랬던 겁니다."

"알아요. 아까도 말씀하셨잖아요. 우리 때문에 오신 것이 아닌 줄도 알았고요."

"모처럼 만난 친구와도 반가운 마음을 나누고 싶었습니다. 천 병장에게도 떠나면서 뭔가를 베풀고 싶었습니다."

"다 잘 하셨잖아요."

수진은 계속 부드럽게 상운의 마음을 감싸주었다. 이 병장이 진짜 트라우마 상태인지 모른다는 생각을 하면서 그녀는 그랬다.

기차가 능곡역에서 멎자 상운은 말을 끊고 차창 밖을 보았다. 행주산성이 보였고 그곳을 향하는 행락 인파가 보였다. 기차가 서 있는 동안 상운은 말없이 그 모습을 응시했다. 덜커덩, 하고 기차가 다시 움직이기 시작하자 상운은 또 말했다.

"원래 저는 군대에 대해 비판적이었습니다. 가장 팔팔한 20대 젊음이 철조망 안에 웅크리고 살아야 하는 고통이라든가, 신성한 의무가 직업에 마땅히 지배당하는 모순이 싫었습니다. 장군이신 오빠 주변의 군인들과 우리가 다를 것은 당연합니다. 스스로 선택했고, 높은 자리에서 인정받으며 지내는 사람들은 자부심, 책임감 들이 있어 성실하기 마련입니다. 특히 우리 군대는 계급을 인격으로까지 확대하여 기준 삼는 폐단이 있는 만큼 소수 인정받는 군인들만 긍정적이고 적극적일뿐, 나머지는 소극적이 될 수밖에 없는 풍토입니다."

"이해가 되어요. 말씀을 참 잘하시는군요."

수진은 그렇게 말했다. 상운은 더욱 기운을 얻었다.

"심하면 그것이 나와 같은 병사를 시한부로 비인간화 되게 하는 것을 느낍니다. 시간이 흘러 군복 벗는 날이 오기만을 고대하게 되고, 그렇게 기다리는 시간들을 체념으로 채우게 되는 것입니다. 이성에 대한 판단력도 흐려지고 끝내 강박관념에 사로잡히고 맙니다. 군복을 입고 있는 한 이성 교제를 안 하겠다는 따위 생각을 결심처럼 하게 되고, 그런 생각이 기본적인 예의나 질서를 무시하게 만들기도 하는 겁니다."

"흥, 이제 보니 그래서 그런 소리를 했군요. 공사가 끝나기 전에 시집가라는 둥 했던 게…"

수련이 말했다. 안 듣는 척 했지만 열심히 듣고 있는 것이었다. 그녀의 목소리는 여전히 차가웠다.

"그렇습니다. 이루어지지 못할 꿈을 뭐하자고 키우겠습니까?"

"무슨 뜻이죠?"

"제 신분은 병장이란 말입니다."

"흥, 혼자서 북치고 장구 치고, 별의 별 변명, 비약, 미화, 결론, 추리 다 하시는 군요. 누가 댁과 사귀기라도 할 줄 알았나요?"

"이제 그만 해라.… 이 병장님도 이제 그만 하세요. 곧 신촌역인 것 같아요. 거진 다 온 거죠."

수진은 그 자리의 어른답게 두 사람을 동시에 타일렀다.

"결론 삼아 한마디만 더하겠습니다. 삶이 환경의 지배를 받는 것은 사실이지만, 그러나 절대적인 것은 아닐 겁니다. 너무 생각에 몰두하여 생각 그 자체에 사로잡히는 게 더 큰 어려움일 수 있듯 말입니다. 오늘 두 분 덕분에 나는 분명하게 깨달았습니다. 나는 젊고, 살아있고, 또 여기는 전장이 아니라는 사실을 말입니다. 하루 빨리 월남의 나쁜 기억을 잊도록 하겠습니다. 오늘 정말 미안하고 또 고맙습니다."

"다행이군요. 그런 결론을 얻을 수 있어서…"

기차는 신촌역에 진입하며 빠아앙 경적을 울렸다. 마치 곤히 자는 욱이를, 종착역이 가까웠다고 깨우려는 듯.

"한남동으로 곧장 가실 건가요?"

서울. 서부역을 빠져나오면서 상운은 수진에게 물었다. 왠지 그대로 헤어지기가 싫었다. 어디 가서 점심이라도 대접하고 싶었다. 하지만 오전 열 시 사십 분이라 점심을 먹기는 일렀다.

"아네요. 우린 창경궁 갈 거예요."

수진은 잔잔하게 웃으면서 말했다.

"창경궁 요? 정말요?"

그 말에 이 병장 눈은 반가움으로 커졌다.

"뭐가 정말이에요. 창경궁까지도 따라오실 작정인가요?"

수련의 차가운 목소리가 대뜸 상운의 기뻐함에 물을 끼얹었다. 그녀는 아직 화가 풀리지 않은 상태였다.

상운은 벙긋만 하면 시비를 일삼는 수련은 안중에 없었다. 수진에게 자신의 정체성을 보여주려는 데 열중하고 있었다.

"창경궁 가신다면 제가 안내를 해야죠. 창경궁은 우리 동네에 있습니다."

"아 참. 집이 혜화동이라고 하셨죠?"

수진은 상운의 집을 생각해 냈다. 그러나 수련은 여전했다.

"흥, 그랬다가 이번엔 동네 사람만 만나도 우릴 팽개치겠군요."

"제발 그만 합시다. 다신 그런 일 없을 겁니다. 속죄할 기회도 주셔야지요."

그들은 광장을 가로질러 택시정류장을 향해 가고 있었다.

"댁을 못 믿겠어요. 더 이상 우리를 따라오지 마세요."

상운은 걸음을 멈추고 수련을 보았다. 무슨 여자가 이렇게 차가울까 싶었다. 수진이 말했다.
 "수련이 말대로 하세요. 이제 됐어요. 창경궁은 우리끼리 갈게요."
 수진까지 그렇게 말하자 상운은 더 고집할 수가 없었다. 택시 차례가 오자 상운은 문을 열어주었다. 창경궁엔 같이 안 가도 집이 옆이기에 함께 타고 갈 수 있었다. 그러나 타지 않았다.
 "그럼 안녕히…"
 하고 그는 택시 문을 닫은 뒤 경례로 인사했다. 그리고 뒤에 온 택시를 탔다. 혜화동 로터리로 가자고 했을 뿐 다른 말은 하지 않았다. 그런데 택시는 앞 택시를 일정 간격을 두고 따라갔다. 가는 길이 같기 때문이었다. 욱이가 뒷 유리창을 만지며 장난하는 것이 보였다. 신호등에 걸려 정차해 있을 때면 아주 가깝게 보였다.
 상운은 입술을 뾰족하게 내밀기도 하고 손을 흔들기도 했다. 욱이가 까르륵, 웃는 게 들리는 듯 했다.
 종각을 지나 안국동에서 우회전하여 달릴 때까지 간격은 그렇게 유지되었는데 비원 앞에서 빨간 신호등이 두 차를 갈라놓았다. 상운은 욱이를 향해 손을 흔들어 주었다.
 다시 파란불이 켜지자 상운이 탄 택시는 달렸다. 이윽고 창경궁 앞을 지날 때 상운은 두리번거리며 그녀들의 모습을 찾아보았다. 입장권 매표소 쪽에 아기를 업은 수진의 모습이 보였다. 상운은 그때 머리를 탁 쳤다. 좋은 생각이 떠오른 것이다.
 '옳지. 집에 가서 카메라를 가지고 오자. 옷도 갈아입고.'
 창경궁이 넓지만 욱이를 업은 수진의 모습을 찾기는 어렵지 않을 것 같았다. 수련이 계속 쏘아대며 거부하면 어떻게 하나 두려운 마음도 일었지만 부딪혀보고 싶었다. 상운의 빈 가슴에 그녀들의 모습은 이미 깊숙이 들어앉아 있는 것이었다.

　주말의 창경궁은 많은 사람들로 붐볐다. 조선 오백 년 동안 정치의 중심 무대였던 궁궐이 일본의 침략에 의해 크게 훼손되고 변형 개조되면서 동물원 식물원까지 들어서, 어린이에겐 자연학습장, 어른들에겐 가족 소풍지로 전락했지만 그래도 옛 왕실의 위엄을 느낄 수 있는 곳이 많아 전국에서 관광객이 몰려왔고, 젊은 연인들의 데이트 장소로도 인기가 있었다.
　오랜만에 들린 집에서 상운은 인사도 하는 둥 마는 둥 옷을 갈아입고 카메라를 챙겼다.
　집엔 어머니 혼자 계셨다. 왔구나. 어떻게 왔니? 어디를 그렇게 급히 가려고 그러니? 하고 어머니는 상운의 뒤를 졸졸 따라다니면서 물었지만 상운은 갔다 와서 말씀드릴 게요. 지금은 급히 나가야 해요. 하며 허둥댔다.
　그는 청바지에 하얀 티셔츠를 입은 뒤 카메라를 어깨에 메고 집을 나왔다. 창경궁까지 버스로 두 정거장 거리였지만 택시를 탔다. 마음이 바쁜 탓이었다. 부지런히 움직여 창경궁 정문인 홍화문을 들어선 후에야 안정감 있게 행동할 수 있었다.
　'어디로 갔을까?'
　그는 추리해 보았다. 욱이가 있으니 동물원에 갔을까? 그러나 그렇게 생각하기에는 욱이가 너무 어렸다. 그럼 식물원일까?
　시계를 보니 점심때였다. 옳지, 멀리서 왔으니 우선 점심을 먹을 수도 있겠다. 상운은 춘당지에 있는 관광식당으로 가 그녀들을 찾아보았다. 음식 맛이 형편없어 아는 사람들은 잘 안가는 곳이지만 전망은 훌륭해서 먼데서 온 관광객이 몰리는 곳이었다.

1, 2층을 다 뒤졌으나 거기 그녀들은 없었다.

연못이라기엔 크고 호수라고 하기엔 작은 춘당지에서는 사람들이 보트를 즐기고 있었다. 상운은 보트를 타는 그녀들을 상상해 보았다. 욱이를 안은 수진을 앞에 태우고 노를 젓는 수련의 모습을 그려보니 추억으로 좋은 장면일 듯싶었다. 그는 여차하면 셔터를 누를 기세로 보트를 하나하나 살폈다. 그러나 거기에도 그녀들 모습은 없었다.

그는 식물원과 동물원의 갈림길에서 또 망설였다. 내가 수진이라면 어디로 갈까. 욱이가 비록 어리기는 하나, 그래도 단연 동물원 쪽이 아닐까? 그는 동물원을 향했다.

과연 그녀들은 그곳에서 재롱부리는 원숭이를 보고 있었다.

상운은 그녀들 모르게 다가가 사진을 찍었다. 찰칵, 찰칵, 필름 한 통을 거진 다 찍었을 때쯤에야 수진이 상운을 알아봤다.

"어머, 언제 오셨어요?"

"하하, 집에 가서 옷 갈아입고 바로 왔습니다."

욱이가 반기는 듯 방긋 웃었다. 수련은 경계심을 버리지 않고 언니 옆에 붙었다. 상운은 물러서지 않았다.

"아, 그 모습이 좋군요. 그대로 있어 보십시오."

카메라를 들고 있는 덕분일까? 수진이 포즈를 취했기 때문일까? 수련도 더 이상 거부하지 않고 함께 포즈를 취해 주었다. 찰칵, 셔터를 누른 후 상운은 수련에게 말했다.

"고맙습니다. 수련 씨. 이제는 용서해 주신 걸로 알겠습니다."

수련은 즉답하진 않았다.

첫 셔터는 포즈를 취하게 하고 누른 상운이지만 그 다음부터는 마음대로 그녀들의 자연스런 나들이 모습을 찍었다. 웬만한 거리나

노출은 보지 않고도 할 수 있는 상운이었다. 그는 익숙하게 카메라를 손안에서 가지고 놀았다.

찰칵 소리에 수련은 눈을 깜빡 하기도 했다. 그럴 때면 눈을 감은 상태에서 찍힌 사진이 떠올렸다.

"그렇게 막 찍으면 어떻게 해요. 하나 둘 셋 하든가 치즈 하면서 찍어야죠."

수련의 말에 상운의 기분은 날아갈 것 같았다. 이제는 맺힌 것이 풀린 것 같아서였다. 그는 크게 웃었다.

"하하하하. 막 찍지 않았습니다. 이래 뵈도 사진 경력이 꽤 있는 사람입니다."

"뭐든지 자신 만만 하시군요."

"한창 젊을 때는 그런 게 좋지 않습니까?"

수련과 상운은 서로를 보았다. 눈싸움 같은 거였다. 누가 더 오래 웃음을 참는가 하는 경쟁이기도 했다. 둘 다 온몸의 기운이 점차 입가로 모아지는가 싶더니 이윽고 그들은 함께 웃음을 터뜨리고 말았다.

수련이 말했다.

"이제 됐어요. 다시는 미안한 짓 하지 마세요."

이 병장은 큰 소리로 답했다.

"명심하겠습니다."

수련은 비로소 마음을 풀고 활짝 웃었다. 그 밝고 환한 웃음은 수진의 웃는 모습과 꼭 같았다.

수련이 마음을 펴자 분위기는 금세 가족적이 되었다. 그들은 원숭이 우리를 떠나 쌍봉낙타, 사향노루, 사슴, 코끼리, 표범, 사자 등을 차례로 돌아보며 먹이를 주기도 하며 깔깔거리기도 했다.

상운은 여전히 예고 없는 사진을 찍어댔고, 그녀들은 그렇게 찍히는 것을 은근히 즐겼다. 동물원을 지나 식물원도 구경하고, 춘당지에서 점심도 먹고, 기다려서 보트도 탔다. 그들의 모습은 세 남매의 나들이처럼 다정해 보였다.

수진은 남편을 잃은 뒤의 응어리진 슬픔을 잠시나마 풀 수 있었고, 수련은 늙은 어머니를 모신 한적한 산골 생활에서 쌓인 외로움과 스트레스를 해소할 수 있었다. 상운은 상운대로 철조망을 벗어난 자유와 젊음의 낭만을 모처럼 만끽하고 있었다.

즐거운 시간은 빨리 흐르는 법이던가?

오후가 늦어 제각기 가야할 곳이 생각나자 그들의 현실은 아쉬움과 체념으로 변해갔다. 함께 보낸 시간은 즐거웠지만 아무도 훗날의 재회를 제의할 용기를 내지 못하는 사이였다.

재회를 거론할 수 없는 만남은 어떻게 작별하는 것이 최선일까? 내일이 없는 오늘 — 지금 이 순간에 성실하려면 어떻게 해야 하는 걸까. 기약은 없지만 그래도 이 만남이 하나의 독립된 조각으로라도 추억의 한자리를 오래 지키게 할 방법은?…

오후 늦게 홍화문을 나오자 상운은 앞장서서 택시를 잡았다. 한남동과 서울역으로 그녀들을 바래다주기 위해서였다.

"덕분에 오늘 즐거웠어요."

택시에 오른 뒤 수진은 욱이 때문에 힘들어 하면서도 밝게 웃었다.

"천만에요. 제가 드려야 할 말씀입니다. 정말 즐거웠습니다."

상운은 수진과 수련에게 고마움을 표했다

"사진은 내일 바로 뽑아 수련 씨에게 등기로 부치겠습니다."

"아참 원대복귀하신다고 했죠? 그럼 그 마을에 다시 갈 일은 없으신 모양이죠?"

수진이 물었다.

"전역이 얼마 안 남았습니다. 지금 원대복귀하면 부평에서 복무를 마칠 것 같습니다. 수련 씨가 허락하면 전역 후에 찾아뵐 수는 있겠지요."

"얼마나 남았는데요?"

이번엔 수련이 물었다.

"두 달 반 정도요."

"후후후. 그때쯤 어쩌면, 이 병장님 말씀대로 시집 가 있을지 모르겠군요."

수련은 자신의 결혼을 준비하고 있는 오빠를 생각했다. 언니 경우도 얘기가 나온 지 두 달 만에 결혼했던 것이다. 택시는 장충공원을 끼고 고개를 올랐다. 수진이 문득 생각난 듯 말했다.

"괜찮으면 필름을 저희 주실래요? 우리 사진이니 우리가 뽑죠."

"아, 그러시겠습니까?"

상운은 그나마 다시 연락할 기회도 잃는 것 같아 서운했다. 하지만 주저하지 않고 필름 3통을 모두 수련에게 넘겼다.

"결혼하시게 되면 청첩장은 보내주세요."

"좋아요. 어디로 보낼까요?"

"부대 주소를 적어 드리죠. 두 달 반 이후라면 학교로 보내주세요. S미대 회화과로 보내시면 됩니다."

"어머, 미술이 전공이신가요?"

"그렇습니다. 서양화 쪽이죠."

"어쩐지… 예술 하시는 분 같았어요."

"별 말씀을 요… 아직 한 번도 입상 경력이 없는 아마추어 학도에 불과합니다."
"아무튼 좋은 분이세요. 겸손하고 자상하시고…"

택시가 한남동에서 멎었다. 상운은 얼른 먼저 내려 욱이 때문에 힘들어하는 수진을 도우며 아쉬움을 토했다. 수련도 잠시 내렸다.
"아주머니를 오래 기억할 겁니다. 존경하는 마음으로 말입니다."
"별 말씀을 요."
수진은 수련에게 물었다.
"곧장 갈 거지?"
"그래야지. 엄마가 기다리실 걸."
"제가 서울역까지 바래다 드릴 겁니다."
이 병장이 옆에 있다가 말했다. "
"그럼 잘 가라. 사진은 우편으로 부치거나 민호 편에 보낼 게."
대학생인 민호는 오빠의 아들이다. 민호는 여름방학을 늘 할머니 집에서 보냈고, 곧 방학을 하기에 하는 소리였다.
택시 기사가 짧게 경적을 울리며 빨리 가자고 재촉했다.
"안녕히 계세요. 아주머니."
상운은 인사하고 수련에게 얼른 다시 타라는 손짓을 하며 택시에 올랐다.
"고마웠어요. 병장님도 잘 가세요."
수진은 한 번 더 웃어 보이며 손을 흔들었다.

상운은 수진이 앉았던 뒷자리로 옮겼다. 일행이 어색하게 앞뒤로 나누어 탈 필요는 없을 것 같아서였다. 수련은 반사적으로 몸을 움츠렸다.

"이제 서울역으로 가면 됩니까?"

택시 기사가 물었다.

"예. 서부역으로 가 주세요."

택시는 다시 달렸다.

서서히 어둠이 내리니 질주하는 자동차들의 미등이 하나 둘 켜졌다. 라디오에선 가요가 흘렀다. 택시 안은 조용했다. 수진이 함께 있을 때는 자연스러웠는데 수련과 단 둘이 되자 불편하고 어색해졌다.

둘은 서로 반대편 거리 풍경을 보면서 갔다. 상운은 뭔가 이야기가 하고 싶었지만 적당한 화두가 떠오르지 않았다. 불행해진 언니 이야기를 하기도 그랬고, 아직 군인이요 내일이 어떻게 될지 모르는 마당에서 섣불리 허튼 감정을 내보이고 싶지도 않았다.

그녀가 장군의 여동생이라는 사실도 상운을 무겁게 짓눌렀다. 장군의 가족이 병장 따위에게 무슨 감정을 느낄까?

상운은 차창에 비치는 제 모습을 보며 빙긋이 웃었다. 참자. 군복을 벗을 때까지만 참자… 하면서.

그러나 서부역에 닿아 대합실에 들어서니 이대로 그냥 헤어져서는 안 될 것 같은 생각이 강하게 일었다.

"수련 씨, 아무래도 그냥 헤어지기가 섭섭합니다."

상운은 매표소 앞에서 그녀를 막고 섰다.

"늦었어요. 엄마가 기다리세요."

수련은 핸드백에서 돈을 꺼냈다. 상운은 얼른 그 돈을 도로 넣게 하고 자기 돈으로 표를 사 주었다.

"그럼 차라도 한 잔…"

"기차 시간이 다 됐어요. 다음에 하죠?"

수련은 개찰구를 향했다.

"다음이라면 언제?…"

상운은 또 그녀를 막고 섰다. 수련은 걸음을 멈추고 상운을 보았다. 정말, 다음이라면 그것이 언제일까? 수련은 웃었다.

"언제든 오세요. 환영할 게요."

"정말입니까?"

"네."

수련은 크게 고개를 끄떡였다.

"전역하는 대로 바로 가겠습니다. 그 안에 결혼하지 마십시오."

"그럴 게요."

수련은 또 고개를 끄떡이며 활짝 웃었다.

"편지도 드리겠습니다."

"좋아요. 답장 드릴 게요."

수련이 손을 내밀자 상운은 남자답게 그 손을 잡았다. 손을 꼭 잡고 마주보며 그들은 약속을 추인하듯 웃음을 나눴다.

빠앙 빠앙 —

출발

준비를 마친 기차가 수련을 부르고 있었다.

한경림 장군

 "나는 우선, 군인의 길을 선택한 제군들에게 찬사를 보냅니다."

 낮고도 굵은, 위엄에 찬 목소리가 강당 안을 울리자 박수가 터져 나왔다. 육군사관학교 대강당. 일천오백여 명 전 생도가 운집한 가운데 한경림 장군 초청 강연이 시작되고 있었다.
 단상에 서서 박수 소리가 가라앉기를 기다리며 장내를 둘러보는 한소장의 양어깨에 얹힌 별은, 그가 움직일 때마다 조명등에 반사되어 번쩍거렸다. 잠시 후 조용해지자 한 소장은 강연을 시작했다.

 "이 땅에 인류가 존재하기 시작한 먼 옛날부터 군대는 존재해 왔습니다. 그리고 이 땅에 인류가 존재하는 최후의 순간까지 군대는 존재할 것입니다. 왜냐하면 그것이 바로 생존의 힘이기 때문입니다."

 '생존의 힘'을 특히 강조하는 그의 모습은 신념으로 가득 차 있었다.

젊고 기운찬 목소리는 생도들을 압도했다. 강당 안은 숨소리조차 들리지 않았다. 물을 한 모금 마신 후 한 소장은 말을 이었다.

"세계의 역사가 말해주듯, 생존의 힘이 강했던 민족은 번영했고, 그 반대였던 민족은 수난을 겪었습니다. 수난, 그렇습니다. 하기 좋은 말로 우리는 수난이라 하지만 그것은 치욕이요, 회복하기 힘든 민족적 비극입니다. 제군들도 알다시피 우리에게도 그런 수난의 역사가 있었고, 이로 인한 상처가 아직도 도처에 남아있습니다. 이른바 생존의 힘이 약했던 때문이요, 아직도 충분하지 않기 때문입니다."

한 소장은 말을 끊고 또 생도들을 보았다. 무거운 침묵 속에 삼천여 개 눈동자가 초롱초롱 빛났다. 한 소장은 든든해했다. 강단에선 자신의 모습이 스스로 자랑스러웠다. 이 자랑스러운 모습을 어떻게 하면 더 실감 있게 생도들에게 전할 수 있을까. 그는 목에 더욱 힘을 주면서 소리를 깔았다.

"인간은 궁극적으로 누구나 이기적이라는 말이 있습니다. 언제 어떤 입장에서든 개인의 모든 행위는 결과적으로 자기를 위한 것이라는 원론적인 말이 아닐 수 없습니다. 그러나 인간은, 우리가 궁극적이라고 이야기할 수 있는 최종에 이르지 못하고, 대개는 과정 속에서 죽어갑니다. 우리가 과정을 소중히 하며, 과정을 곧 인생의 전부로 여겨야 하는 당위는 여기 있습니다."

한 소장은 또 말을 끊었다. 그가 말을 끊고 강당 안을 둘러볼 때면 생도들의 눈빛은 변했다. 그는 흐뭇한 미소를 지으며 그 변화를 즐겼다.

"과정은 곧 정신이며, 진정한 노력이요, 완성되어가는 신념입니다. 물론 인생을 하나의 전체라고 볼 때, 과정은 부분일 수 있고, 과정을 부분으로 보면 살아가면서 그때그때 처한 환경이나 상황에 따른 각기 다른 경험을 통해 여러 조각으로 나뉠 수 있을지 모릅니다. 그러나 비록 여러 조각이라 하더라도 거기에 공통점이 있고 흔들리지 않는 일관성이 있어 언제든 하나로 뭉쳐 성장의 거름이 되어줄 수 있다면 과정은 다시 하나가 되는 것이며, 과정으로 인생도 평가될 수 있는 것입니다.…… 과학이 발달하면서 세상은 하루가 다르게 변화하고 또 다양화되고 있습니다. 군인이라고 하여 이러한 시대적 흐름에서 예외일 수 없는 만큼 그 변화를 수용하고 다양한 지식과 정보와 대응능력을 길러야 함은 당연합니다. 그리고 그 과정에서 때론 이제껏 옳다고 여겼던 인식을 과감히 버리고 새것을 수용해야 하는 일도 심심치 경험하게 될 것입니다.… 그러나 확고한 목표 아래 다져진 믿음과 의지의 큰 흐름까지 변화하거나 흔들리는 일이 있어서는 안 되는 것입니다.…… 미래학자들은 다양화 분권화의 시대 도래를 예언하면서 과학이 발달하여 시공간을 자유로 넘나드는 타임머신이 곧 등장할 것처럼 이야기하지만, 어떠한 경우에도 생존의 힘의 본질은 마찬가지인 것으로, 하나로 뭉칠 수 있는 정신이요, 과거와 미래를 연결시키는 가장 강력한 현재의 힘인 동시에, 국가와 민족이 존재하는 한 일차적으로 간직해야 할 원칙이고 절대적인 근본인 것입니다."

그는 진실로 군을 사랑하는 군인이었다. 그의 사랑은 목소리에서도 느낄 수 있었다.

"인간의 삶은 많은 고뇌와 도전 속에서 진행되는 특성을 갖고 있습니다. 민족의 존재, 국가의 존재, 환경의 존재 등, 삶과 분리해서 생각할 수 없는 요소들은, 그 요소가 나를 위해 존재하는 것이냐, 그 요소를 위해 내가 부분으로서 존재하느냐 하는 문제를 만들고, 우리는 다시 그 문제들 속에서 끊임없이 자부와 회의, 기쁨과 갈등, 순종과 반항을 반복하게 됩니다만, 그러나 자유와 평화의 기반 위에서 공존을 수호하고 질서를 확립함에 있어서는 객관적으로 공감할 수 있는 가치 있는 과정을 하나의 원칙으로 분명히 해야 하고, 목숨 바쳐 그 원칙을 쫓는 정신이 우선되어야만 할 것입니다."

한 소장은 이 점이 오늘 강연에서 특히 강조하고 싶은 대목임을 제스처로 생도에게 전하고 있었다.

"백인백색(百人百色)이라는 말이 있듯 인간에게는 각기 다른 개성이 있고 그 개성은 마땅히 존중되어야 합니다. 아마도 여기 모인 제군 하나하나도 자기만의 신념과 개성을 갖고 있다고 자부할 것입니다. 물론 개성은 특별할수록 좋고 신념도 분명할수록 좋습니다. 그러나 이것 역시 큰 틀에서는 전체와 화합할 수 있을 때 개성의 가치가 인정되는 것이지, 도저히 화합이 될 수 없는 돌출적인 개성은 개성으로 인정될 수 없습니다. 그건 하등 가치 없는 고집이요 독선일 뿐이기 때문입니다. 특히 호국 신념으로 군인의 길을 선택한 제군들에겐 국가와 민족의 비전과 개인의 비전이 일치되도록 자신을 만들어 가는 과정이 우선적으로 요구되는 위치에 놓여 있음을 자각해야 합니다. 이것을 일치시키지 못하여 국가와 민족의 비전이 나의 비전과 큰 틀에서 공감대를 형성하지 못한다면, 국가와 민족을 위하여 라는 우리의 외침은 벽에 걸린 액자 속의 슬로건이 되어 버리고 맙니다. 그렇게 되면 어떤 결과가 올까요. 혼(魂)을 불태우며 나라를 지키는 군인이 아니라 살기 위해 직업으로서 군인의 길을 선택한 사람으로 전락하는 것입니다. 혼과 열정 없이 이룬 성과는 신기루와 같은 것이어서 위기가 찾아오면 거품처럼 사라질 수밖에 없다는 것을 우리는 알아야 합니다."

생도 전체를 두 눈에 담고 있는 한 소장은 그들의 눈빛에서 반응을 읽고 있었다. 생도들의 눈빛이 변하는 대목마다 그는 밑줄을 치면서 강연을 이어갔다.

"다양성은 사회를 움직이는 동력입니다. 과정은 변화하고 흐르면서 역사가 됩니다. 이런 현상들은 반드시 상호보완 관계에 있어 어느 쪽도 소홀히 할 수 없습니다. 세계 속의 한 민족으로서 조화를 갖는 것도 중요하지만, 우리만의 독특하고 고유한 문화 언어, 민족의 색깔을 근원에서 분명히 하고 지키는 것도 중요합니다. 이 대목에서 우리는 군인의 길과 역할을 보다 넓게 새겨볼 수 있습니다. 다양한 개성을 묶어 조화를 이루는 것은 교육의 몫일 테지만 그것들이 존재하고 발전할 수 있는 평화로운 환경을 만들고 지키는 일이 군인의 역할이기 때문입니다. 다시 말해 군대의 존재는 민족 생존의 힘이요, 군인의 사명은 문화 지킴이까지 강조되어도 부족함이 없는 것입니다."

강연이 진행될수록 강당 안의 공기는 점점 더 무거워졌다.

"우리는 맥(脈)이 있는 민족으로, 단군 이래 일만 년 역사를 자랑하고 있습니다. 일만 년이라는 역사는 단연, 개성이 뚜렷하고 생존의 힘이 강한 민족이었다는 사실을 말해 줍니다. 하지만 역사란 신령스런 산(靈山)에서 솟아나 흐르는 물과 같습니다. 좁고 험한 계곡을 지나기도 하고 넓고 완만한 평야를 지나기도 하고, 추운 곳이나 따뜻한 지대를 지나기도 합니다. 우리 역사 흐름에도 역사가 긴만큼 많은 굴곡이 있었습니다. 유감스럽게도 현재 세계에서 우리가 차지하는 국가로서의 비중은, 우리 민족이 갖고 있는 자부심에 비해 너무 보잘 것 없음을 시인하지 않을 수 없습니다. 찬란한 문화와 유구한 역사를 가진 민족이 왜 이렇게 형평에 맞지 않는 대우를 받고 있는가 하는 문제가 오늘, 우리가 반성하며 풀어야 할 숙제의 하나라고 나는 말하고 싶습니다."

한 소장의 목소리에 점점 더 힘이 실리고 있었다. 그는 물을 한 모금 마시고 계속했다.

"강대했던 우리의 조국이 초라해진 원인은 많습니다. 전 세계가 새롭게 개편되던 격변의 19세기, 근대화의 중요한 시기에 문호를 늦게 연 것이 화근이 되어 20세기 초 이웃 나라에 강점당했던 아픈 역사가 가장 치명적인 일이었습니다. 역사가들은 그 원인을 쇄국정책에 있었느니, 당파싸움에 있었느니 하고 말들 하지만, 그러나 진짜 중요한 것은 그것이 아닙니다. 나라를 이끌어 가는 사람들이 생존의 힘의 본질을 그릇 인식하였기 때문이었던 것입니다. 생존의 힘은 국가나 민족이 언제나 기본으로 갖추고 있어야 하는 것이지 평화 시엔 필요 없고 유사시에만 필요한 것이 아니라는 말입니다."

한 소장은 이 대목에서 특히 힘을 주었다.

"생존의 힘은 다시 두 가지, 나를 위해 존재하는 힘과, 나 외적인 것을 위해 존재하는 힘으로 나누어집니다. 나를 위한 생존의 힘은 아무리 확대되어도 개인적 한계를 넘어서지 못 합니다. 개인주의란 강해질수록 소박해지는 특성을 갖고 있어 세계 속에 자리한다 해도 결국 개인이기 때문입니다. 이 상태가 보편화되면 단체나 국가로부터도 개인이기를 주장하는 나머지, 포괄적 규약에 대해서도 이해를 달리하며, 작은 규제에도 자기에게 맞지 않으면 큰 거부를 하게 됩니다. 이것은 마치 전쟁터에 나아가 내 몸 아끼며 적을 물리치려는 생각과도 같은, 어리석고 약한 생존의 힘으로 나타나게 됩니다. 단결된 듯 보여도 언제 분열될지 모르는, 봉지만 터지만 순식간에 흩어질 비닐 속의 모래 같은 힘인 것입니다. 이러한 개인주의 사고에선, 나 외적인 것에 대해 동정은 있을지언정 희생 봉사 따위는 기대할 수 없습니다. 위기가 닥치면 맞서 싸우기보다 도피의 수단을 먼저 강구하게 됩니다. 그러나 나 외적인 것을 위해 존재하는 생존의 힘은 그렇지 않습니다. 그것은 굳건한 희생정신의 뿌리가 있는 힘이며, 와해될 수없는 응고의 힘인 동시에 역사로 승화되는 숙명의 힘입니다. 이것이 군인 정신입니다. 나는 우리 군인 정신의 기초가 바로 이러한 힘에 있음을 제군에게 강조하고 싶은 것입니다!"

한 소장은 '이것이 군인정신'이라는 대목에 최대한의 힘을 주고 나서 말을 끊었다. 우뢰와 같은 박수가 강당의 열기를 고조시켰다. 소리가 가라앉기를 기다리는 동안 한 소장은 흐뭇한 눈길로 생도들을 둘러봤다. 다시 물을 한 모금 마신 그는 강연문의 남은 분량을 뒤적이며 시계도 보고 시간을 가늠했다. 이윽고 강당 안이 조용해지자 그는,

처음 시작할 때처럼 차분한 어조로 강연을 마무리해 나갔다.

"요즈음 나는 가끔, 총과 대포로 국력을 결정짓던 시대는 지났다는 말을 듣곤 합니다. 교육이 국력이요, 체력이 곧 새로운 시대의 국력이고, 또한 과학기술이 국력인 시대로 접어들었다는 이야기입니다. 나는 여기에 공감하지 않습니다. 아득한 옛날부터 먼 훗날까지 국력을 결정짓는 요소는 단 하나, 내 나라 내 민족을 위하여 봉사할 수 있고 희생할 수 있는 군인정신 — 즉 우리의 정신이 국력입니다. 국방을 담당하는 군인들에게 얼마나 이 군인정신이 강하게 심어져 있는가 여부가 나라의 힘을 좌우한다는 말입니다. 또한 경제 논리에 젖어있는 나약한 사람들은 앞으로의 국방력이 장비나 첨단 무기를 얼마나 확보하느냐에 따라 좌우될 것이라고 합니다만 그것도 내 견해와는 다릅니다. 강한 군대란 결코 총과 대포로 결정되는 것이 아닙니다. 핵심은 역시 강력한 군인정신. 여러분의 정신. 나아가 우리의 정신인 것입니다. 예나 지금이나 미래에 있어서까지, 군인의 길을 택한 여러분의 투철한 정신이 강한 군대를 만드는 열쇠임을 분명하게 인식해 주어야 하는 것입니다."

한 소장은 이어 충무공이 남긴 '살려고 싸우는 자는 죽을 것이요. 죽기로 싸우는 자는 살 것이라'는 외침을 전하면서 "군인에게 이 한마디보다 더 소중한 교훈은 없을 것'이라 하고 "제군들의 군인정신은 각각 스스로 원동력이 되어 강하게 키우고 다져나갈 때 원대한 목적에 도달하게 되는 것' 임을 강조했다.

그는 또 '제군에게 주어진 희생과 도전의 숙명은 엄청난 것이지만, 반드시 이겨내는 강함을 보여야 한다.'고 격려하고 '제군들의 희생을 바탕으로 번성한 국가는, 제군 가족과 노후를 보장해줄 것이며, 차세대는 민족 생존의 힘으로 젊음을 국방에 바친 이름을 역사에 기록하여 길이길이 후세에 전할 것.' 이라며 긍지를 갖도록 했고. 이어

"마지막으로 여러분에게 당부하고 싶은 말은 역사에 기록되어 부끄러움 없는, 그런 군인이 되어야 한다는 것입니다."

한 소장의 강연이 이렇게 끝을 맺자, 천정이 무너질 듯한 박수가 터져 나왔다.

빨간 별판을 단 국방색 세단 한 대가 육군사관학교 정문을 빠져나와 수유리 쪽을 향했다. 오후의 햇살이 가로수의 그림자를 길게 만들어, 아스팔트를 토막토막 끊어놓고 있었다. 하지만 도로는 한가하여 세단은 기분 좋게 질주할 수 있었다.

세단 뒷좌석엔 한소장이 타고 있었다. 중사가 운전하고 있었고 그 옆 조수석에는 부관 김영환 대위가 앉아 있었다. 유리문이 꼭 닫혀 있는 차안은 에어컨 바람소리만 잔잔히 들릴 뿐 조용했다.

"김 대위."

한소장이 불렀다. 불기 없는 파이프를 입에 문 그는 차창 밖을 응시하며 말했다.

"어떤가, 오늘 강연은 반응이 특별했지?"

"아주 좋았습니다. 교장께서도 끝까지 자리를 지켰습니다."

"그랬어, 아주 좋아 하시더군."

한 소장은 흡족해 했다.

"자네 수고가 많았네."

"……"

"자네처럼 신념이 강한 장교들이 우리 군대에는 많이 있어야 하네."

"부끄럽습니다, 장군님. 모든 것은 장군 님이 평소 제게 말씀하신 지침에서 나왔습니다. 저는 다만 정리를 했을 뿐입니다."

젊은 대위는 겸손하게 말했다.

"그런 자세가 중요한 거지. 올바른 것을 옳게 인식하고 핵심을 집어내는 능력. 그게 바로 투철한 신념을 바탕으로 다져지는 안목인 거네."

한 소장은 만지작거리던 라이터를 켜 파이프에 불을 붙였다. 담배에 불을 붙이기 위해 서너 번 연기를 내뿜자 파이프 담배의 구수한 향기는 금세 차안 가득해 졌다. 한 소장은 또 말했다.

"군인이란 전쟁 속에서는 충의로워야 하고 평화 속에서는 명예로운 법이네만… 전쟁도 평화도 아닌 상태에서는 권태를 느끼기 쉽지. 그 권태를 이기는 방법이 신념을 갖는데 있다네. 고뇌를 초극한 신념의 울타리를 갖지 못하면 군인으로의 전망은 없어진다고 봐야지."

"명심하겠습니다, 장군님."

김 대위는 얼른 비망록을 꺼내 장군의 말씀을 메모했다. 김 대위는 이런 메모를 모아 장군의 강연문 작성을 돕곤 했다.

장군의 세단이 시도 경계 합동 검문소에 이르자 근무자들은 큰 구호와 함께 경례를 올렸다. 대위가 답례했다. 세단은 미끄러지듯 검문소를 통과했다.

"김 대위."

장군은 또 말했다.

"다음 국방대학원 강연문은 이런 말에 중점을 두어보게. 깨우친 자일수록 스스로 자기 통제를 단단히 해야 한다는 말에."

"……"

김 대위는 부지런히 메모했다. 차가 흔들리자 글씨도 흔들렸다.

"하지만 장군님."

김 대위가 말했다.

"장군 님 말씀대로 신념이 강한 사람은 예외가 되지 않을까요?"

"그렇게 볼 수 있지. 그러나 거기엔 경험과 연륜이 따라야 하는데, 그런 사람이 몇이나 있을까? 웬만큼 배운 사람들은 누구나 나름대로 신념을 갖고 있다네. 또 배운 것이 없어도 나이가 들면 신념이 생기지. 신념 없는 사람이 몇이나 있을까?"

"그렇습니다, 장군님. 신념은 누구에게나 있을 겁니다."

"보세. 자네 신념은 자라면서 변화가 없었는가? 안목이 넓어지면서 가치관이 변하고, 따라서 한 때 절대적이라고 믿었던 것들이 하찮아진 일이 없었는가?"

"작은 것까지 말한다면 무수히 많았습니다. 그런 경험은 성장기, 누구에게나 있는 것 아닐까요?"

"성장기에만 있는 게 아니야. 저마다 자기 신념은 분명하다고 말하지만 대개는 수시로 변한다네. 왜냐하면 경험이 없는 신념은 흔들리기 쉽고, 연륜 없는 신념은 편견이기 때문이야."

한 소장은 말을 꼭꼭 씹어서 들려주었다.

"그렇군요. 알겠습니다, 장군님."

"현자의 격언에 이런 표현이 있지. '현재에 충실한 것이 곧 최선이다.'라는. 그렇게 현재에 충실하려면 무엇보다 잡념이 없어야 하네.

잡다한 생각들을 과감히 버리고, 단순화 시켜야 하는 거지."
"옳습니다, 장군님."
대위는 머리를 조아렸다.
"내일 예정을 알려 주겠나?"
"네."
김 대위는 스케쥴을 메모해 놓은 노트를 살폈다.
"오후 한 시에, 백골사단 GOP에서 대전차 방어 작전 시범이 있습니다. 내일 외부 스케쥴은 그것뿐입니다. 참, 아침에는 신임 A연대 연대장 신고가 준비되어 있습니다. 9시, 아침 회의 직후입니다."
"신임 연대장이 월남에서 귀국한 자라고 했지?"
"예. 백마 300연대 연대장이었습니다. 휴전 직전에 교체되어 육본에서 대기한 것으로 되어있습니다."
"대기?… 흠, 문제가 있었던 모양이군…"
한 소장은 시종 차창 밖을 보았다. 스쳐 지나가는 거리 풍경을 눈여겨보는 것은 아니었다. 담배를 피우며, 다른 상상을 하며 그냥 눈길을 주고 있을 뿐이었다. 번지는 담배 연기 속에 강당에 모였던 생도들 모습이 그려지자 한 소장은 빙긋이 웃었다. 젊어서 일찌감치 삶의 방향을 정한 깨끗한 집념의 젊은이들. 그들을 생각하면 마음이 흐뭇했다.
"김 대위."
장군은 또 부관을 불렀다.
"네 장군님."
"자네가 몇 기라고 했지?"
"26기입니다."
"26기?"

장군은 뜸을 들인 뒤 말했다.

"자네 언젠가… 어울리는 여성이 있다면 소개해 달라고 했었지?"

"네, 장군님 소개라면 무조건 따르겠다고 했습니다."

김 대위 얼굴에 미소가 그려졌다.

"장가 갈 마음의 준비는 돼 있는 건가?"

"예……"

"인생에 중요하다고 생각되는 일은 사전 성찰이 필요하다네. 한 번 물어보세. 결혼이라는 문제를 자넨 어떻게 생각하나? 여자라든가 가정에 대해서 말일세. 군인이라는 신분에서 말한다면?"

"군인 신분이라고 한다면… 그렇게까지 깊이 생각해본 일은 없었습니다만… 결혼으로 인해 군무에 지장을 느끼면 안 된다는 생각만은 가지고 있습니다."

김 대위는 조심스럽게 소견을 밝혔다.

"위기의식이 느껴지지는 않는가?"

"결혼 때문에 말씀입니까? 그런 느낌은 없었습니다."

"그건 모순이로군!"

"……?"

김 대위는 무슨 뜻인지 몰라 한 소장의 다음 말을 기다렸다. 한 소장은 파이프의 재를 재떨이에 털고 나서 말했다.

"내 말을 새겨듣게. 군인 된 입장에서 결혼은 위기의식을 가져야만 하네. 혼자는 강한 신념, 투철한 군인 정신이지만 결혼하여 가정이 생기면 군인이라는 직업의 가치관에 변화가 생기거든. 군인이면 누구나 경험하는 일이지만…"

"……?"

"군인의 가정이 원만해지기까지에는 적어도 세 번 큰 고비가 있다네. 흔히 처음 가정을 꾸밀 때는 이런 다짐들을 하지. 공과 사는 엄격히 구분하겠다는 따위 말일 세… 말하자면 군무는 군무고, 가정은 가정이라는 거지. 그런데 그게 어려움의 시작이라네. 가정과 직장을 엄격히 구별하겠다는 생각, 과연 그것이 현실에서 가능할까?"

"군인이기 때문에 더 그런 생각을 갖는다는 말씀인가요?"

"그렇지. 그러나 공과 사의 엄격한 구별은 이상일 뿐이라네. 그건 서류에서나 구별될 수 있는 것이지 생활에서는 구별이 안 되는 거거든. 엄격히 말하면 직장에서의 생활, 즉 군대 생활도 역시 생활이기 때문이야."

"……"

"군인의 아내란 남편의 충실한 부관이어야 하네. 군인 정신이란 게 무언가? 정의고 곧 질서와 조화 아니겠나? 복종과 순응의 기반 위에서의 화합을 절대로 하는 조직 정신이네. 그래서 군인은 두 명이 있어도 지휘자를 필요로 하는 거야. 군에서만 지키고 가정에선 안 지키는 군인 정신이라면 반쪽이 되든가 공중에 뜨고 말겠지. 허영이나 사치를 들추지 않더라도 권리나 주장하고 동등 의식 내세워 삶이 각각이 되면 군인인 남편에겐 중대한 위기가 되는 거네. 거기서 생겨나는 갈등이 결혼생활의 첫 고비라네. 가정의 질서부터 확립하는 일…"

"명심하겠습니다."

"두 번째 고비는 아이들 교육 문제가 대두될 때 생긴다네, 앞으론 문화가 조금 달라질지는 몰라도."

"……"

"둘째 위기에선, 가급적 가족과 헤어져 살지 말게. 흔히는 아이 교육 때문에 처자식은 교육 환경이 좋은 도시에 따로 살게 하여 떨어져 사는데, 그러다 보면 군인이라는 직업에 회의가 생겨 신념이 흔들리게 된다네."

"네…"

김 대위는 잠시 의문이 일었으나 그냥 '네' 했다. 어떤 항목에서의 의문이 아니라 왜 이런 가르침이 뜬금없이 나온 건지, 그것이 더 궁금했다. 한 소장은 또 말했다.

"세 번째 위기는 동료 간 경쟁에서 뒤졌을 때 네… 군대는 계급 사회니까, 뒤진다는 건 큰 위기가 되지."

"명심해 두겠습니다."

"결론적으로 말하면 가정이 편안해야 한다는 게 가장 우선이네. 그래야 군무에 충실할 수 있고 스스로 의지대로 미래를 열어갈 수 있다는 말이네. 그러니 여자는 신중하게 선택해야지."

"좋은 말씀 고맙습니다. 장군님."

김 대위는 진심으로 감사했다. 한 소장은 잠시 생각하다 말했다.

"어떤가. 시간이 허락하는 대로 가까운 시일에 맞선을 보도록 하는 것은? 내 주선하도록 하지."

김 대위는 긴장했다. 그렇다면 장군의 이제까지 말씀은… 그건 이미 상대를 정해 놓았다는 말씀 아닌가?

"장군님. 어떤 여성인지 여쭤 봐도 되겠습니까?"

"물론이지, 내 누이동생일세."

장군은 담담하게, 그러나 또렷하게 말했다.

"정말입니까?"

김 대위는 뜻하지 않은 기쁨에 덮였다. 그건 분명 기쁨이었다. 실력 있고 존경 받는 장성 집안과 사돈 간이 된다는 것. 군에서 성장하기를 바라는 김 대위에게 그보다 큰 행운은 없었다.

의정부를 지난 차는 아카시아, 떡갈나무, 포플라나무가 아스팔트를 온통 그늘로 만드는 소요산 숲길로 들어섰다.

김 대위는 흥분되는 것을 참고 사단장이 퇴근하기까지 자리를 지켰다. 차중에서의 혼인 이야기가 부담이 된 듯, 한 소장도 부관을 찾지 않고 집무실에 혼자 앉아 잔무를 처리하고 퇴근했다.

한 소장이 퇴근하자 김영환 대위는 기다렸다는 듯 전화기를 돌렸다. 눌러놓았던 흥분이 솟아올랐다. 그는 동기생인 인사처 배정민 대위를 찾았다.

"배 대위. 저녁 시간 어때? 의논할 일이 생겼는데…"

김 대위는 만나고 싶어 했다. 이런 중대한 일엔 그가 필요했다.

"무슨 일인데? 부대 일야?"

"아냐. 내 일이야. 전주 옥에서 한 잔 하자. 내가 살게."

"좋아, 그리 갈 게. 그런데 무슨 일인지 미리 귀띔해줄 수 없어?"

"만나서 해야 할 이야기야."

전화를 끊은 김 대위는 서둘러 부관 실을 나왔다. 들뜬 기분 그대로였다. 생각이 많다 보니 걸음이 오히려 무거웠다.

그는 터벅터벅 걸어 사령부를 벗어났다. 멀지 않은 곳에 군인을 위한, 군인에 의한, 군인의 거리가 있었다. 도시도 농촌도 문화의 거리도 아닌 퇴폐하고 너저분한 거리, 웃음을 파는 여인들이 들꽃처럼 널려 손짓하는 거리였다.

전주 옥은 그곳에 있는 한 집으로 굴전과 홍어 요리가 일품인 집이었다. 특히 삶은 돼지고기와 묵은지가 함께 나오는 홍어삼합은 인근에서 가장 맛이 훌륭하다고 인정받는 집이었다.

처음엔 접대부가 없는 그냥 홍어와 막걸리 전문점이었는데 반 년

전인가 점포를 확장한 후 방을 두 개 더 들이더니 춘심이 화숙이 해옥이 등 여자가 세 명 상주하며 손님을 맞기 시작했다.
 김 대위, 배 대위는 그 집의 단골손님이었다.

"어서 오세요."
 춘심이는 화사한 웃음으로 혼자 들어서는 김 대위를 반기며 특실로 모셨다. 홀에는 세 명 한 팀이 있을 뿐으로 한가했다. 해옥이는 그 팀에 붙어 아양을 떨고 있었다.
"오늘은 혼자세요?"
"응. 자네하고 마시려고."
 김 대위는 능청을 떨며 손가락으로 춘심이 볼을 살짝 건드렸다.
"어머, 정말요?"
 춘심이는 반신반의하며 물었다. 그럴 수도 있다고 생각하는 춘심이었다. 그러나 김 대위가 빙긋 웃자 춘심이는 그것이 농담임을 알아차렸다.
"몇 분 오세요?"
"음, 둘. 그런데 춘심아."
"예."
"곧 배 대위가 올 거야. 오늘은 그 친구와 긴히 의논할 게 있어. 그러니 옆에 올 생각 말고, 배 대위 오면 이리로 안내나 해, 알았어?"
 김 대위는 협조를 구했다. 춘심은 입을 삐죽거렸다.
"에이 김 대위 님은… 오랜만에 오셔 가지고…"
"이야기 끝나면 신호를 줄게."
"알았어요. 요리는 요?"
 그 말에 춘심이는 해해해 했다.

"굴전하고 삼합…"

"예. 준비해서 올릴게요. 배 대위님은 화숙이가 기다리니까, 화숙이도 대기시킬 게요."

"그래. 우선 동동주 좀 가져오고."

김 대위는 고개를 끄떡였다. 춘심은 방긋거리며 얼른 동동주와 함께 밑반찬으로 간단한 술상을 차려왔다.

"우선 제가 한 잔 올릴게요."

김 대위는 술꾼은 아니었지만 오늘은 배 대위가 오기까지 그냥 기다릴 수가 없었다.

'그러렴.' 하고 한 잔 받아 마시는 데 그 첫 잔을 비우기도 전에 배 대위가 왔다. 춘심이가 먼저 보고 발딱 일어섰다.

"어머. 배 대위님 오셨어요."

"어라? 국제신사 김 대위가 웬 일이야? 먼저 술을 마시고…"

배 대위는 소란스럽게 들어왔다.

"후후후. 그렇게 됐다."

김 대위는 멋쩍은 표정이 되었다.

"뭔 일이 있긴 있는 모양이구나."

"내 모습이?"

"그렇잖고. 잔뜩 우거지상을 하고 있는데다 먼저 술까지 마시는 폼이…"

"그래?…"

김 대위는 빙긋 웃으며 그가 어서 모자를 벗어 걸고 마주 앉기를 기다렸다.

"오래 기다렸니?"

이윽고 배 대위가 마주 앉았다.

"아니, 조금 전에 왔어. 지금 막 첫 잔을 입에 대는데 네가 온 거야."

김 대위가 잔을 건네고 동동주를 따르자 배 대위는 시원하게 한 잔 주욱 들이켰다.

"자, 얘기를 들어보자. 어째서 그렇게 초조해 보이고 지지 궁상이냐. 겉으로 드러나게."

"정말 그런 정도니?"

"그래. 마치 장군에게 한 방 얻어먹은 꼴이야."

흐흐흐, 한 방? 배 대위의 '한 방' 소리가 뜻밖에도 김 대위를 편하게 해주었다.

"맞다. 한 방 먹긴 먹었지. 그것도 아주 된 통으로 말이야."

김 대위는 흐흐흐 또 웃었다. 춘심이 굴전을 가져왔다. 둘은 동동주를 주거니 받거니 하면서 이야기했다.

"어떤 한 방이었어? 천하에 빈틈없는 김 대위가 실수를 했을 것 같지는 않고."

배 대위는 믿어지지 않는 듯 귀를 기울이며 눈을 치떴다.

"진짜야… 먹어도 된통 먹었다."

김 대위는 이런 이야기를 어떻게 꺼내나, 하는 생각에 조금은 비장한 숨을 몰아쉬었다.

"실수했어?"

"그런 게 아냐."

김 대위는 말을 꺼내지 못하고 동동주를 세 잔 거푸 마셨다. 술 단지가 바닥을 보이자 하나 더 주문했다. 홍어삼합도 나왔다.

김 대위는 입을 꾹 다물었다 떼며 말했다.

"오늘 태릉에서 돌아올 때 일이야. 장군이 말씀하셨지… 군인이란 전쟁 속에서는 충의로와야 하고 평화 시엔 명예로워야 한다고."

"야아, 그거 명언이네. 장군다운 말씀이시고. 전쟁 속에서는 충의요, 평화 시엔 명예라!… 좋은데."

"거기 덧붙여… 그러나 전쟁도 평화도 아닌 상태에서는 권태를 느끼기 쉽다고 하셨어."

"그것도 실감나는 우리 얘기군."

"그래, 우리 얘기지. 그래서 우리에겐 더욱 굳은 신념이 필요하다는 것이었어."

"하나 같이 좋은 말씀 아니냐?"

"어록에 남길 만큼 좋은 말씀이지, 그런데 그 뒤에 얘기가 또 있었어… 그 신념을 제대로 지켜 나가기 위해서는 여자를 잘 얻어야 한다고…"

"호오. 그런 말씀도? 너를 특별히 여기시는구나."

"그리고 나서 말씀이…"

김 대위는 말을 끊고 술을 마셨다. 말이 안 떨어지는 것이다.

"그리고 나서 말씀이?"

"그리고 나서 말씀이 말야… 후후후."

"무슨 얘긴데 그렇게 힘들어?!"

배 대위는 짜증을 냈다. 그제야 김 대위는 말했다.

"여자를 추천하니 맞선을 보라는 거야."

"뭐얏?!"

배 대위의 눈이 커졌다.

"어떤 여잔데?"

"장군이 누이동생과…"

"누이동생? 애경이 말이냐? 아직 어린아이인데?"

"에이, 애경이는 딸이지. 장군에겐 아직 시집 안 간 나이 어린 여동생이 있대."

"그래?… 그런 말 들은 거 같다. 그럼 대한민국 육군에서 가장 영향력 있는 장군 중 한 분과 처남매부지간이 된다는 거냐? 김영환 대위가?"

"그렇지."

배 대위 표정도 묘해졌다. 하도 뜻밖이어서인지 아니면 놀래서인지 얼른 분간이 안됐다. 그러다가 그는 크게 웃었다.

"와하하하. 정말 크게 한 방 먹었구나, 알겠어. 이제 알겠다. 으핫핫하."

"……"

그들은 한동안 술만 마셨다. 배 대위는 간간 웃었지만 김 대위는 웃을 기분이 아니었다. 시간이 지나 취기가 오를 때야 진정이 된 듯 배 대위는 말했다.

"명령이구나. 그야말로 거역할 수 없는 명령!"

"그런 셈이지."

"축하한다. 행운의 여신이 너를 찾아준 거야. 뭘 고민 하냐? 한턱 내야지."

배 대위는 일편 부럽다는 표정을 지으며 김 대위를 축하했다.

"그럴까?"

"다른 소리 마라. 지금 이 나라 군대에서 한경림 장군과 처남매부가 된다는 건 선택된 거야."

"그럴까, 이게 행운일까? 큰 행운이 너무 쉽게 찾아오는 것도 경계의 대상 아닐까?"

"야야. 복에 겨워하는 얘기 그만 해."

배 대위는 주방을 향해 큰소리로 국물 좀 달라고 주문한 뒤 말을 이었다.

"영환아. 옛날에 우리도 비슷한 얘길 했었던 거 기억하니? 우린 군인이니까, 가정도 군대 조직의 일부가 되는 게 좋겠다는 이야기 말이야, 그때 여자의 본능에 대해 말했었지."

"그런 일이 있었지."

"여자들이란 어느 조직에서나 가장 높은 계급에 붙어 행세하길 좋아한다고 그랬었어. 남자는 또 그렇게 여자들이 주변에 모일 때 성취감을 느끼고 으쓱한다는 얘길 하면서 말이야. 그러나 조직의 우두머리가 아닌 참모나 어중간한 위치의 일원이라면 어떨까? 그런 여자의 본능을 인정하고 이해해 주자니 속이 뒤틀릴 경우가 많고, 그렇다고 인정 안 할 수도 없는 경우가 참 많을 텐데 이런 난제는 어떻게 풀어가는 게 좋을까 하고 말이야."

"그래. 그때 아마 내가 그랬지. 여자도 능력 있으면 대우해야 한다고 했지? 혈연이든 지연이든 학연이든 높은 사람과의 돈독한 인연도 일종의 타고난 능력이라고 쳐서 존중해 줘야 되는 것 아니냐고… 우리 사회는 아직 여자들이 스스로 계급을 창출할 수 없는 상황이라면서 말이야."

"그랬지… 너도 그렇고 나도 그렇고, 우린 여자의 역할과 남자의 역할이 다르다는 것에는 생각이 같았지. 그 누구냐, 사상가…"

"그래. 사상가가 하나 있었지. 누구였지? 나도 빙빙 돌면서 이름이 생각이 안 나네."

"생각 안 나니까 그런 사람이 있다고 치자. 하지만 그의 사상은 기억에 뚜렷하지. 우린 그때 돌려가며 그 사람의 책을 읽었지? 남자는 창의적인 존재로 능동적으로 뭔가 개척하고 일을 벌여나가는 존재요,

여자는 수동적이라 안으로 정리하고 관계를 만들어나가는 존재라고."

"맞아. 그의 사상은 지금도 기억에 생생해. 옳다고 공감하기 때문이지. 그의 글에 이런 주장도 있었어. 여자는 행성적 존재요, 남자는 위성적 존재다. 남자들이 잘났다 하고 큰소리치지만 여자라는 행성 주변을 고무줄에 매어달린 공처럼 돈다는 거지. 어려서는 어머니라는 행성을 중심으로 돌고, 성인이 되어서는 아내라는 행성을 중심으로 돌고…"

"여자가 남자와 같은 일을 하고 싶다. 나도 행성이 아니라 위성처럼 자유롭게 떠돌며 살고 싶다, 이러면 세상은 말세가 된다고 했던가?"

"그래, 군인의 아내는 그런 여성이라야 해. 장군의 말씀도 핵심은 그거였어."

"좌우간 고민은 해라, 그러나 내 보기엔 행복한 고민이다. 봐라, 장군은 긍정적으로 평판이 있는 분이야. 장군에겐 적이 없어. 앞이 훤히 열려있는 분이라고. 알겠니?"

"……"

"물론 힘 있는 장군을 처남으로 둔다고 해서 너의 장군 진급이 보장되는 건 아니지. 하지만 혼인을 통해 장군 가족의 일원이 되는 것만은 틀림없지. 여자도 봐야겠지, 그런데 그건 의심하지 않아도 될 거야, 어딘가 결함이 있는 여자라면 장군은 너에게 그렇게 자신 있게 추천하시지 않았을 거야. 우리가 장군을 알잖니?"

"그건 나도 믿어."

"냉정하게 판단해라, 내 보기엔 절대 플러스다."

"그럴까?"

"자. 고민은 이제 치우자. 오늘만큼은 네 고민이 내게 사치로 보이는구나, 내게도 누군가 있어야겠지?"
 배 대위는 술을 주욱 마시고 입가를 훔친 뒤 소리를 질러 여자를 불렀다. 야 화숙아. 화숙이 어디 있니?
 "배 대위."
 "이제 됐어. 그만 하자니까."
 화숙이를 불렀는데 춘심이가 먼저 들어왔다. 조금 있으니 화숙이도 들어왔다. 배 대위는 화숙이 손을 잡아 옆에 앉혔다. 김 대위는 좀 더 이야기하고 싶어 했다.
 "하나만 더 물어보자."
 "뭔데?"
 "넌 장군을 정면에서 마주본 적 있니? 장군의 눈을 마주 본 적 있어?"
 "야 임마. 대위 눈에 장군 얼굴이 제대로 보이겠니? 더구나 눈을 마주쳐? 별 빛이 더 눈부신데."
 "난 봤어."
 "넌 그 분의 일부야. 부관으로 있는 한은."
 "어쨌든 난 그 분의 고독을 봤어."
 "고독? 웃기지마라, 그건 네 기분이었을 수도 있어."
 "아니야, 난 말이다. 솔직히 장군을 존경해. 한경림 장군 같은 분이 있어 이 나라가 지탱되고 있다고 믿고 있거든. 내가 성장해서 바통을 이어받기까지 그런 분들이 중심을 잘 지켜주기 바라는 마음도 있어."
 "그럼 아주 제대로 아니냐. 모든 게 잘 돼 가는 거…"
 배 대위는 빙글거렸다.
 "그러나 그 분의 고독함 이면에는 근심이 있었어. 자식들이 아버지

뒤를 따르지 않으려는 데서 오는 허무함 같은 것 말야."

"아들 민호가 사관학교 안 갔다고 그러는 거냐?"

배 대위는 눈살을 찌푸렸다. 민호는 한 소장의 아들이었다. 한 소장은 민호가 사관학교에 가기를 바랐었다. 함께 있었던 김 대위도 노력을 보탰던 일이었다. 성적은 충분했지만 그는 군인 되기를 거부하고 끝내 일반 대학에 진학했다. 이것은 지난겨울의 일로 부대 안에 널리 알려진 얘기였다.

"그것도 포함되겠지…"

"이젠 시대가 달라. 세상은 다양해지면서 세분화하고 있어. 의식도 깨어나고 있지. 앞으론 각자 원하는 대로 사는 세상이 될 거야."

"그러나… 내 얘기는 시대가 변해도 변하지 않아야 할 것이 있다는 말이야. 이를테면…"

"야야, 그만 하자니까. 술맛 떨어지게 계속할래?"

배 대위는 김 대위 말을 막았다.

"……?"

"그만하면 일차적인 답은 충분히 나왔어. 아직 결정된 일도 아니잖니. 만나보고 나서 눈치 이상하면 그때 또 고민하면 되지. 안 그래?"

그건 그랬다. 이야기를 하고 싶어 하는 김 대위와 배 대위 입장은 달랐다. 그제야 김 대위는 그만 고민하기로 했다. 그는 얼굴을 폈다. 그가 얼굴을 펴자 술자리 분위기는 금세 변했다.

"그래. 그만하면 됐지… 자 춘심이, 한 잔 올려라. 술 더 가져오고."

"자식. 진작 이럴 거지."

그러나 그건 잠시였다. 김 대위 얼굴은 다시 무거워졌다.

"야 배 대위. 너는 네 인생을 누가 평가해 줄 것 같으냐?"

"평가? 세상이 해 주겠지."
"그렇게 추상적으로 말고."
"그럼 내가 하지."
"너 죽은 뒤엔?"
"자식. 오늘 정말 술맛 안 나는 소리만 하는 구나."
"……"
"말해 줄까. 여자를 그렇게 무겁게 생각하는 것부터가 정답이 아닌 거야. 여자들에겐 그들의 세계가 있고, 남자와 다른 성질이랄까 법칙이 있어. 같이 사는 거지 하나가 되기를 바라는 건 무리라고. 우리 나이에 그 정도는 누구나 알고 있는 거 아냐?"
"그들의 세계?…"
"구체적으로 말해줄까? 여자는 혼자 있으면 나이를 두 배로 먹고 같이 있으면 반밖에 안 먹어. 위로 먹는 것으로 늙고 아래로는 젊음을 얻는다 이 말씀이야. 남자들하고는 반대다 이 말씀이야. 어떠냐? 화숙이 춘심이, 내 말이 맞지?"
"오호호호 옷호호. 맞아요. 같이 있다 혼자 남으면 네 배로 폭삭 늙어 버리죠… 배 대위 님은 역시 뭘 아는 분이셔."
취기에 싸인 배 대위와 그녀들은 마주보며 깔깔깔 웃었다.

"신고합니다. 대령 임보명, 금일 부로 독수리사단 A연대 연대장을 명받았습니다. 이에 신고합니다."
임 대령은 짧은 신고사와 함께 사단장께 경례를 올렸다. 부사단장. 부관참모. 정부참모. 작전참모. 군수참모. 정훈참모. 본부사령이 배석해 있었다.

"잘 오셨소. 임 대령."

"흠모하던 장군님을 모시게 되어 영광입니다."

신고 의례가 끝나자, 한 소장은 손을 내밀어 신임 연대장의 손을 잡고 부사단장 이하 참모들을 차례로 소개시켰다. 참모 중엔 임 대령과 구면도 있었다.

"다시 함께 일하게 되었습니다."

사단 정보참모 최 중령이었다.

"반갑소. 잘 부탁합니다."

상견례가 끝난 뒤 배석 장교들은 모두 돌아갔다. 임 대령도 돌아가려고 했다. 그때 한 소장이 임 대령을 따로 불렀다.

"차 한 잔 하고 가겠나?"

"예, 그렇게 하겠습니다."

장군은 집무실에서 대령과 마주 앉았다. 탁자 위에는 임 대령의 신상 기록이 담긴 파일이 놓여있었다. 당번병이 차를 가져와 탁자 위에 얌전히 놓고 갔다.

"들게."

"예."

장군이 먼저 잔을 들자 대령도 따라 들어 목을 축였다. 한 소장은 한 쪽에 놓인 파일을 힐끗 보며 말했다.

"임 대령의 경력 기록을 대충 보았네. 장군으로 진급할 자격이 충분한 것 같은데 왜 진급에 힘을 안 쓰나?"

차를 마신 한 소장은 파이프를 찾아 한 손에 들었다.

"진급 심사에 영향력을 가진 분들을 꽤 모셨던데… 더구나 월남도 갔다 오고."

"기록에는 안 보이지만… 솔직히 말씀드려 결정적인 사고들이 있었습니다."

"기록에는 안 보인다?……"

"예… 덕이 모자라 벌어지는 사건 같은, 불가항력적인 일들이 있지 않습니까. 그래서 저 자신 진급을 하겠다고 나서지 않는 것입니다."

"도덕이나 양심 같은 걸 말하는 건가?"

"그렇습니다만… 사고가 불가항력이었던 만큼 하늘의 운에 따르겠다는 자세입니다."

"묘한 답이로군. 듣기에 따라서는 회색 성향으로 들리는데?"

"절대로 생각이 불순하지는 않습니다. 믿어주시고 좋은 쪽으로 생각해 주십시오. 거침없이 말씀드리는 것 자체가 저로선 좋은 뜻에서의 순응입니다."

임 대령은 진지하게, 또 솔직하게 말했다.

"좋은 뜻?"

"그렇습니다. 저도 열심히, 투철한 군인정신에 입각해서 한 눈 팔지 않고 외길을 걸어 왔습니다. 노력도 했습니다. 그러나 그 와중에 불가항력적인 사고들이 있었던 것입니다."

"불가항력이란 말을 세 번이나 하는 군… 군대에 우연이란 없다는 말을 모르는가? 모든 것은 필연이라네. 동기 없는 사고란 있을 수 없어!"

"저도 그렇게 생각하기 때문에 순응하는 겁니다."

한 소장은 답답해졌다. 전혀 그와 입씨름할 생각은 없었는데… 그러나 대화는 논쟁으로 번졌다. 대령이나 되는 간부가 무능력을 변명하는 따위 말을 거침없이 흘리다니. 한 소장은 그때까지 들고만 있던 파이프에 불을 붙였다. 피어오르는 연기 사이로 임 대령을 살폈다.

"자네 백마부대 있었지?"

"예. C연대 연대장이었습니다."

임 대령은 월남의 정글을 떠올렸다. 어디선가 헬리콥터 소리가 들려왔다. 그건 너무나 가까운 어제의 일이었다.

"5중대장이었던 장지원 대위를 기억하는가?"

한 소장은 담담하게 물었다. 그러자 임 대령은 움찔, 하더니 눈을 빛냈다. 긴장하는 것이었다.

"물론 기억합니다."

목소리가 더 낮을 수 없게 가라앉았다.

"그때 작전이 어찌된 건가? 보고된 내용은 다듬어진 것 같던데…"

"무슨 말씀이신지요?"

임 대령의 귀엔 무전으로 구원을 요청하는 외침이 들렸다. 포탄 터지는 소리, 기관총 소리… 죽어가며 내지르는 비명도 들렸다.

"별다른 뜻에서 묻는 건 아니네. 장지원 대위는 내 아끼던 사람이었고, 자네가 지휘관이었기에 물어보는 것일 뿐."

한 소장은 애써 감정을 드러내지 않으며 담담한 어조로 물었다.

"……"

"진실을 들려주겠나?"

"장 대위를 얼마나 아끼셨습니까?"

"매제로 삼을 정도였네."

장군은 체념한 사람의 여유를 보이며 말했다. 그러나 수진의 얼굴이 어른거렸다.

"당시 지휘자가 자네였던 것으로 아는데…"

"그랬습니다."

임 대령은 복잡한 심정이 되었다. 어떻게 장군을 대하는 게 현명할지 얼른 판단이 서질 않았다. 장군은 대답을 재촉했다.

"그가 비굴하게 죽었나?"

"그렇지는 않습니다. 장 대위는 총명하고 용기 있는, 훌륭한 지휘관이었습니다."

"그렇다면?"

"사실대로 말씀드리면… 좋습니다. 사실을 말씀드리겠습니다. 그는 허무하게 죽었습니다. 월남이 너무 더러운 전장이었습니다. 전선도 없고 적도 우방도 분명치 않고, 명분마저 그랬습니다. 때문에 그런 허무한 희생이 생겨났습니다."

임 대령은 그때를 잊어버리고 싶은 듯 눈을 감고 머리를 흔들었다. 하지만 뜻과 반대로 그때 상황으로 빠르게 다가가고 있었다.

"허무?"

한 소장은 눈살을 찌푸렸다.

"자네 감상주의자인가?"

"……"

임 대령의 머리엔 정글이 펼쳐졌다. 칠흑 같은 밤. 소름끼치는 적막. 그 어둠 속에 장지원 대위의 눈이 살아서 번득이고 있었다.

"저도 장 대위를 아꼈습니다."

그는 괴로운 듯 마른손으로 얼굴을 훑어냈다. 이윽고 그는 말했다.

"말씀 드리겠습니다. 그는 아군의 총탄에 숨졌습니다."

"뭐라고?"

한 소장은 앉아 있던 몸을 벌떡 일으켰다.

"정확히 말씀드리면 대대 작전장교의 실수였습니다. 작전 이튿째 밤, 각각 다른 지점에서 이동하고 있던 5중대와 7중대의 야간 매복지점을 대대 작전장교가 동일 좌표로 명령했습니다."

"……?"

"캄캄한 밤, 베트콩이 있을 수도 있는 루트 같은 지역이었습니다. 정글 속에서 5중대와 7중대가 마주쳤습니다. 서로의 신분을 모르는 채 말입니다. 어떻게 되었겠습니까? 서로 상대방을 적으로 오인하고 사격을 했습니다."

"통신병들은 뭘했나?"

"접전 보고가 들어오고 잘못된 사실을 발견하기 까진 시간이 걸렸습니다. 이미 사상자가 생겼습니다. 소대장 하나, 하사관 둘, 병 넷이 죽었고, 장지원 대위를 비롯해 여섯은 중상이었습니다. 급히 미군에 구급 헬기를 요청했습니다."

"……"

"그러나 총소리를 듣고 숨어있던 베트콩들이 공격해 왔습니다. 퇴로를 차단하고 말입니다. 피할 수 없는 접전이 벌어졌습니다. 아군들은 용감하게 싸워 많은 전과를 올렸습니다만 피해도 컸습니다. 전투 때문에 구급 헬기는 뜨지 못 했습니다. 전투는 새벽에야 끝났습니다."

한 소장은 표정을 짓지 않았다. 군대에서 다져진 오랜 습관으로 충격이 크면 클수록 그는 무표정해졌다. 그는 짧게 물었다.

"사후 처리는 어떻게 했나? 실수한 작전장교는 군법에 회부 됐나?"

"전면 철수가 임박한 시기였습니다. 아무도 사실을 사실대로 처리하는 걸 원치 않았습니다. 다행히 이 사건의 현장 상황은 실제 베트콩의 출현으로 자연스럽게 전투로 덮을 수 있었습니다."

"……"

"보도를 통해 온 국민을 열광케 한 안케작전 승리의 영광이 지휘관을 제치고 병사 몇 명을 구한 젊은 중위에게 돌아간 전례를 아시겠지요. 그때의 지휘관은 귀국 후 처벌되었습니다."

임 대령은 안케작전을 끌어들였다. 안케작전은 월남참전 역사에 남을 만큼 큰 작전이었다. 국내에서는 혁혁한 작전 성공으로 한국군의 용맹성을 크게 떨쳤다고 연일 보도되었었다. 그러나 현지에서는 어처구니없는 인해전술이었다고 했다. 민둥산 고지 꼭대기에 적이 기관총이며 각종 화기를 걸어놓고 있는데, 그런 고지를 인해전술 식으로 기어올라 점령하도록 명령한 것이었다.

희생이 컸어도 타당하고 성공한 작전이라면 지휘관은 영웅이 되고 또 포상이 따라야 했다. 그러나 도저히 그럴 수 있는 상황이 아니었다. 개죽음과도 같은 희생이 너무 많았기 때문이었다. 자상도 있었다. 부상만 확인되면 뒤로 뺐기 때문에 일부 병사는 자기 다리에 스스로 총질을 하기도 했던 것이었다. 물론 그것이 개죽음보다는 낫다는 생각에서였다. 진통 끝에 승리의 영광은 사선에서 병사 몇 명 구하고 살아남은 소대장에게 돌아갔고, 지휘관은 처벌되었던 사건이었다.

"장군님."

임 대령은 일어섰다. 더 할 말이 없었다.

"이만, 돌아가겠습니다."

"가게… 일어나지 않겠네."

한 소장은 눈을 감고 소파에 몸을 기댔다. 임 대령은 문간에 서서 경례를 올렸다.

"연대로 돌아가겠습니다."

"잘 가시오, 진실을 알려줘서 고맙소."

임 대령이 가고 난 뒤에도 한참을 그대로 있던 한 소장은 일어섰다.

뚜벅뚜벅 걸어 창문 앞에 섰다. 일단의 병사들이 연병장에서 총검술 훈련을 받고 있는 것이 보였다. 중대장이 직접 훈련을 감독하고 있었다.

장 대위의 얼굴이 떠올랐다. 그렇게 야심만만하고 패기 펄펄하던 장지원 대위. 객관적으로야 허무하다 할 수 있겠지만 그는 군인으로서 지시대로 임무를 수행하다 전사했다. 군인으로서 명령에 따르고 군인답게 행동하다 죽은 것이다.

한 소장은 그렇게 생각하기로 했다. 그러나 훗날 아들에게 그 이야기를 사실대로 들려준다면, 욱이는 그 죽음을 어떻게 받아들일까?

"아버지, 할아버지가 지주였다지만 어쨌든 농부셨습니다. 아버지는 군인이 되셨습니다. 저는 과학자가 되겠습니다. 왜 아버지를 쫓아 군인이 되기를 강요하시는 건가요. 나라가 군대만으로 지켜지는 것은 아니지 않습니까?"

어디선가 아들 민호의 반항하는 소리가 들려왔다. 그때 문이 열리고 김 대위가 들어왔다.

"장군님, 대 전차 방어시범을 참관하러 가실 시간입니다."

"알겠네, 작전참모를 불러주게. 같이 가자고."

한 소장은 그렇게 말하고 고개를 흔들었다. 밀려드는 잡념을 털어버리고 싶었다.

초인종이 울리자 애경은 뛰어나가 대문을 열었다.

"어머 오빠!"

애경은 반가웠다, 오빠 민호가 온 것이다.

"잘 있었니?"

민호는 빙긋 웃었다. 애경은 안으로 뛰어 들어가며 소리쳤다.
"엄마, 엄마, 오빠가 왔어요."
민호와 어머니 정 여사는 현관에서 마주쳤다. 정 여사는 앞치마에 손을 닦으며 아들 민호를 반겼다.
"어서 오너라. 방학이지?"
"네 어머니."
민호는 거실로 들어가 가방을 한 쪽에 놓고 어머니와 마주 앉았다.
"얼굴이 좀 빠졌구나, 기숙사 생활이 불편한 모양이구나."
"그렇지 않아요, 아주 좋아요."
"녀석… 그럼 집 보다 기숙사가 더 좋아?"
"에이, 그렇지는 않지만 요."
"뭘 줄까, 커피를 타 줄까 사이다를 줄까?"
"커피가 좋겠어요."
정 여사는 빙긋 웃으며 고개를 끄떡이고 주방으로 가 가스렌지에 점화했다.
"오빠, 서울은 매일 데모한다던데, 오빠도 데모에 가담해 봤어?"
애경은 불쑥 엉뚱한 것을 물었다. 군사 독재를 반대하는 대학생들의 데모가 전국에서 연일 벌어지고 있는 때였다. 박정희 정권의 장기 집권이 원인이었다. 부정선거와 야당 탄압으로 인한 사회적 반발도 만만치 않았다. 그것은 쿠데타로 정권을 잡은 제3공화국의 뿌리까지를 흔들고 있었다.
"내가 어떻게 데모에 끼니?"
민호는 짧게 답했다. 근심 반, 안심 반의 정 여사는 커피를 아들 앞에 놓아주며 말했다.
"그래, 데모에는 절대 가담하지 말아야지. 그것만은 절대로 아버지가 용서하지 않으실 게다."

"걱정 마세요. 어머니."

커피를 마신 민호는 일어서서 기지개를 켰다.

"아하, 무척 더운데요. 저 좀 씻을 게요 어머니."

"그러렴. 마당의 펌프 물이 시원할 게다."

민호가 수건을 들고 나가자 정 여사는 다시 주방으로 갔다.

거실에 혼자 남은 애경이는 무심코 민호의 가방을 뒤졌다. 책과 노트뿐이었다. 그 중 장정이 멋있어 보이는 원서를 발견하자 애경이는 그 책을 꺼냈다. 그리고 펼쳐보려는데 갈피에서 몇 장의 사진이 바닥으로 떨어졌다. 애경은 얼른 그 사진들을 집어 보았다.

작은고모와 막내 고모 사진이었다. 고모 옆에 낯선 청년이 함께 있는 사진도 있었다. 어딘가 날 잡아서 놀러가 찍은 게 분명했다. 책갈피에 그대로 있는 사진도 있었다.

"어어, 정말 시원하군."

수건으로 머리를 비비며 들어오던 민호가 그것을 보았다. 오빠 가방 뒤지는 일 따위는 늘 있는 일이어서 대수롭지 않게 여겼다.

"너 뭘 꺼내서 보니?"

"사진…"

애경은 보던 사진을 뒤로 숨겼다.

"그걸 뭘 훔쳐보니? 가만있어도 보여줄 텐데."

"훔쳐볼 생각 없었어. 책을 보려고 했는데 그 속에 있었던 거지."

애경은 예쁘게 눈을 흘겼다.

"넣어 놔. 이따 보여줄게."

"흥. 다 봤는걸."

"그것뿐인 줄 아니?"

"또 있어?"

애경은 오빠의 가방을 끌어안았다. 여차하면 또 뒤질 기세였다.

"지금 보면 안 돼?"

"그래, 기왕 본 거 뒤져서 다 꺼내 봐라"

민호는 너그럽게 허락하고 주방으로 갔다.

"어머니, 밥 좀 없어요? 점심을 안 먹었어요."

"저녁이 다 됐는데 여태 점심을 안 먹었으면 배고프겠구나. 하지만 조금 참거라. 아버지 곧 오실 테니."

"그러죠. 그런데 어머니."

민호는 식탁에 앉으며 말했다.

"어머닌 언제까지 부엌일을 손수 하실 거죠?"

"왜? 엄마가 해주는 게 싫으니?"

가스 불을 낮춰 밥을 잦히며 정 여사는 빙긋 웃었다. 엄마를 생각해 주는 아들이 대견해 보였다.

"아뇨, 그건 좋지만… 우리 어머니만 유난히 고생하시는 것 같아서요."

"이런 녀석, 이제 철이 드는 모양이네."

"헤헤헤, 저도 이제 대학생… 즉 어른이잖아요."

민호는 냉장고를 열어 식빵을 꺼냈다.

"엄마 걱정 말고 아버지에게나 잘 해 드려. 섭섭해 하지 않으시게."

정 여사는 생선을 튀기며 한 소장을 떠올렸다. 자식이 아빠의 뒤를 따라주기를 그렇게 바랐던 아버지였다. 아들이 끝내 사관학교 가기를 거부했을 때 가슴 아파하던 지난겨울 일이 생생하게 살아났다.

"아버지가 너 때문에 얼마나 마음 아파하신 줄 아니?"

"그런 말씀은 이제 그만 하세요. 어머니. 다 정리된 일이잖아요."
민호는 식빵을 손으로 뜯어먹으며 말했다.
"제가 잘못한 게 있다면 사관학교 안 간 것뿐이에요. 아버진 너무 아버지 고집대로만 원하세요. 그렇게 하신다고 세상일이 아버지 뜻대로 되는 건 아닐 거예요."
"……"
"사는 것도 그래요. 어머니도 알잖아요. 남들은 장군쯤 되면 정말 으리으리하게 살아요. 장군 사모님이 손수 주방 일을 한다는 건 믿지도 않아요. 우린 뭔가요, 사택을 나가면 그럴듯한 집 한 칸도 없지 않나요?"
"그만하거라. 민호야."
생선 튀김을 뒤집는 정 여사는 참았다.
"제가 다닌 중고등 학교가 무려 네 곳이에요. 대학에 가보니 저 같은 애는 찾아볼 수 없었어요."
"그만 하라니까. 무슨 소릴 하려는 게냐!"
정 여사는 엄하게 말했다.
"대학생이 되었으면 사고하는 것도 좀 어른다워져야지."
"……"
"아버진, 아버지 고집대로 사셨던, 뜻대로 사셨던, 어쨌든 옳게 사셨기 때문에 성공하신 분이야. 집안이 뭐가 어떠냐? 남아도는 건 없어도 부족한 것 또한 없잖으냐. 필요한 만큼만 있으면 됐지 더 가져서 뭘 해. 엄마 얘기도 그렇다. 네 딴엔 엄마를 생각해서 그러는 모양인데 그게 엄마 생각해 주는 거 아니야."
"……"
"엄마가 집안일도 못 할 만큼이냐? 손님이 오시거나 큰 일이 생기면 다들 와서 도와주잖니. 평소에야 조촐한 집안일 당연히 엄마가 해야지. 엄마에겐 그게 행복인걸. 그럼 넌 엄마가 사회사업이니 무슨 부인회니 하면서 집 비우고 돌아다니기를 원하는 거냐? 귀부인 행세나 하고, 식구들은 가정부에게 맡기고… 동창회다 친목모임이다 어울려 다니면서? 그러면 집안이 나아질 거라고 믿는 거니?"

"……"

"그런 게 옳다고 여기는 사람도 있는 줄 알아. 그러나 엄마는 아냐. 부부간에는 안팎일이 따로 있어야 한다고 믿는 사람이야. 그리고 사람이란 안팎일을 한꺼번에 다 잘하지 못하는 거고. 알겠니? 엄마는 지금처럼 아버지와 너희들 뒷바라지하며 잘되는 거 지켜보는 것을 행복으로 여기는 사람이야. 너만 속 썩이지 않으면 돼."

정 여사는 타이르듯 꾸짖었다. 묵묵히 듣고 있던 민호는 잠시 후 입을 열었다.

"그럼 어머니는 지금도 제가 군인이나 되었으면 좋으신 거예요?"

"못 된 자식 같으니."

정 여사는 날카롭게 쏘아붙였다.

"잘못을 느꼈으면 용서를 빌 일이지, 비겁하게 엉뚱한 이야기를 끄집어내니? 네가 말한 대로 일단락 된 지난 이야기를!"

"……"

민호는 고개를 숙였, 사실 그 상황에 어울리는 반항이 아니었다. 할 말이 없었다. 그는 거실로 가서 소파에 털썩 앉았다. 가방을 뒤져 사진을 다 찾아낸 애경은 그런 민호를 곁눈으로 보더니 오빠를 피해 쪼르르 부엌으로 갔다.

"엄마, 이 사진 좀 봐요."

애경이 내미는 사진을 본 정 여사는 흠칫 놀랬다. 그녀는 황급히 젖은 손을 앞치마에 닦고 빼앗듯이 사진을 훑어보더니 들고 민호에게 갔다.

"민호야. 너 이 사진 어디서 난 거니?"

"어떤 거요?"

"이 고모들 사진."

"아 그거 수진이 고모가 막내 고모 갖다 주랬어요."

민호는 대수롭지 않게 말했다. 정 여사는 달랐다.

"이 사람이 누구라디? 머리 모양은 군인 같은데."

정 여사는 사진 속에서 상운의 모습을 가리켰다.

"몰라요. 아무 관계도 아닌 사람이랬어요."

"그게 무슨 말이냐, 아무 관계도 아닌 사람과 왜 사진을 이렇게 같이 찍어."

"저도 똑같이 물었었어요, 하지만 수진이 고모가 그렇게 말했어요. 창경궁 같은데 놀러가서는 그럴 수도 있는 일이죠 뭐."

"정말이냐?"

"참 어머니도… 전화 해 보시면 되잖아요."

"그래… 네 말대로 전화를 해봐야겠구나."

민호의 말에 정 여사는 일단 안심은 되었다. 그러나 의구심이 말끔하게 가신 것은 아니었다.

"이 사진 얼른 감춰라. 아버지 보이지 말고."

"왜요?"

"막내 고모 곧 김 대위와 결혼할 거야. 그러니까 이런 거 감춰."

"김 대위라뇨, 김영환 대위 님요? 김 대위 님은 막내 고모와 만난 적도 없는 데요?"

"아직은 서로 보진 못했지. 곧 맞선을 볼 거야."

"맞선 봐도 서로 마음에 들지 모르잖아요?"
"아버지가 추진하시는 일이니 잘 될 거야."
"그래서 곧 결혼할 거라고 말씀하시는 거예요? 선도 안 본 상태에서 엄마가 지금 결혼을 이야기해요?"
동그랗던 민호의 눈이 한일자로 펴졌다. 입가에 또 반항이 흘렀다. 맞선도 안본 상태에서 결혼이 정해졌다고 믿을 정도라면… 성사된다 해도 그게 본인들 결정일 리 없었다. 민호는 항변했다.
"또 아버지 뜻이군요. 이러다간 며느리도 여군이나 간호장교를 들이시겠군요. 저도 모르게 아버지께서 정하시겠죠. 아버진 수진이 고모 슬픔도 벌써 잊으셨나 봐요."
"함부로 말하지 마라. 네가 참견할 일이 아니야."
정 여사는 냉엄하게 한마디 하고 주방으로 돌아갔다.
민호 가슴은 터질 듯 답답했다. 아니 퐁당퐁당 끓었다. 민호는 애경이를 보았다.
"애경아. 너는 이런 일을 어떻게 생각하니?"
"뭘?"
애경이는 천진한 얼굴로 오빠를 보았다.
"김 대위하고 수련이 고모가 어울릴 것 같으니?"
"난 잘 어울릴 것 같은데? 오빠 안 그래? 다만…"
"다만?"
"다만 좀 그렇지 뭘, 요즘 고리타분하게 집안어른들끼리 미리 정하는 게…"
"그렇지? 네 생각에도 그렇지?"
민호는 억지로라도 애경이의 동조를 얻어내려 애썼다. 그래야 마음이 편할 것 같아서였다.

다시 공사통제부로

　부평 백마장.
　갖고 갈 수 없는 것과 갖고 가기 싫은 것만 남겨놓고 철수해 버린 주한 미군들의 기지는 낡고 텅 빈 껍데기 기지였다.
　휴전과 함께 베트남에서 철수한 맹호부대 등 주월한국군은 대부분 귀국과 동시 해체되었다. 그러나 백마부대는 해체하지 않았다. 주월한국군의 철수에 즈음하여 수도권 방위를 담당할 제3군의 창설 계획이 백마부대를 주력으로 추진되었기 때문이었다. 따라서 백마부대는 경기도 고양군 원당 일대에 새 주둔지를 건설하면서, 부평 백마장의 전 미군 기지를 인수받아 임시 주둔하게 된 것인데, 인수할 때의 상황이 그랬다.
　그 낡은 껍질 중에서도 콘세트라든가 재활용이 가능한 시설, 자재들은 새 주둔지 공사장으로 속속 옮겨지고 있어서 썰렁하고 어수선한 것이 더욱 심했다.
　미국 대통령에 의한 주한 미군의 감축 계획은 표면적으로는 인권 문제와 결부되어 강행되었지만 전문가들은 베트남 전쟁 실패의 영향을 부인하지 않았다. 왜냐하면 리처드 닉슨 대통령은 공화당이고, 미국 공화당의 기조는 힘을 바탕으로 하는 정치이기 때문이었다. 인권은 민주당의 강령이었다. 미국 민주당은 전통적으로 대화를 통한 인권 정치를 유지하고 있었다.

베트남 전쟁이 힘만으로 안 되는 '한계'를 드러낸 것이 되었으니 그 체면 손상은 매우 큰 것이었다. 이에 새 기치로 공화당에는 어울리지 않는 인권을 내세우면서 베트남 패배의 동반자인 만만한 우방 한국을 시범 국가로 택한 셈이었다. 그리고 보면 베트남에 대한 미국의 역할은 시작부터 두 정당이 서로 전통적인 성격과 반대의 모습으로 참여했고, 정리하는 단계 역시 반대적 입장을 고수했다는 묘한 기록을 남겼다.

어쨌든 세계 최강의 군사력과 경제력을 가진 미국이 그렇게 패함으로써 아시아 제 민족 독립운동의 정당성과 강인성은 전반적으로 재평가받게 되었고, 상대적으로 미국의 권위와 정의는 크게 손상되었다.

미국은 이를 치유할 새 전략이 필요했다. 그래서 제시한 것이 인권 문제인데 이는 애초부터 공화당이 추진할 일이 아니었다. 미국의 인권 제도를 기준으로 각국의 인권이 얼마나 존중되는 가 점수를 매기고, 이에 기초하여 국제적 협력 관계를 재정립한다는 것인데 이건 민주당이 해야 할 일이었다.

하지만 세계의 반응은 일단 긍정적이었다. 지구촌 곳곳에서 내정간섭이라는 반발이 심심치 않았지만 결과적으로는 미국의 건재함을 여봐란 듯 우방에 과시하는 정책이 되어주었다. 쿠데타일 수밖에 없는 군사혁명정권 하의 한국 인권이 그 기준에서 높은 점수를 받을 수 없었다. 베트남에 미군 다음으로 많은 병력을 투입한 동반자였지만 결과적으로 패배한 탓에, 그 동반도 고맙게만 해석되지 않는 상황이어서 한국을 우대하는 일은 어디에도 없었다.
　유럽 주둔 미군도 일부 철수했지만 한국에서의 미군 감축은 그렇게, 미국 공화당의 목적에 의해 일방적으로 결정되었다. 백마부대 임시 주둔지가 된 낡고 텅 빈 부평 백마장 기지들은 그런 복잡한 정세에서 떠나야 했던 그들의 서두른 흔적이 있는 자리였다.

　4일 간의 휴가를 마치고 부평에 복귀한 이상운 병장은 도착 즉시 작전과장 황준엽 소령에게 귀대 신고를 했다. 황 소령은 활짝 웃으며 반가이 맞았다.
　"어때. 푹 좀 쉬었나?"
　"예. 덕분에 편히 쉬었습니다."
　"잘됐군. 얼굴이 검게 탄 게 건강해 보이는구나. 네 자리에 가 있어라. 나중에 부를 테니."
　황 소령은 서류를 뒤적이며 말했다.

　상운은 과장 실을 나와 책상에 앉았다. 그의 책상은 보좌관 이태선 대위의 책상과 맞물려 있었다. 월남에서부터 그랬다. 보좌관은 자리에 없었다. 서무계 이창식 병장 혼자 썰렁한 사무실을 지키고 있었다.
　월남에서의 철수 직후 한 달 남짓 이곳에 머무르다 공사통제부가 설치되면서 파견 나간 상운이기에 특별히 감회랄 것은 없지만, 그래도 느낌은 고향집에 온 것 같았다. 무엇보다 이곳에는 일이 년 이상을 함께 생활한 동료 사병들이 있었다. 사무실은 물론 창밖 풍경까지, 기억에는 별로 없지만 그런 동료들이 있어 낯설지 않았다.

"창식아, 보좌관님 어디 가셨니?"

"보좌관님 출장 가셨어예."

경상도가 고향인 그는 부지런히 펜을 놀려 무엇인가를 쓰면서 말했다.

"다른 애들은 어디 가고?"

"잠시만 있어 보소."

조금만 더 쓰면 끝나는 듯 했다. 잠시 후 그는 펜을 놓고 허리를 펴며 씩 웃었다.

"애들 예? 애들은 다 집합 갔지예."

"집합에 갔어?"

"그라믄예, 말도 마이소. 요즘 우짠지 아능교? 부처마다 열외 한 명 뿐이라예. 상황계고 교육계고 다 필요 없는 기라예."

"그럼 일은 어떻게 하니?"

"할 거나 있능교? 여긴 임시 주둔지 아닝교. 교육할 장소가 있능교, 작전이 있는교…"

창식은 실실 웃었다.

"중대장들은 월남 군대 군기 잡는다고 설치지예. 막사는 모자라 이 중대 저 중대 뒤섞여 짬뽕이지예… 보통 어수선한 게 아니라예."

"아니, 귀국한 지 서너 달인데 아직도 그래?"

"모자라는 걸 우짭니까? …말도 마이소 마. 좌우간 들볶여 죽겠십니더. 잠잘 곳도 마땅치 않은 판에…"

"그 정도야?…"

상운은 언제나 그의 말은 믿었다. 이창식은 고지식해서 과장이나 거짓이 없었다. 상운은 자리에 앉아 빈 서랍을 하나하나 열어 보았다. 그 때 창식은 문득 생각난 듯, 고개를 갸우뚱하며 물었다.

"기런데 이 병장님, 뭐한다고 왔십니꺼. 공사장 눌러 있제."

"오라니까 왔지. 네 말마따나 이 어수선한 판에 자진해서 오겠니?"

"오락캤어예? 이상하네… 왜 오락했을까…"

"뻔할 뻔자 아니겠니. 월남에서 쓰던 작전계획들 다 파기하고 새로 만들어야 할 테니 그거나 도우라고 부르셨겠지."

"아니라 예, 내 말은 그게 아니라 예."

고개를 갸웃거리던 창식은 일어나 캐비닛 속에서 참고철을 꺼냈다.

"이상하지 예… 여기 있다가도 그리 갈 형편인데."

그는 중얼거리며 참고철을 한 장 한 장 들추더니 멈췄다.

"이 보라예. 이거 본 일 있능교?"

이창식은 참고철을 편 채 다가왔다.

"뭔데?"

"선발대 이동계획 말이지예."

"선발대 이동?"

상운은 빼앗듯이 하여 계획서를 훑어보았다.

그것은 작전과장이 기안, 연대장 결재가 완료된 것으로, 총 공사기간을 1개월 단축하고, 그에 앞서 3개월 전 선발대를 이동시킨다는 계획이었다. 공기 단축을 위해 4개 중대 병력을 투입, 부대 신축공사는 박차를 가하는 동시에 수용능력 초과수용으로 혼란과 무질서가 심한 부평 임시주둔지의 문제를 해소, 부대 질서를 회복한다는 취지였다. 이동 일자는 7월 8일이었다.

선발대 지휘부 요원도 이미 정해져 있었다. 참모부 별로 장교 1명에 사병 1~2명인데 작전참모부의 경우 황준엽 소령 밑에 상운의 이름이 적혀 있었다. 상운은 아연했다.
 "야, 이게 뭐야… 이렇다면 굳이 오라고 할 필요가 없었을 텐데…"
 "그러니까예, 그러니까 나도 모르겠다는 말 아닝교."
 창식은 참고철을 거두어 제자리에 넣어두고 자리에 앉았다.
 "그거 참 알 수가 없군… 가만 있자. 그거 언제 결재난 거지?"
 "결재예?"
 창식은 날짜를 확인하기 위해 다시 그 서류를 찾았다.
 "7월 3일이네예, 그러니까 3일 전."
 3일 전이라면 휴가기간 중에 기안된 것이었다. 그렇다면 이해가 되는 일이었다. 부대 사정이 어수선하다보니 이삼 일 사이에도 계획이 바뀔 수 있었다. 상운이 통제부를 떠날 즈음엔 없었던 계획이 그 사이에 만들어진 것일 수 있었다. 어쨌든 그렇다면 다시 공사장으로 가게 된 것 아닌가… 상운은 빈 입맛을 다셨다.
 "통제부 얘기 좀 해 주소. 어때예. 거긴 한량하지예."
 "그저 그렇지 뭐."
 상운은 비스듬히 앉아 창 넘어 바깥의 파란 하늘을 보았다.
 "어때예. 마을에 반반한 처녀아들 없었능교?"
 "흥 말도 마라, 천일섭이 녀석 지금 바짝 열이 올랐단다."
 "일섭이예? 하- 고자슥 거 쑥맥 같더니만… 이 병장은 없었능교?"
 "내 주제를 봐라. 여자가 붙겠나."
 네모난 창문의 파란 공간에 흰 구름이 들어오고 있었다.
 "주제가 어때서예… 솔직히 말해 보소, 내 듣기엔 있닥카던데…"
 창식은 뭔가 알고 있는 눈치였다.
 "누군가 허튼 소리 하는 걸 들은 모양이군?"

"이실직고하소, 내 이 대위님께 들은 얘기가 있어예."

창식은 득의만만한 웃음을 흘렸다. 이래도 실토하지 않겠느냐는 듯.

"이 대위님? 여기 오셨었어?"

"전출되셨어예. 광주 교육대로."

"그랬어?…"

상운은 벌써?… 하고 중얼거렸다. 예상은 했지만 이렇게 빨리 명령을 얻어낼 줄은 몰랐다. 하긴 하루라도 빨리 떠나는 것이 서로 간에 좋은 일이겠지만 이사한 지 며칠 만에 또 이삿짐 꾸렸을 것이 마음에 걸렸다. 상운은 잠시 후 말했다.

"뭐라고 내 말 하시든?"

"뭐락하셨드라… 장군의 여동생이락 했는데… 미스 한이락 했지예 아마."

"미스 한? 하하하."

상운은 웃었다. 갑자기 그녀 얼굴이 떠올랐다.

"감추지 말고 얘기 해 보소."

"얘기 할 것도 없어. 그녀는 말 그대로 장군의 여동생이야. 아니 군인 가족이니 군인의 딸이라고 할 수 있지. 우리 사는 방식에는 맞지 않는 상대야."

창식의 눈이 동그래졌다.

"그런데 그 산골에 장군이 사시는 교?"

"그래. 사택이나 저택은 아니고, 독수리 사단 사단장의 고향집이야."

상운은 빙긋이 웃으며 고개를 끄떡였다. 고개를 갸웃하며 머리를 굴리던 창식은 넌센스 퀴즈의 답이라도 찾아낸 듯 픽 웃었다.

"헤헤헤. 알았다. 뒷발질에 채였나 보군 예…"
"어허. 이 자식 봐. 야야, 내가 뒷발질에 채이고 다닐 놈 같으냐?"
상운은 발끈 했다.
"에헤헤. 펄쩍 뛰는 거 보니까 맞는 기 확실하네예."
창식은 계속 실실 웃으며 놀려댔다. 상운은 더 이상 변명하지 않았다. 그때 과장 실에서 상운을 불렀다. 상운은 얼른 메모 할 준비를 갖추고 과장 실로 들어갔다.
"에…또, 선발대 이동계획이 있는데, 알고 있나?"
황 소령은 비스듬히 앉아 물었다.
"예. 조금 전에 봤습니다."
"그런데 말이야, 계획이 또 수정되었다. 하도 부대사정이 어수선하니까. 인사나 정보 군수는 당분간 여기 그대로 남아서 행정 지원만 하기로 했어. 결국 우리 과, 그것도 너와 나만 우선 가는 거다."
"공사를 지원하는 병력도 가지 않습니까?"
"병력은 가지. 1개 지구에 1개 중대씩 투입되는 계획 그대로 4개 중대가 간다."
황 소령은 담배를 피웠다. 잠시 기다리던 상운은 말했다.
"과장님. 그렇다면 결국 통제단장이 과장님으로 바뀌는 것 뿐이네요. 공사 지원병력 요청은 벌써부터 있었던 일이니 말입니다."
"그렇지 않지. 지금부터는 부대 이동을 본격적으로 준비하는 거니까. 따라서 앞으로의 우리 일은 공사보다 작전이야."
"……"
"새로 창설된 3군의 작전 지침서가 만들어졌으니 이제 우리 부대 작전계획을 만들어야 해. 그런데 원래 그 지역이 좀 복잡하단다. 해변 쪽 적성 마을 사상문제도 아직 안전진단이 미흡하고… 또 우리 부대 작전 영역이 주변 5개 연대로부터 인수받아야 할 만큼 복잡해. 다시 말하면 5개 부대가 만나는 경계에 우리 부대가 새로 들어서는 셈이니까."

황 소령은 언제나와 같이 자상하게 상황을 설명해 주었다. 그것은 일을 확실하게 시키기 위해서였다. 상운은 줄곧 작전과 작전계로 일해 왔기에 이해가 빨랐다.

"지금부터 내가 말하는 것을 준비해야겠다, 에 또…"

황 소령은 비망록을 펼쳤다.

"우리 과 평상 업무는 보좌관이 여기 남아서 처리하게 되니까 상관할 바 없고… 공사에 필요한 서류와 새 주둔지 참고 자료 일체. 그리고 2만5천분의1 지도. 아마 꽤 여러 조각 될게다. 또…"

"지도는 먼저 영역을 설정해 보여 드리고 나서 청구할까요?"

"그래야지. 하지만 정보과도 이미 알고 있어."

황 소령은 비망록을 이리저리 들추며 필요한 지시를 다 내린 뒤 말했다.

"그런데 공사 진도가 왜 그렇게 부진한 거냐? 항상 예정을 밑도니."

"민간에서 진행하는 공사는 예정대로입니다."

"민간 쪽은 우리가 신경 쓸 것 없어."

"공병은, 현재까지는 사령부 쪽에만 치중하고 있습니다. 우리 진도는 부진하지만 사령부 쪽은 예정을 앞지르고 있습니다. 저희에게 공병 1개 중대가 예속되어 있습니다만 주요 장비들은 툭하면 사령부 지구 지원입니다."

"그래?"

황 소령은 시나리오 하나를 떠올렸다. 사령부 공사를 서두르는 의미는 무엇일까. 서둘러 사령부 지휘본부만 완성하고 나머지는 진행 중인 상태에서 부대 이동을 단행한다? 그리고 공기를 형편없이 줄여 버린다? 그럴 수 있는 일이었다. 그러면 예하부대 장병들은 한창 건설이 진행 중일 때 옮겨져 갖은 고생 다하게 되겠지만, 공기는 단축시킬 수 있고, 그 단축으로 인한 여러 가지 예산 절감이나 이익을 기대할 수 있을 것이었다.

그래. 그럴 수 있을 거야. 늘 그래왔듯이… 황 소령은 담배를 피웠다.
"더 말씀이 없으시면…"
"그래. 우선 그것들을 준비하렴."
과장 실을 물러나온 상운은 자리로 돌아와 메모지를 책상 위에 놓았다. 의자에 앉고 싶은 생각이 별로 없었다. 그는 선 채 메모지를 한참 들여다보다 고개를 돌려 다시 창밖을 보았다. 창문을 보는 위치가 다른 때문인가, 아까는 안 보이던 나뭇잎이 보였다. 푸른 나뭇잎 사이로 여전히 파란 하늘이 보였다.

다시 공사장으로 가는 것은 이제 확실해졌다. 수련을 생각하니 얼굴이 붉어져 오고 웃음이 새 나왔다. 그도 그럴 것이 바로 어제 귀대하면서 장문의 편지를 보냈던 것이다.

편지요, 하는 소리와 함께 대문이 흔들렸다. 할머니와 함께 마루에 있던 수련은 뛰어나가 편지를 받았다. 상운에게서 온 것이었다.
"수고하셨어요, 아저씨."
수련은 등을 부인 채 멀어지는 우편 배달원에게 인사하고, 한 걸음에 마루로 돌아왔다. 누워있던 할머니가 일어나 앉으며 하품하듯 물었다.

"무슨 편지냐?"

"내게 온 거예요."

수련은 싱글거리며 편지를 뜯었다.

"어디서?"

할머니가 물었지만 수련은 바쁘게 내용을 펼쳐 들었다.

"어디서 왔냐니까?"

할머니가 또 물었다. 그래도 수련은 혼자 내용을 읽어 내려갔다.

"아 이년이, 어디서 왔냐니까?"

할머니가 버럭 역정을 내자, 그제야 수련은 고개를 돌렸다.

"누구라면 엄마가 알우? 이상운이란 사람이 보낸 거예요."

"이상운이가 누구야?"

"아이 창경원 같이 갔었다고 했었잖아요."

수련은 가만히 좀 계시라고 짜증스러운 듯 말했다.

"그 사람이 왜 너한테 편지를 하니?"

"편지할 수도 있지 뭘. 별걸 다 참견하시려고."

"이년이 말버릇하고…"

"아이, 잠시 계셔 봐요. 이것 좀 읽고…"

수련은 건성 대답하며 얼른얼른 편지를 읽었다. 날은 여전히 더웠으나 마루는 통풍이 잘되는 덕에 시원했다.

수련 씨.

오늘은 4일, 3일간의 휴가가 끝나는 날 밤입니다. 하얀 백지를 꺼내니 거기 수련 씨 얼굴이 있었습니다.

안녕하세요, 하고 나는 꾸벅 인사를 했습니다. 그랬더니 수련 씨는 재빨리 어둠 속에 숨어 하얀 이를 내 보이며 웃었습니다. 나는 많은 이야기를 했고 당신은 그렇게 어둠 속에서 웃으며 나의 이야기를 들어주었습니다. 딸기밭에서의 일. 기차 안에서의 일. 창경원에서 일 등등 이야기는 거침없이 이어졌습니다.

이야기를 멈추고 글을 쓰려하면 수련 씨 모습은 사라졌습니다. 하얀 백지만 남으면 주변 공기마저 싸늘해져 펜을 쥔 손은 굳어지고 머리는 멍해지곤 했습니다. 아무런 이야기도 생각나지 않았습니다. 당황하여 얼른 추억의 가닥을 되살려 연결하면 봄이라도 온 듯 주위가 다시 온화해지며 하얀 백지 위에 수련 씨 얼굴이 떠오르곤 했습니다.

결국 수련 씨를 보고 있으면 글을 쓸 수 없고, 글을 쓰면 당신의 모습을 볼 수 없어 펜을 쥔 손은 백지 위에서 엉거주춤 밤을 보냈습니다. 종이를 수 없이 구겨버리면서 문제의 근원이 무엇인가 골몰하기도 했습니다. 무엇이 환상을 만들고 머리를 이렇게 어지럽게 하는가 찾아 보았습니다.

그리움, 미련, 사랑, 미움, 연민… 생각나는 대로 많은 단어를 나열해 보았습니다. 그런데 '이것이다.' 하고 꼭 맞는 낱말을 집어낼 수 없었습니다. 우리 관계를 친구라고 할 수 있을지, 사랑의 시작이라 할 수 있을지, 아니면 희망일 뿐인지… 막연할 뿐이었습니다.

펜을 놓고 한참 생각하니 문득, 이성간에는 만나고 싶은 감정이 싹트면 그것이 곧 사랑이 아닌가, 하는 생각이 들었습니다. 친한 감정은 있지만 만나고 싶은 마음이 강렬히 일지 않는다면 그것은 우정이고, 막연히 그리운 것은 미련인 듯 여겨졌습니다.

큰 매듭이 풀리니 문제는 쉽게 정리되었습니다. 만날수록 더 자주, 많은 시간 같이 있고 싶은 심리가 사랑일 것이라는 확신입니다. 그렇다면 수련 씨가 그립고 보고 싶은 나의 가슴은 이미 사랑의 불꽃이 당겨진 상태입니다.

'그래 이것은 사랑이야.' 하면서 보니, 수련 씨는 가까이서 다정한 미소를 보여주었습니다.

수련 씨.
짧은 휴가 동안 나는 하루에도 몇 번씩 그곳을 찾아가고 싶은 충동을 느꼈습니다. 찾아가지 않으면 이대로 영영 다시 만나지 못할 것만 같은 생각이 일종의 두려움으로 뒤에서 나를 밀었습니다. 하지만 한편에서는 만나면 만날수록 더 만나고 싶은 욕구가 배증할 것 같은 두려움이 앞에서 막았습니다. 아직은 군인이라는 자유롭지 못한 신분이 큰 걸림돌임을 잘 알고 있기 때문입니다.

만날 때의 두려움과, 못 만나는 두려움의 싸움이 또 다시 나를 괴롭혔습니다. 두 마음은 한 치 양보 없이 격렬했습니다. 싸움의 지친 결과가 편지라는 형태로 휴전을 맞은 건지 모릅니다.

휴전이란 말을 잘 아시겠죠. 휴전은 말 그대로 싸움을 쉬고 있는 것이지 끝난 상태는 아닙니다. 그러나 어쨌든 편지를 쓰고 있는 이 순간 나의 마음은 평화롭고 행복하기 그지없습니다. 휴전 중에도 시간은 흐르고 있고, 그리하여 이 엄청나게 지루한 여름이 지나면 나는 전역하기 때문입니다.

전역만 하면 문제는 일순간에 모두 해결됩니다. 아무 망설일 것도, 마음 갈라질 이유도 없습니다. 말하진 않았지만 나는 그림을 배운 사람이고, 그곳에 있을 때 마을을 배경으로 앉아있는 수련 씨 모습을 화폭에 담아보고 싶다는 생각을 했었는데, 수련 씨가 허락만 하면 그런 일도 얼마든지 실현에 옮길 수 있게 되는 것입니다. 아, 현역 생활을 마치는 9월은 상상만으로도 얼마나 기쁜지 모릅니다. 나의 마음은 벌써 설렘으로 가득 차 있습니다.

사내답게 의연한 자세로 가을을 기다리렵니다. 군복을 벗으면 제일 먼저 수련 씨를 찾아가겠습니다. 따뜻한 격려가 담긴 회답 주신다면 바로, 의지로 살아가는 모습 또 적어 보내겠습니다. 안녕히 계십시오. 어머님(할머니)과 수진 언니께 안부 전해 주시기 바라며, 창경원에서 찍은 사진 잘 나왔는지 궁금하군요.

1973. 7. 4. 부평으로 복귀하는 길에. 이상운 드림.

"후후후."
편지를 다 읽고 난 수련은 후후후 웃었다. 기분이 좋았다.
"뭐라고 썼니?"
할머니가 물었다.
"읽어 드릴까. 엄마?"
수련은 배시시 웃으며 잔뜩 궁금해 하는 엄마를 보았다.
"그래. 어디 크게 읽어 봐라."
할머니는 빙그레 웃으며 목침을 베고 모로 누웠다. 수련은 큰 소리로 읽었다. 소리 내어 읽으니 더 긴 것 같았다. 다 읽고 나니 할머니도 빙그레 웃었다.
"젊은 사람이 꽤 사려 깊고 찬찬한가 보구나."
"에이 엄마도… 편지만 보고 어떻게 찬찬한지 알아요."
수련은 마치 자기가 칭찬 받은 양 얼굴을 붉히며 편지를 접어 봉투에 넣었다.
"왜 모르니. 글에 더 잘 나타나지."
할머니는 기억을 더듬으며 말했다.

"옛날 같으면 그런 사람은 가난이 천성일 사람이란다. 찬찬해서 제 계집은 잘 위해 주겠지만… 계집이나 위하는 사내는 크게 되질 못 해."

"에이. 그런 게 어디 있어."

"노래 잘 해. 글 잘 써. 편지를 보니 그림도 잘 그리는 모양인데, 그런 게 옛날에야 다 배고픈 재주였지 뭐냐."

할머니는 계속 중얼거리듯 말했다.

"하지만 요즘은 그런 사람들도 잘 사는 모양이더라."

"그런 사람들이 더 잘 산 대요. 그냥 잘 사는 게 아니라."

수련은 상운을 옹호하듯 입을 비죽거렸다.

"그런데 그 사람이 왜 네게 편질 했을꼬."

할머니는 걱정을 했다.

"너보고 뭐라고 했었니?"

"후훗. 글쎄, 나보고 가을까지 시집가지 말래요."

"왜?"

"편지에도 있잖아요. 전역하면 찾아온다고. 그러라고 했죠 뭘."

"주책없는 년. 그럼 그 사람하고 사귈 거니?"

"사귀게 되면 사귀죠 뭐. 내 몸뚱이 임자가 정해졌우?"

수련은 깔깔깔 웃었다.

"요년, 요년 말하는 것 좀 봐."

할머니는 몸을 반쯤 일으키며 눈을 부라렸다.

"네 몸뚱이라고 네 맘대로 할래?"

"아이, 엄마!"

수련은 여전히 깔깔거리며 한 걸음 물러앉았다.

"아무 것도 아닌 농담을 가지고 뭘 그래요."

"왜 아무 것도 아냐, 언제나 말이 씨가 되는 법인데."
 깔깔거리는 딸을 나무라듯 바라보던 할머니는 에이그, 하며 도로 누웠다.

 모녀의 하루하루는 지루했다. 농사든 축산이든 뚜렷하게 하는 일없이 농촌에서 산다는 것은 정말 지루한 일이었다. 할머니야 칠순 가까운 노인이 되셨으니 옛일이나 회상하며 사실 수 있다지만 한창 나이의 수련에게는 견디기 힘든 날이 많았다.
 에이그. 그렇게 있지 말고 뭐라도 하지 그러냐. 옛날에 금순이 있을 때는 그 수예도 곧잘 하더니만…
 할머니는 가끔 측은한 눈으로 보며 그렇게 말했지만 수예든 꽃나무 가꾸기든 친구가 있어야 신나서 할 수 있는 일이었다.
 "아 - 저녁이나 할까."
 수련은 허리를 길게 늘어뜨려 기지개를 펴며 하품을 했다. 그저 하루하루가 먹고 자고 먹고 자고의 연속일 뿐이었다. 밥을 해도 그것을 먹어줄 변변한 식구가 있으면 좋으련만 그것도 아니었다.

 전출 명령을 받아 일단 신고하기 위해 광주로 내려갔던 이 대위가 삼일 후 이사를 하기 위해 진 밭으로 돌아왔다. 이사 온지 총 열이틀만에 다시 짐을 챙기는 것이었다. 이 대위 부인은 도저히 참기 어렵다며 어디론가 가버리고 없었다.
 "이거 섭섭해서 어떻게 하나. 정들까 하니 헤어지게 돼서…"
 할머니는 혀를 끌끌, 차며 혼자 짐 꾸리는 이 대위 옆을 서성거렸다.
 "죄송합니다. 할머니. 공연히 부산만 떨어서…"

"우리에게 죄송할 거야 없지, 나랏일 하느라고 그러는 걸. 근데 색시는 어디 갔수?"

"친정에 갔겠죠, 뭐. 화가 풀리면 나타날 겁니다."

"에이그, 색시가 안 됐수. 홀몸도 아닌데…"

"제가 잘 해 줘야죠."

너구리같은 이 대위는, 말은 시원시원 잘 했다.

이삿짐은 이불 보따리와 가방 몇 개, 그릇 따위뿐이었다.

"점심이나 같이 먹고 가시우. 내 점심하라고 이를 테니."

"예, 고맙습니다."

할머니는 수련에게 점심 준비하라 이르고는 앞마당을 서성거렸다. 꾸물꾸물 짐 챙기는 초라한 군인 모습이 아들 사위 생각을 떠올려주어 할머니를 울적하게 만들었다.

"에이그. 더러운 놈의 팔자들…"

나라 일도 좋지만 할머니의 기준에서 그건 사람 사는 꼴이 아니었다. 앞마당을 서성거리며 울적한 기분을 삭이고 있는데 멀리서 할머니— 하고 부르며 누군가 달려왔다. 민호였다. 막 뛰어온 민호는 할머니 앞에 이르러 숨을 몰아쉬며 꾸벅 인사했다.

"안녕하셨어요. 할머니."

할머니는 반가우면서도 일편 의아했다.

"아니, 웬일이냐 네가…"

"방학해서 놀러왔어요. 할머니."

민호는 해해거리며 대문 안으로 들어섰다.

"벌써 무슨 방학이냐? 7월 초순에."

할머니는 뒤따라 들어오며 물었다.

"저 이젠 대학생이에요. 할머니."

"오 참, 네가 대학생 되었지."

할머니는 그제야 고개를 끄덕였다. 가방을 마루에 올려놓은 민호는 소리 쳐 부엌에 있는 수련을 불렀다.

"고모. 막내 고모!"

"어머, 민호 왔구나."

수련은 물 묻은 손 그대로 부엌에서 나오며 반색을 했다.

"고모 사진 가지고 왔어, 작은고모가 주던데."

민호는 가방을 열어 사진부터 꺼냈다.

"무슨 사진? 오 창경원에서 찍은 사진 말이구나. 어디 보자."

수련은 젖은 손을 앞치마로 닦으며 마루에 걸터앉았다.

"얘야. 애비는 잘 지내니?"

할머니가 그것부터 물었다.

"네. 할머니."

민호는 사진을 수련에게 건네주며 할머니를 향해 씩- 웃었다.

"고모. 이 사진 누가 찍었어? 아주 수준급이야."

"그러니?"

수련은 얼른 사진을 보았다. 첫 장부터 웃음이 터져 나왔다.

"무슨 사진이길래 그러냐?"

할머니는 그제야 궁금해 했다. 수련은 제가 본 사진을 하나하나 넘겼다.

"창경원에 갔을 때 찍은 거예요. 엄마."

"아유, 사진 두. 어쩜 이렇게 재미있게 찍었누."

할머니도 웃으며 재미있어 했다.

"이 사람이 ㄱ 사람이냐?"

할머니는 용케도 사진 속에서 상운을 알아봤다.

"네. 엄마."

수련은 고개를 끄떡였다. 즐거움이 무럭무럭 피어났다. 창경원의 하루가 온통 되살아나는 듯 했다.

"고모, 이 사람이 누군데?"

민호는 할머니가 가리킨 그 사람을 다시 봤다. 사복 입은 게 어딘지 어색한 것으로 보아 군인 같았다. 민호가 또 물으려는데 이사 준비를 끝낸 이 대위가 다가와 그 사진을 보며 눈을 크게 떴다.

"아이구. 이거 상운이 아닙니까? 함께 놀러 가셨었군요."

그는 뜻밖이라는 표정으로 수련과 사진을 번갈아 보더니 빙긋 의미 있는 웃음을 흘렸다.

"함께 간 건 아니에요. 우연히 거기서 만났어요."

수련은 기분이 좋아 싱글거렸다.

"요년이 가만히 보니 에미 눈 속이면서 연애하는 게로구나."

느닷없이 할머니가 눈을 부라렸다.

"편지질 하는 게 수상쩍다 했더니만…"

"아이 엄마. 갑자기 왜 그래요!"

"바른 대로 말 못 해?"

"오늘은 정말 이상하시네, 실컷 같이 좋아하시다가."

수련은 말도 하기 싫다는 듯 벌떡 일어나 부엌으로 가 버렸다.

"할머니 걱정 마세요."

이 대위가 은근한 소리로 할머니에게 말했다.

"이 녀석 며칠 전에 멀리 전출 갔습니다."

"어디로 갔는데?"

"인천 쪽에 부평이라고 있어요. 거기 본대가 있는데 그리로 복귀했어요."

"거 봐. 엄마는 괜히!"
부엌에서 그 소리를 들은 수련은 소리를 버럭 질렀다.
"이 대위가 이 사람 잘 아시우?"
이번엔 할머니가 물었다.
"알다마다요. 일 년 이상 데리고 있었는 걸요."
"사람 됨됨이는 어떤 고…"
"사람이야 요즘 보기 드문 진국이죠. 미술대학 다니다가 입대했는데 재주가 보통이 아니에요. 아마 이 다음에 한 몫 단단히 할 겁니다."
"신용도 있고?"
"진국이라니 까요. 부대 내에서도 서로 데려가려고 할 정도였죠."
"……"
할머니는 더 묻지 않고 울타리 너머 먼 산을 보았다.

잠시 후 점심상이 차려졌다. 점심을 먹으면서 할머니는 또 섭섭해 했다.
"에이그. 세상이 어떻게 되려는지… 아마 이대로 몇 십 년 지나면 고향다운 고향 가진 사람이 드물게야. 사람이란 고향을 갖고 살아야 하는 건데."
"정말 죄송합니다. 공연히…"
"누가 만들어서 그러는 건 아니니 죄송할 건 없지, 그것도 팔자라고 여겨야지. 내 말은 이렇게 이사 다니니 아이들 고향은 없다는 거지."
할머니는 웃었지만 이 대위는 따라 웃지 못했다. 이번 전출이 어떤 전출인가. 있는 연줄 다 동원해서 억지로 만들어 낸 것 아니더냐. 이 대위는 하루라도 빨리 이 집을 떠나는 것을 속죄로 여겼다.

할머니의 사랑하는 사위가 자신의 실수로 인해 죽었다는 사실까지 고백할 필요는 없다고 생각했다. 그저 말없이 빨리 떠나는 것, 그것으로 장지원 대위와 자신의 악연을 끝맺고 싶었다.

식사를 마치자 이 대위는 곧 떠났다. 천병장이 끌고 온 통제부 지프에 몇 개의 짐을 싣고 떠나자 덩그러니 큰집은 더 조용하고 쓸쓸해졌다.

"에이그. 새로 간 곳에서는 제발 몇 년 푹 눌러 사시구랴."

이 대위를 태운 지프가 떠날 때 할머니는 이 대위 부인의 손을 잡고 섭섭해 했다.

"고모. 아빠가 고모 결혼을 준비하신다든데… 그런 소리 들었어?"

민호가 묻자 수련은 기가 찼다.

"아니 네가 그런 걸 어떻게 아니?"

옆에 있던 할머니가 듣고 정색을 하며 끼어든다.

"애비가 너에게도 그런 소릴 해?"

민호는 뒷머리를 긁적거렸다.

"그냥 옆에서 들은 얘기예요."

"난 수진 언니에게 지나가는 소리로 들었어, 왜?"

수련은 있는 그대로 말하며 민호를 보았다. 민호는 머쓱했다.

"아니 나는… 상대가 김 대위님이라니까, 혹시 만나 본 일 있나 해서."

"누군지도 모르고, 어떻게 생겼는지도 나는 몰라. 김 대위? 김 대위라는 것도 지금 처음 듣는다."

민호는 털어버리듯 웃었다.

"그럼 아직 확실치 않은 거네. 그냥 물어본 거야, 내가 좋아하는 고모 문제니까… 알았어. 아직은 없는 소리로 여길게."

할머니가 푸념을 했다.

"에이그. 애비가 이젠 이 할미한테도 의논을 안 하겠단 말이구나."

"구체화되면 의논하시겠죠. 아직 아무 것도 아니라니까."

"다 결정해 놓고 의논하는 것이 의논이라더냐."

할머니 심경은 좋을 수 없었다. 지나가는 소리라지만 수진이가 와서 이야기했고 이젠 손자가 와서 같은 이야기를 또 전한다. 그것이 어찌 지나가는 소리일까? 어미가 수족이 없고 지각이 없어도 이렇게 하는 것이 아닌데… 전에는 이렇게까지는 안 했는데… 할머니 심중엔 노여움이 고였다.

1973년 7월 8일 새벽.

털털거리는 GMC 7대에 가득 짐을 실은 선발대는 헌병 지프의 호위를 받으며 예정보다 반시간 늦은 5시 30분 부평을 출발했다. GMC 7대는 선발대 중 선발대였다. 6대에는 공사 지원 4개 중대가 공사장에서 숙영하는데 필요한 천막 등 군수물자였고, 나머지 1대는 공사통제부가 사용할 물건이었다. 각 트럭에는 필수 군수요원만 탔을 뿐 병력은 한 시간 뒤 별도로 출발하게 되어 있었다.

상운은 세 번째 트럭에 타고 있었다. 트럭 화물칸에 짐과 함께 탄 그는 짐 속에 편하게 파묻혀 양팔을 깍지 끼고 누워 하늘을 보며 가고 있었다.

7월이지만 맑은 새벽하늘은 여름 같지 않게 서늘했다. 해 뜨기 직전의 하늘은 동편만이 희뿌열 뿐, 짙은 코발트색이었다. 가을 하늘만큼 높지는 않았지만, 티 한 점 없이 맑고 깨끗한 새벽하늘엔, 이제 곧 등장할 붉은 태양을 기다리는 엄숙함이 있었다. 그 엄숙함은 함부로 범할 수 없는 위엄으로 대지를 짓눌렀다. 상운은 생각했다.

'태양이 뜨면 언제나처럼 요란한 삶의 소리가 시작되겠지, 아아, 이 정적은 마치 태풍 전 고요함과도 같구나.'

여기저기서 산만한 삶의 움직임이 곧 일어날 것 같았다. 해가 높아질수록 차츰 어수선하고 빨라지며 소란해질 것이 분명했다. 러시아워의 만원 버스들. 교통순경의 호루라기 소리조차 아침에는 더 날카롭게 들리지 않았던가.

'그래. 그것이 삶의 소리다.'

하늘이 눈에 띠게 밝아졌다. 하늘이 밝아지는 만큼 정신이 맑아지며 신선한 기운이 솟았다. 아아, 상큼한 새벽바람. 어디를 봐도 어두운 구석이 없는 새벽. 밝음은 시간을 밟으며 성큼성큼, 큰 걸음으로 다가왔다. 미처 꺼지지 못한 가로등들은 그 밝음 앞에 사지를 옹그리고 머리를 조아렸다. 상운은 새벽의 위대함을 새삼스럽게 느꼈다.

'아아, 새벽은 위력의 시간이구나. 잠자는 만물을 일깨우고 죽어 있던 것에 소생의 힘을 주는 이 신비한 기운. 세상의 활력은 이 새벽으로 충전되는 것이었구나.'

생각은 소리가 되고, 소리는 외침이 되어갔다.

'세상의 어느 누가 이 신선한 기운, 이 위력의 새벽 앞에 욕망을 보이거나 갈등·번민을 가질까. 이 기운 앞에서는 오직 활기찬 희망뿐이다. 아아, 새벽이여, 어서 태양을 맞으소서!'

해가 뜨고 있었다. 트럭의 행렬이 경인 군사도로를 질주할 때, 아스라이 보이는 관악산 줄기 너머로 거대한 불덩어리가 솟고 있었다. 관악산의 모든 봉우리들이 불꽃이 되어 활활 타오르며 붉은 태양을 더욱 뜨겁게 만들고 있었다.
 상운은 입을 벌렸다. 그것은 일찍이 보지 못한 장관이요 가슴 벅찬 신비였다. 상운은 놀라움과 감동으로 일출에 맞서 꼿꼿이 섰다. 태양이 언제나 저런 모습으로 떠올랐단 말인가? 그것을 25년 동안 한 번도 제대로 느끼지 못하고 살아왔단 말인가? 상운은 움직일 수 없었다. 떠오르는 태양으로부터 방출되는 에너지에 상운은 감전되어 있었다. 아아, 태양이여, 절대의 상징이여.
 그러나 순간이었다. 일단 허공으로 떠오르자 태양빛은 급격히 약화되기 시작했다. 산 위로 높이 오를수록 관악산도 제 모습으로 돌아갔고, 하늘빛도 차츰 엷어졌다. 뜨거운 기운도 사그라졌다. 그렇게 기세 당당히 붉은 용액을 떨어뜨릴 듯 했지만, 그러나 더 큰 자연 앞에서 시위를 멈춘 것이었다.

 상운은 다시 깍지 끼고 누웠다. 위력의 태양을 굴복시킨 자연의 힘 또한 일출 못지않게 새삼스러웠다. 그는 외쳤다.
 '누가 이런 자연의 힘을 의심할 것인가. 자연 앞에서 만물은 부분일 뿐이다. 그렇듯 위대한 자연을 지배하는 것은 무엇일까. 사람들은 신이니 조물주니 창조주니 하지만, 우리 눈에 보이는 지배자는 인간일 뿐이다. 인간마저 자연의 일부일 수는 없다. 보라. 대저 인간이 있어, 인간으로 인해 자연이 얻는 혜택이 무엇이란 말인가. 하지만 자연은 인간에게 모든 것을 제공한다. 밤하늘의 별까지 꿈과 낭만을 제공하지 않는가. 인간임을 소중히 여겨야 한다. 인간은 삼라만상의 주인이요

지배자인 것이다.'

상운은 즐거워졌다.

'아아, 이제 남은 군 생활 칠십 일 남짓. 라면 10그릇만 먹으면 저 밝고 광활한 자연 속에 자유로운 인간이 된다. 전역. 전역. 여름이여 어서 빨리 지나가라!'

감격으로 가슴이 벅차오르는 상운이었다. 다시 공사장을 향하고 있다는 사실이 그를 기쁘게 하는 건지도 몰랐다. 생각하기 따라서는 그곳이야말로 그의 군대생활 말년 기분을 충족시켜 줄 수 있는 최적의 근무지일 수도 있었다.

그는 수련을 떠올렸다.

'수련 씨… 한수련 씨!'

그녀의 얼굴이 파란 하늘 가득 크게 그려졌다. 그녀와의 만남이 숙명일지 모른다는 생각이 상운을 들뜨게 했다.

'그렇다. 편지에 썼듯이 이것은 사랑이다. 그리워하는 자체로서 이것은 사랑인 것이다.'

상운은 비장한 각오를 가슴에 새기기 시작했다.

'이제 기우는 갖지 말자. 총이니 대포니 전쟁이니 따위로 젊은이들의 호기심이나 자극하는 군대는, 그 호기심이 살아있는 지극히 짧은 순간만 지나면 기막히게 권태로운 나날로 전락하고 만다. 철조망에 갇힌 그 권태로운 생활에서 피어오르는 젊음은 곧잘 동물적인 욕구로 나타나 이성을 마비시키고 분별력을 흐리게 하지만 나는 아니다. 그녀도 아니고…'

상운은 씨익, 하늘을 보며 웃었다. 괜히 자신을 학대한 지난날이 부끄러웠다.

'군대. 군대란 사람을 과대망상에 빠트린다. 개인은 개인일 때

개인적인 사고를 갖는 법. 개인으로서 독자적 의미를 갖지 못한다면 사고도 개인의 것을 떠나게 마련이다. 군대는 조직이 있을 뿐 개인은 없다. 때문에 개인적인 생각들은 없어지고 군대라는 전체만을 생각하고, 그것이 습성화하는 사이 국가와 민족의 운명을 혼자 걱정해야 되는 것 같은 과대망상에 빠지게 된다. 그것은 애국이 아니다. 가장 바람직한 애국은 자기 자신에 충실한 것이다. 나는 사람을 과대망상에 빠뜨리는 군대가 싫다. 아아, 가을이여 어서 와라. 어서 어서!'

트럭의 행렬은 도 경계를 지나, 해태의 환영을 받으며 서울로 들어섰다. 관악산 불꽃 봉우리 열기는 전설처럼 해태에 의해 차단되는 듯, 서울로 들어서자 차분하게 가라앉았다. 행여 놓칠세라 양쪽 헤드라이트에 불을 켜고 바짝 쫓아오는 GMC들이 새롭게 눈에 들어왔다. 그것은 지옥에나 있을 악마들이 둥그런 두 눈에 불을 켜고 입을 딱 벌린 채 헐떡이며 쫓아오는 것과 같았다.

'쫓아오지 마라 이 보기 싫은 자식들아. 라면 10그릇 남겨놓고 탈영이라도 할까봐 그렇게 불을 켜고 쫓아오는 거냐?'

상운은 냅다 욕을 퍼붓고 벌떡 누우며 깔깔깔 웃었다. 왠지 그렇게라도 하지 않으면 가슴이 터져버릴 것 같았다. 파란 하늘에 하얀 구름이 하나 둘 나타났다. 구름 사이로 보기 좋게 이를 드러내고 웃는 수련의 모습이 보였다.

'수련 씨, 이제 우린 다시 만납니다. 군복을 입었으면 어떻고, 졸병이면 어떻습니까. 신성한 우리의 젊음이 계급이나 빈부에 좌우된다면 그런 것들이 바로 페시미즘을 조장하는 원인 아니겠습니까. 우리 사랑합시다. 조건 없이 사랑합시다. 자랑스러운 내 젊음을 당신께 드리겠습니다.'

상운은 주문을 창공에 날리며 흔들흔들 가고 있었다.

그때였다. 갑자기 트럭의 속력이 줄어들면서 뒤차와의 간격도 좁아졌다. 한창 즐거워진 마음까지 제동이 걸리는 것 같아 그는 운전석을 향해 소리쳤다.

'이 망할 놈의 달구지야. 액셀을 힘껏 밟아주렴. 내 황홀한 꿈을 방해하는 저 마귀 같은 놈들이 쫓아오지 못하도록 말이다. 어렵쇼. 이 자식 봐라. 오히려 더 천천히 가네. 에라 이 청개구리 같은 놈. 말뚝이나 박아라.'

천천히 속력을 줄이던 GMC 행렬이 멎었다. 제2한강교에 이르러 검문소 앞에 멈춘 것이다.

트럭이 공사장에 도착했을 때 짐칸에 타고 있던 상운은 흙먼지에 뒤범벅되어 얼굴을 알아볼 수 없었다. 차량 행렬이 삼송리를 지나면서 한여름의 뙤약볕에 바싹 말라버린 비포장 길로 들어서자, 앞차에서 일으키는 흙먼지가 하늘을 뒤덮어 숨도 못 쉴 지경이 되었다. 손수건으로 얼굴을 감쌌으나 손수건 따위로는 단 오 분도 해결될 일이 아니었다. 염병할 놈의 달구지야, 제발 좀 떨어져서 가자고 운전석을 향해 고래고래 소리질러댔지만 운전병이 들어줄리 만 무했다. 들어주기는 커녕 아스팔트 도로에서는 점잖던 것이 비포장 길로 들어선 후엔 미친 듯 속력을 내는 것 같았다.

낡아서 역사박물관에나 진열하면 좋을 것 같은 7대의 GMC들은 그렇게 흙먼지 속의 질서를 부르짖으며 달려왔고, 덕분에 짐칸의 병사는 지독한 흙먼지에 범벅이 되면서 지쳐버린 것이었다.

트럭이 1차 집결지인 A지구 연병장에 일렬횡대로 정렬하자, 상운이 탄 세 번째 트럭 운전병도 차에서 내렸다. 상운을 본 그는 배를 잡고 웃었다. 상운은 화가 치밀었다.
 "웃지 마, 인마!"
 상운은 눈에 독기까지 담고 소리를 질렀지만 운전병은 더욱 깔깔댔다. 한참을 그렇게 웃고 나서야 그는 물었다.
 "이 짐 어디 내릴 겁니까?"
 "저 위 통제부로 가자."
 "그럼 내려와서 앞에 타십시오. 군수보좌관님은 여기서 내리신답니다."
 운전병은 선심을 썼다. 상운은 반응하지 않았다.
 "그냥 가. 이 꼴로 앞에 타면 좌석이 더러워지잖아."
 "괜찮아요. 어차피 세차해야 되는 걸요. 앞으로 타세요."
 "그냥 가자니까!"
 상운은 버럭 소리를 질렀다. 그제야 운전병은 포기하고 우헤헤헤 웃으며 운전석에 올라 터덜터덜 차를 끌고 통제부로 올라갔다.
 지프를 타고 따로 출발한 황 소령은 진작 도착하여 통제부 앞 소나무 밑에서 방 중령과 마주앉아 이야기하고 있었고, 천 병장, 정 병장, 정 상병은 짐 내리는 것을 돕기 위해 트럭이 올라오는 것을 기다리고 있었다.
 이윽고 트럭이 통제부 앞에 멈췄다. 지친 상운은 그대로 트럭 위에 앉아 있었다.
 "거기 누구요?"
 천 병장이 다가와 쳐다보며 물었다.
 "나다."
 상운은 힘없이 대답했다. 그는 정말 말할 기력도 없었다. 천 병장은 고개를 갸웃하며 또 물었다. 상운은 화를 내기도 힘들만큼 지쳐있었다.

"염병할 자식들, 나도 몰라?"

상운은 눈살을 찌푸리며 남은 기운을 다해 소리를 냈다.

우하— 우핫하하하하. 정 상병이 먼저 폭소를 터뜨렸다.

"이 병장님이에요. 이 병장님. 우하하하."

그러자 정 병장, 천 병장도 배를 거머쥐고 깔깔댔다. 언덕 위의 황 소령과 방 중령도 껄껄껄, 따라 웃자 상운은 울고 싶었다.

"얼른 우물에 가서 씻으세요. 짐은 우리가 다 내릴게요."

정 상병이 트럭 위로 올라왔다. 혼자 짐을 내릴 기세였다. 상운은 지쳤지만 함께 짐을 내려야 했다. 모두 놔두라고 했지만 짐의 내용을 아는 것은 그였다. 뒤죽박죽 된 뒤에 정리하는 것은 더 귀찮기 때문이었다.

하차 작업이 끝날 무렵 소음이 들려 허리를 펴고 보니 멀리 병력을 태운 트럭이 진입로를 따라 줄줄이, 공사장으로 들어오고 있었다. 공사지원 임무를 띤 4개 중대 병력이 한 시간 차이를 두고 도착되는 것이었다.

모든 이동은 연대본부가 있는 A지구 연병장을 중간 집결지로 하여 행렬을 정비한 뒤, 다시 각 지구로 흩어지게 되어 있었다.

방 중령과 황 소령은 병력이 집결해 있는 곳으로 갔다. 걸어가는 두 사람의 뒷모습을 보면서 통제부 사병들은 트럭에서 내린 짐을 통제부천막 안으로 서둘러 옮겼다.

"어떻게 지냈니?"

상운은 온몸에 비누칠을 하며 물었다.

"그저 그랬지 뭐. 그래봤자 열흘도 안 된 걸."

다시 공사통제부로 247

천 병장도 팬티를 벗었다. 소슬바람이 계곡을 타고 상쾌하게 부는 저녁이었다.

산과 산 사이를 흐르는 물이 제법 고여 있는 곳에서 상운은 천 병장과 함께 목욕을 하고 있었다. 새벽부터 짐을 싣고 내리느라 분주했고, 더구나 흙먼지에 범벅이 되어 어느 날보다 피곤한 하루였다. 차가운 물에 몸을 씻으니 피로가 사라지는 듯 했다.

"복순이하고는 여전하고?"

상운은 천 병장의 가운데 물건을 훔쳐보며 빙긋 웃었다. 매우 듬직해 보였다. 저 녀석은 저걸 얼마나 써먹었을까.

"이 병장 충고에 따르기로 했어."

천 병장도 몸에 비누칠을 했다. 약간 추운가? 드러난 맨살에 소름이 돋았다.

"어떻게?…"

"전에 그랬잖아. 부모님 허락을 얻고 사귀라고. 부모님 오시라고 집에 연락했어. 허락해주시면 결혼해 버릴 거야."

"아니, 결혼까지?… 굉장한 진전이구나. 후회 안 하겠니?"

상운은 조심하며 물었다.

"많이 생각해봤는데 괜찮을 것 같아. 솔직히 우리 집 형편도 넉넉지 않고, 나도 별로 배운 것도 없고… 군인이라는 핑계가 있으니 결혼식 대강 치러도 될 것 같고… 생각할수록 좋은 점이 많은 것 같아."

상운은 물을 끼얹어 비누 기운을 말끔히 씻어 내리고 물속에 들어앉았다. 좁은 웅덩이지만 쪼그리고 앉으니 물은 제법 가슴에 찰랑거렸.

"그렇게까지 마음먹었다면야 할 말 없지. 하지만 왜 하필이면 군대생활하면서 일생의 중대사를…"

"그게 오히려 좋은 기회인 것 같다니까."

천 병장은 히죽 웃었다.

"난 가난하니까… 또 집안 형편은 사실 일찍 결혼해야 해."

"결혼한다고 군대생활 단축되거나 면제되는 건 아니잖니. 어차피 남은 기간은 채워야 하는 걸… 너도 1년 안 남았지?"

"내 관심은 그런 쪽이 아니야. 돈이 없다는 쪽이지."

천 병장도 웅덩이 물에 들어앉았다. 그들은 등을 맞대고 앉았다. 작은 웅덩이는 그들 둘이 들어앉는 것으로 꼭 찼다.

"솔직히 털어놓을게 들어 봐. 전역하고 결혼하자면 돈이 필요하잖아. 아무리 없다 해도 남들 하는 게 있으니까… 반지 하나 해 줘도 그럴 듯한 걸로 해 줘야 하고."

"야 임마, 그럼 군인이라고 반지도 안 해줄 거니?"

"그건 아니지만 아무래도 다를 거 아냐. 신랑이 현역 졸병인데 큰 걸 바라겠어? 내 얘기는 일단 최소한의 모양만 갖추고 전역한 뒤에 보자, 그렇게 할 수 있다는 거지."

"……?"

"아무리 계산을 해 봐도 그래. 전역하고 결혼비용 저축하려면 순조로워야 이삼 년이야. 더구나 내 직업은 운전이거든. 또 하나 중요한 것은 내가 별로 배운 게 없어 사회에 나가면 마땅한 여자 만나기가 쉽지 않을 거야… 헤헤, 재수 없으면 서른에도 장가 못 갈걸."

"병신 같은 소리. 사내자식이 그렇게 자신이 없냐!"

"이 병장은 내 형편 몰라서 그래. 가문이 있나, 돈이 있나, 배운 게 있나… 군대라서 따지지 않으니까 그렇지 진짜 개털이야."

"물론 자세히는 모르지. 하지만 사내로서 자신감은 있어야지."

"……"

"너 그럴 바엔 차라리 진중결혼을 해 버리렴. 그러면 더 모양도 있고, 추억도 특별하고… 네 말대로 돈도 덜 들 거고."
　"진중결혼?"
　천 병장은 눈을 번쩍 떴다. 그때 통제부 쪽에서 천 병장을 부르는 소리가 들려왔다. 정 상병이었다.
　"천 병장님. 빨리 오세요. 방 중령님하고 황 소령님 읍에 가신대요."
　알았어 ―. 천 병장은 큰 소리로 대답하고 얼른 물에서 나와 수건으로 물기를 닦고 옷을 입으며 투덜거렸다.
　"에유 시팔. 다 저녁에 읍엔 왜 가재누."
　"인수인계하는 거니 한 잔 나누시겠지. 방 중령님은 오늘 아주 서울로 가실 모양이더라."
　"에유, 만날 그 눔의 술들… 운전이 천직이라고 여기고 하고는 있지만 가끔은 이놈의 직업처럼 못마땅한 게 없어. 중요한 얘기 좀 하려는데…"
　그 말을 남기고 천 병장은 곧 뛰어갔다. 밭두렁을 따라 뛰다가 공사장인 S지구 연병장을 가로질러 천막이 있는 둔덕을 단숨에 올라갔다.
　상운은 물속에 그대로 앉아 지프가 굴러가는 것까지 보았다. 지프가 사라지자 공사통제부 주변은 어둠에 휩싸이면서 더없이 고요해졌다.

　천천히 천막으로 돌아온 상운은 천막 속에서 기타를 찾아 들고 나와 우산처럼 펴진 소나무 밑에 앉았다. 그러고 보니 복귀할 때 그냥 놔두고 간 기타였다. 이 병장은 기타 줄을 뜯었다. 정 병장이 다가와 이 병장 옆에 쪼그려 앉았다. 정 상병두 따라와 그 옆에 앉았다. 그들은 한 마디씩 했다.

"이 병장님 안 계시니 심심해서 혼났어요."

"노래도 듣고 싶었고…"

"그랬니?"

이 병장은 듣기에 좋았다.

"다시 오셔서 참 좋아요."

"반갑고요."

"내가 더 고맙구나. 그렇게 생각해 주니."

상운은 순박한 그들이 좋았다. 군대에선 이런 시간, 이런 분위기가 오래 기억에 남을 것 같았다. 그는 기타를 치며 예의 그 노래를 불렀다.

애인을 구합니다. 어여쁜 나의 여인
검은 머리 고운 입술 새까만 눈동자에

정 병장 정상병도 함께 불렀다. 늘 부르던 방법대로.

긴긴 머리카락, 빡빡 깎일 때엔
나도 몰래 눈물이 두 뺨을 적셨지만
이제는 고참이요, 낼 모레 제댑니다.
나를 진정 반겨줄 애인을 구합니다.

상운은 간주를 넣었다. 그리고 정 상병에게 눈짓했다. 정 상병은 뒷머리를 긁적이다 일 절을 되불렀다.

애인을 구합니다. 어여쁜 나의 여인
검은 머리 고운 입술 새까만 눈동자에

나는 군바리요. 이름은 종둡니다.
고등학교 졸업하고 군인이 되었지요.

2절은 다시 다 함께 불렀다.

긴— 긴, 머리카락 빡빡 깎일 때엔
나도 몰래 눈물이 두 뺨을 적셨지만
이제는 말년이요, 낼 모레 전역입니다.
나를 진정 반겨줄 애인을 구합니다.

노래가 끝나자 그들은 서로에게 박수를 쳤다.
"이 병장님"
정 상병이 말했다.
"사회에 나가서도 계속 만났으면 좋겠어요."
"그러자꾸나. 나도 그러고 싶다."
"내가 일식집 차리면 이 병장님은 평생 공짜로 모실 게요."
"공짜? 그 보다는 VIP가 낫지."
"좋아요. VIP로 모실 게요."
"약속이다."
"예. 약속."
둘은 새끼손가락을 내어 엮었다.
정 병장이 시계를 보더니 일어섰다.
"이 병장님. 저녁밥 어떻게 히죠?"
상운은 여유를 보이며 말했다.

"단장님도 안 계신데 뭘. 보좌관도 없고… 우리끼리 라면이나 먹자."

"그럴까요? 그럼 천 병장은요? 천 병장은 꼭 밥을 먹어야 한다던데."

"라면도 먹어보라고 해."

상운은 그 이상 말하지 않았다. 정 병장은 사명감에서인지 자기가 알아서 하겠다며 정 상병을 데리고 숲으로 갔다.

혼자 남은 상운은 산 아래를 보았다. 수련의 모습이 그리웠다. 그녀의 집을 가리고 있는 산 꼬리가 원망스러웠다. 그녀는 지금 무엇을 하고 있을까? 편지는 받아보았을까? 물끄러미 바라보는 그의 시야에 A지구 연병장이 들어왔다. 트럭은 모두 돌아가고 그 트럭이 있던 자리에 이십사인용 군용천막 6동이 횡렬로 나란히 세워져 있었다.

천막 주변에는 허름한 복장의 사병들이 낯설고 불편하기 그지없는 공사장 생활을 시작하기 위해 분주하게 움직이고 있었다.

상운은 기타 줄을 뜯으며 앉은 자리에서 볼 수 있는 공사장의 이곳 저곳을 둘러보았다. 통제부를 떠나있던 열흘 사이에 공사장은 많이 변해 있었다. 공사 지원 병력이 도착해서 분주히 움직이기 때문에 그렇게 느껴지는 것도 같았다.

공병만 있을 때는 소수의 인원이 넓은 지역에 흩어져 있어 눈에 보이는 활기는 없었다. 그나마 공병은 인력이 아니라 장비 중심이어서 장비가 투입된 일부 지역만 공사가 진행되는 분위기였다. 그러나 이제는 달라졌다. 아니 곧 달라질 것이었다. 공사 지원 병력이란 다름 아닌 노동 인력이기 때문이었다. 어쩌면 그들로 인해 이미 군부대가 되어버렸다는 느낌도 들었다.

… 아무렴 어떠냐. 시간은 간다. 거꾸로 매달아도 세월은 간다.

상운은 기타 줄을 튕기며 흥얼거렸다. 그는 더도 덜도 말고 이 상태에서 두 달만 세월이 흘러가 주기를 바랐다. 보병 4개 중대가 투입되었다 하나 이 정도면 헌병이나 보안대가 따라붙어 상주할 것 같지는 않았고, 자체 통제도 기성부대처럼 심하지 않을 것이었다. 까짓 업무야 바쁘건 한가하건 상관없는 일이었다. 군대 기율 따위 강조하지 않고 자율에 맡기며 마음 편하게 지낼 수 있는 분위기만 유지된다면 더 이상 바랄 것이 없었다.

상운은 기타를 멈추고 담배를 피워 물었다. 뽀얗게 흩어지는 연기 속에 마을이 다시 보이자 수련의 얼굴이 모락모락 피어오르더니 다시 선명해졌다. 당장 내려가 그녀를 만나보고 싶은 충동이 일었다. 어리광이 배어 있는 성난 얼굴도 보고 싶고, 배시시 웃는 웃음소리도 듣고 싶어졌다. 불쑥 나타난 나를 보는 그녀의 표정은 또 어떨까?

갈등하던 그는 마을에 가기로 했다. 마침 윗사람이 없는 때였다. 내려가기 위해 기타를 천막 속에 두고 나오는 데 정 병장을 만났다.

"이 병장님. 저녁 다 됐습니다."

상운은 난감했다.

"어떻게 하지? 나 마을에 잠깐 갔다 올까 하는데…"

"얼른 드시고 가시죠?"

짧은 시간 생각하던 상운은 이내 고개를 저었다.

"아냐. 그냥 갈게. 남겨놓지 말고 너희끼리 먹고 치워."

상운은 뱉듯이 말하고 뛰어서 가볍게 언덕을 내려갔다 분주히 움직이는 병사들 사이를 뚫고 A지구 연병장을 가로질러 가는데 갑자기

'이상운, 이놈!' 하는 소리와 함께 상운의 배를 후려치는 주먹이 있었다.

어이쿠! 하고 배를 움켜쥐며 상대를 보니 월남에서 작전과에 함께 근무했던 송 중위였다. 주먹이 날아온 건 반가움의 표시였다.

"아이구우 송 중위님."

상운은 아파하면서도 한 손을 머리에 올려 경례했다.

"이 녀석. 다이아몬드 두 개하고 세 개도 구별 못하나?"

그는 경상도 사투리를 섞어 말했다.

"네엣? 그렇군요. 죄송합니다. 진급하셨군요."

송 대위가 손을 내밀자 상운은 두 손으로 잡았다.

"그런데 여긴 웬일이십니까?"

"그 똑똑한 이상운이 감을 못 잡나?"

"모르겠네요. 귀국 이후 여기 파견 나와 있었기에 부대사정에 깜깜합니다."

"눈치도 없어졌나?"

"눈치요?… 아항, 그럼 중대장이 되신 겁니까?"

수련을 만나러 마을에 내려가는 생각에 들떠있던 상운은 비로소 정신이 드는 것 같았다. 송 대위는 바로 이곳에 주둔하는 공사 지원 병력인 7중대 중대장이었던 것이다. 그는 상운의 월남생활 20개월 중 전반 1년을 TOC 작전보좌관으로 책상을 맞대고 근무한 상관이었다.

그런 그가 대위 진급과 함께 7중대장 보직을 받은 것이었다. 송 대위는 환하게 웃으며 고개를 끄떡였다.

"그래 7중대장이다."

"반갑습니다. 다시 한 울타리 안에서 지내시게 되었군요."

상운은 진심으로 반가웠다.

"나도 반갑다. 내 방에 들렸다 갈 테냐?"
"한두 시간 후에 가겠습니다. 잠시 다녀올 데가 있어서요."
"그럼 나중에 와라. 저기 네 번째 천막이다."
"알았습니다."

상운은 송 대위 손을 놓고 바쁘게 걸었다. 아니 뛰었다. 날이 어두워지고 있었기 때문이다. 그는 부지런히 걸었다. 공사장 입구의 초소를 지나려는데 정지! 하는 외침 소리가 들렸다.

"수고한다. 나야 나. 통제부 이 병장."

상운은 늘 하던 대로 한마디 던지고 지나치려 했다. 그러자 보초병은 초소를 튀어나와 앞을 가로막고 총 뿌리를 겨눴다. 낯선 일등병이었다.

"정지!"
"뭐야 이 자식! 어디다 총을 겨누고 이래! 얼른 치우지 못해!"
"정지! 어디 가십니까?"

교과서대로 움직이는 일등병은 완강했다.

"너희들 나 몰라? 통제부 이 병장이라고!"
"모릅니다. 어디 가십니까?"

상운은 어이가 없었다. 통제부 생활에서 이런 일은 처음이었다.

"모르면 네 고참에게 전화해서 물어 봐. 우선은 비키고! 바쁘니까."
"안 됩니다. 증명을 보여주십시오."
"무슨 증명? 대체 넌 누구냐? 공병 아냐?"
"공병 아닙니다. 7중댑니다."
"뭐야? 7중대…"

상운은 그제야 아차, 했다. 7중대라면 오늘 도착한 병력이었다. 중대장도 조금 전 만났지 않은가. 젠장맞을! 오자마자 초소경비를

7중대에 넘겼던가?

상운은 돌아설까 망설였다. 그러나 그대로 나가고 싶은 욕구가 더 강했다. 그는 한 발자국 물러서서 호흡을 가다듬고 차분하게 말했다.

"좋다. 오늘 새로 와서 잘 모르는 모양인데, 나는 공사통제부에 근무하는 이상운 병장이다. 공사장은 여기만 있는 게 아니라 길 건너에도 있다. 여긴 A지구. 길 건너는 B지구지. 지금 거길 갔다 와야 된다. 이제 비켜주겠니?"

물론 B지구는 핑계였다. 그러나 상관없는 것이 이 초소만 지나면 B지구든 마을이든 발길 가는대로 갈 수 있었다.

"좋습니다. 그럼 전화로 확인해 보겠습니다."

"여기서 통제부에 전화할 때 받는 것이 나다. 내가 여기 있으니 통제부 상황실엔 지금 사람이 없다."

"그래도 연락해보겠습니다."

보초병은 말 그대로 군대 야전교범(Field Manual)이었다.

"이런 벽창호 같은 자식! 전화해봐야 받을 사람이 없대도!"

원리원칙에 입각한 일등병은 그래도 열심히 전화기를 돌렸다. 몇 번을 되풀이해도 반응이 없자 그는 다가왔다.

"확인이 안 됩니다."

상운이 보기엔 이렇게 융통성 없는 FM이 없었다. 급기야 그의 입에서 욕이 튀어나왔다.

"야 이 새끼야. 거기 아무도 없다고 했잖아!"

상운은 거칠게 욕을 뱉으며 걸음을 내딛었다. 그러자 일등병은 또 정면에서 총을 들이대며 막았다.

"못 갑니다."

"이 새끼가 또 총을… 비켜! 안 비킬 테냐?

"못 비킵니다. 어떤 방식이든 확인을 시켜주십시오."

"너 이놈의 새끼. 그렇게 원리원칙 따질 테냐?"

상운의 얼굴은 열을 받아 일그러지고 호흡은 거칠어졌다.

7중대장 송 대위가 달려왔다. 그들이 옥신각신하는 것을 누군가 신고한 것이다.

"누구냐. 무슨 일이냐?"

"소속불명 병장 한 명이 무단이탈을 하려고 합니다."

일등병은 구세주를 만난 듯 큰소리로 외쳤다. 소속불명까지? 이 새끼 참… 상운은 난감했다. 송 대위가 가까이 오자 상운이 먼저 그 앞에 나설 수밖에 없었다.

"중대장님 접니다. 이상운입니다."

"……?"

"B지구에 갔다 오려고 하는데 못 가게 막는군요."

"……?"

송 대위는 말을 하기에 앞서 잠시 상운과 일등병을 번갈아 보며 상황을 파악하더니 이내 큰소리로 보초병을 칭찬했다.

"잘했다. 박 일병."

"옛!"

"병장은 내가 데리고 가서 혼내 주겠다."

"옛! 계속 근무하겠습니다."

사기충천한 일등병은 중대장을 향해 '받들어 총'을 했다.

"따라와라 이 병장."

엄한 소리로 말한 송 대위는 상운을 툭 건드려 아무 말 하지 말고 따라오게 만들었다. 상운은 발길을 돌릴 수밖에 없었다. 힘없이 터벅터벅 걸었다. 어느 새 어둠이 완연하게 내려앉아 얼마 걷지 않아도 초소는 보이지 않았다. 송 대위가 물었다.

"왜 그랬니? 어딜 가려고. 지금 무슨 B지구야?"

이 밤중에 B지구에 간다는 건 핑계일 거라고 송 대위는 단정했다.

"마을에요…"

상운은 솔직하게 털어놓고 고개를 숙였다. 부끄러운 생각이 들었다.

"무슨 일로?"

"가끔 어울리던 사람들이 있어요. 다시 통제부로 온 걸 알려주려고 그랬죠…"

"꼭 오늘 그래야 했어? 이동으로 어수선한 날?"

"바쁘게 그래야 할 건 없죠. 에이… 바보 같은 짓을 했어요. 저쪽 계곡에 있는 개울 길을 따라갔으면 될 걸… 저는 초소 근무가 7중대로 바뀐 줄 몰랐거든요."

"개울 길?"

"예. 저쪽 저 밭두렁 타고 조금 산 밑으로 가면 작은 개울이 있어요. 그 개울 따라 마을 사람들이 다니는 오솔길이 있어요."

"호오. 그러면 거기도 보초를 세워야겠구나."

송 대위는 단속부터 생각했다. 상운은 아연, 했으나 곧 미소를 흘리며 인정했다.

"역시 중대장님은 군인이십니다."

"짜아슥. 쓸데없는 소리 말고 따라 들어 와. 술이나 한 잔 줄게."

그의 막사였다. 송 대위가 먼저 큰 키를 구부려 천막을 들추고 들어가자 상운도 따라 들어갔다. 24인용 천막의 3분지 1 정도가 송 대위의 중대장 집무실 겸 숙소였다. 중앙에 책상이 있고 간이 의자가 놓여 있었다. 짐작컨대 칸막이 저편은 중대 행정실일 것이었다. 캐비닛

과 다단파일이 칸막이를 대신했다. 침대는 칸막이에 붙여 펴져있었다. 천막지주에 매달려 떨고 있는 램프가 그 모든 걸 비쳐주었다.

"앉아라. 간이의자 하나 끌고 와 앉아."

그러면서 송 대위는 책상서랍에서 법주와 안주될만한 과자들을 꺼내고 예쁜 술잔도 찾아냈다.

"여전하시군요. 책상 속 살림살이는."

기분이 좀 풀어진 상운은 빙글거렸다.

"웬 법줍니까?"

"휴가 갔다 온 녀석이 갖고 온 거지."

송 대위는 상운을 친구 대하듯 했다.

"결혼은 하셨습니까?"

상운은 송 대위 잔에 공손히 술을 따르며 물었다. 송 대위는 픽 웃었다.

"결혼?"

"중대장이 되면 결혼하신다고 하셨잖습니까?"

"이제 대위 계급장 단지 두 달이다. 님이 그렇게 갑자기 나타난다더냐?"

"대위가 되기를 기다려준 여성이 있을 수도 있잖습니까?"

"내겐 없다. 괜찮은 여성 있으면 추천해 봐라. 넌 S대 출신이니 주변에 많지 않겠니?"

"그게 진담이시면… 전역한 뒤에 고려해 보겠습니다."

"진담이다. 자, 건배."

송 대위가 술잔을 내밀어 둘은 잔을 부딪었다.

"정말 반갑구나."

"저도 반갑습니다."

둘은 건배한 잔을 단숨에 비우고 다시 채웠다.

"이젠 정말 전역이 얼마 안 남았지?"

"예. 두 달 남았습니다."

"나하고는 남다른 정이 들었는데… 너도 전역하면 그만이겠지?"

"그만이라뇨. 별말씀을 다 하십니다."

"별말씀이 아니야 인마. 졸병 놈들 아무리 사랑해 봤자 전역하면 다 그만이었어."

우하. 우핫하하. 상운은 웃었다.

"실연이라도 하신 것 같습니다. 중대장님."

"실연? 그래, 많이 했지. 그러고도 또 너 같은 놈 만나 좋아하고."

"왜 자꾸 그런 말씀을 하십니까? 중대장 님 답지 않게."

상운은 화제를 돌리고 싶어 했다. 그러면서 그들은 권커니 자커니 술을 마셨다.

"상운아. 월남 생각 안 나니?"

술이 어느 정도 돌았을 때 송 대위는 월남을 회상했다.

"왜 안 나겠습니까. 가끔은 아주 간절해지기도 하는 걸요."

상운도 술잔에 월남을 떠올렸다. 손에 잡힐 듯 가까운 추억임에도 먼 옛일 같기만 한 월남이었다.

"특별한 추억이었어. 좋은 경험을 한 거지… 월남 같은 전선 없는 전장은 다시 볼 수 없을 거다."

"전 반대로 생각하는데요. 미래의 전쟁은 다 그렇게 전선 없이 전역에서 벌어질 것 같은 데요."

"전선을 가지고 싸우는 건 고전(古典)이 될 거라는 말이냐?"

"그럼요. 앞으로 전선은 없어질 거예요. 3차 세계대전이 일어난다 해도… 경제 전쟁이 미래의 전쟁이라고 생각해 보세요. 거기 무슨 전선이 있겠어요?"

"후후후. 넌 역시 생각이 특별한 놈이야. S대 출신답지… 네 말대로 앞으로는 달라질지 모르지…"

송 대위는 얼굴에 쓸쓸한 빛을 띠우며 말했다.

"그렇다면 군인의 역할은 어떻게 변할까?"

"그건 모르죠. 군인의 역할이야 변함없겠죠. 다만 상황에 따라 대응 방법이 달라지겠죠."

"어쨌든… 지나고 나니 생각이 달라지는구나. 월남이 가끔 그리워진다. 그런 전쟁 다시 해볼 수 없을까?"

"변하셨군요. 떠날 때하고 떠난 뒤하고."

상운은 땅콩을 집어 들고 유심히 보다가 입에 던져 넣고 씹었다. 강대국간 이해에 월남이 땅콩처럼 씹혔다는 생각이 든 것이다.

"철수할 때 제 비망록에 적어주신 한마디 기억하십니까?"

"기억하지… 차라리 보지 않고 듣지 않고 느끼지 않았던들!"

송 대위는 싱긋 웃으며 상운을 보았다.

"하지만 어쨌든, 세상일은 지나고 나면 좋은 추억만 남기 때문인지 그리워지는 것 같다."

상운은 자신도 그런 가 생각해보았다. 아니었다. 보는 시각에 따라 여러 모습으로 비치겠지만, 월남의 전장(戰場)이 아름다울 수는 없다고 생각했다. 월남은 아름다워도.

"그 나라는 조만간 망할 게다. 나는 그것을 확신한다."

"공산화된다는 말씀인가요?"

"그렇지, 그렇게 되면 우리가 도왔던 남쪽은 망하는 거지."

술잔을 비운 송 대위는 담배를 꺼내 피워 물며 상운에게도 권했다.

"네게 질문할 건 아니다만 우린 뭘 한 거지? 적어도 그 나라의 민족자결주의는 도움을 청하지 않았어. 고마워하지도 않았고."

"평가는 역사에 맡겨야겠죠. 어쨌든 현실적으로 우리는 돈을 벌었지 않습니까. 그들이 피아를 구분하지 않고 전쟁 그 자체에 염증을 느낀 건 워낙 오랜 기간 전쟁에 시달렸기 때문이겠죠."

"맞아. 넌 역시 대화가 통하는 놈이야."

기분이 좋아진 송 대위는 술병이 바닥을 보이자 새 술을 꺼냈다.

"어쨌거나 결과는 좋게 되어야겠죠. 이데올로기 따위로 동족이 갈라져 서로 죽고 죽이는 비극이 지구촌에 또 일어나서는 안 되겠죠."

"그야 다수의 바람이지. 그러나 그걸 부정하는 소수가 있어. 영원히 함께할 수 없는 소수. 하나이면서 절대 하나라고 말하지 않는 소수… 따라서 전쟁이 없는 세상은 휴머니스트의 꿈일 게다."

송 대위는 재차 단언했다.

"두고 보렴. 월남은 조만간 망할 거다."

"…사실은 저도 그렇게 생각하고 있습니다."

"너는 어떤 점에서 그렇게 생각하니?"

"그건…"

상운은 말했다. 아무리 친하다하나 육군 대위와 병장 간의 대화는 계급의 차이가 주는 선입감이 있어서 가볍게 흘러가기 예사였다. 그래서 상운은 오늘도 그러려니 했는데 술기운 때문인가, 화제 때문인가, 얘기가 깊어지니 말이 하고 싶어졌다.

"중대장님도 아시다시피 월남전이 미국 패권주의와 미국을 거부하는 아시아의 한 민족 의 자결주의와의 싸움이기 때문이겠죠. 미국은 이 전쟁에 이김으로써 아시아에서의 영향력을 극대화하려고 했습니다. 전쟁의 동기가 그런 식으로 이익이나 추구하는 따위라면, 목숨 걸고 내 나라 지키려는 민족자결주의를 이기기 어려울 겁니다. 미국이 베트민을 남북 따지지 않고 싹 쓸어버리지 못하는 한 언젠가는 민족주의가 승리하게 되어 있는 것 아닌가요?"

"그런 넌 민주주의를 위한 싸움이었다는 원론까지 부정하는 거냐?"

"우리 입장은 명확했습니다. 우린 민주주의를 위한 싸움이 아니라 미국을 위한 싸움이었습니다."

"월남의 민주 세력도 부정하는 거냐?"

"월남의 민주 세력은 우리나라보다 한참 수준이 낮습니다. 우리 사회가 지금 민주사회입니까? 그런 우리보다 수준이 낮다는 것은 민주주의가 어떤 건지 아는 사람이 별로 없다는 얘깁니다. 민주주의가 뭔지 모르면서 민주주의를 내걸고 싸울 수 있겠습니까?"

"이 녀석… 너무 부정적구나. 자유와 평화를 염원하는 마음 같은 게 있지 않겠니."

"물론 그런 염원은 있겠죠. 그러나 그건 공산주의에도 있습니다. 우애와 평등이란 낱말까지 보태져서… 월남은 그런 걸 논하기에는 이른 사회였습니다. 친미파가 득세 하느냐, 민족자결주의가 승리하느냐의 싸움이었습니다."

"넌 사회에 나가 기자를 해도 되겠다."

송 대위는 그런 식으로 인정했다.

"별 말씀을 요…"

"전역하면 정말로 뭘 할 거냐? 슬슬 계획을 세워야지."

"우선 대학을 마쳐야죠. 다니다가 왔으니까."

상운은 빈 잔을 송 대위에게 내밀고 술을 따랐다. 술병에 술은 달랑달랑했다.

"잘 따라라. 난 딸을 갖고 싶지 않아."

송 대위는 팔을 쭉 폈다.

"싫으셔도 딸 감 밖에 안 될 것 같습니다."

"그러니까 잘 따라. 하찮은 한마디라도 신념은 지켜져야 하는 거야."

"마치 여자의 존재가 군인의 신념을 어지럽힌다는 말씀 같군요."

"그것도 맞아."

술은 반잔을 조금 넘을 뿐, 채울 만큼이 못 되었다. 그러자 송 대위는 잔을 상운에게 주었다.

"할 수 없군. 이건 네가 마셔라."

마지막 잔은 남기는 게 미덕이라는 말이 있지만 상운은 그 잔을 받아 단숨에 마셔버렸다.

〈하권으로 계속〉

가부장적 권화(權化)에 유린된 사랑이야기
— 현대판 한국의 로미오와 줄리엣

金良洙 〈문학평론가〉

　서양에서 오늘날 우리가 보고 있는 것과 같은 소설(roman)이 생겨난 유래의 한줄기는 십자군 원정에 나선 기사(騎士)들의 무용담(武勇談)에서 비롯되었으며, 또 한줄기는 규중(閨中) 귀부인들의 연애담(戀愛談)에서 생겨났다. 그것이 세월이 흐르면서 무용담 보다 연애담 쪽이 더 발전해 왔다고 평론가 티보데는 역설했다.

　문학작품의 소재로 시간과 공간을 넘어 언제나 물리지 않고 되풀이 작품의 대상이 되는 것은 '죽음'과 '사랑'의 문제이다. 어느 시대, 어느 장소를 막론하고 이 두 가지 주제는 인간에게 있어 가장 풀리지 않는 난문(難問)으로 계속 제기되고 있는 것이다.
　시대적, 사회적 여건이 다르게 대두되고 있을 뿐이지 근본적으로는 영원히 풀 수 없는 과제로, 인간의 삶에 마치 멍에와 같은 대상으로 봉착해 오고 있다.
　죽음과 사랑 앞에서 인간들은 사력을 다하여 항거하고 몸부림쳐 보지만, 대개가 극복했다기보다는 처절한 패배의 쓴잔을 드는 것으로 마무리 되었으며, 소설은 그 같은 과정을 전달하고 호소하는 역할을 하고여 왔다.
　특히 사랑의 실패담에서 소설 독자들은 함께 슬퍼하고 가슴 아파함으로써, 소설가들은 인류가 생긴 이래 아직도 제대로 풀지 못하고 있는 이 숙명적인 문제를 되풀이해서 제시하고 호소하고 있다. 사랑은 조물주가 '남자'와 '여자'라는 양성을 만들어낸 그 순간부터 인간의 멍에로 등장했다 하겠는데, 시대의 변천과 함께 인간 사회가 지니고 있는 인생관과 가치관의 차이가 그 사랑의 제약의 대상이 되고 있다.
　따라서 어느 시대를 가리지 않고 그 시대 그 사회를 살아가는 사회적 관습적

또는 제도적 가치관의 권위 앞에서. 사랑의 내용이 진실하고 순수하면 할수록 비극의 대상이 되는 것을 볼 수 있다. 사랑의 내용이 진실하고 순수할수록 사회적 관행이라고 하는 거대한 장벽 앞에 부딪칠 밖에 없으며, 이 장벽을 뚫고 나가기에 사랑의 순수성은 너무나 힘이 못 미치고 가냘플 밖에 없다.

사랑의 순수한 감정은 어쩌면 '물' 의 순수성과 같이 그대로 보존하기가 어려운 모양이다. 물의 순수성은 투명하고 청정한 것이지만, 오염 대상 앞에서 견디어 내지를 못한다. 안타깝고 허망하다 할 정도이다. 순수하고 진실한 사랑 역시 고귀하고 소중하며 아름다운 것이지만, 여러 겹으로 쌓인 인간 세상의 이해(利害)의 장벽은 그 같은 사랑의 순수함이 받아들여지기엔 너무나 제약이 두터운 대상이라 하지 않을 수 없다.

이처럼 두터운 제약의 장벽 앞에서 물거품처럼 꺼지고 마는 순수한 사랑의 이야기를 이 시대 상황 속에서 전개시켜 보인 것이 이기윤의 『군인의 딸』이다. 무대 설정을 제약 가운데서도 가장 벽이 두터웠던 70년대 전반 사회 상황에 두고, 그리고 군복무 기간 중의 젊은이를 주인공으로 삼고, 또한 군인 가족 중에서도 충직한 장성(將星)의 가족을 히로인으로 했다.

이 사랑이야기는 시초부터 몇 겹의 제약을 깔아놓은 상태에서 진행이 되고 있다.
군사정권 시대의 제약이 있다 하더라도 그러한 시대적 제약에 순응하고 들어가거나 타협하고 들어간다면 – 고지식하게 정권이 제시하는 요령을 따라간다면 – 적어도 위험에 직면하지는 않을지 모른다. 그러나 자기 나름의 국가관, 인생관, 직업관 등 가치관이 확고하게 서 있는 군인정신의 권화(權化) 앞에 〝순수한 사랑〞 이라는 거품 같은 불꽃의 아름다움만을 무작정 용인시키려는 철부지 행위는 바위에다 계란을 던지는 행위요, 불 속에 뛰어든 밤나방 같은 결과가 될 수밖에 없다.

어느 시대를 막론하고 집단화 된 조직은 개인행동을 용납하지 않는다. 집단생활을 해 나가는 데 있어 개인행동이란 돌출 행동이며, 한 방향으로 가지런히 밀려가는 물결의 리듬과 호흡을 흐트러트리는 율동 파괴 행위이기 때문이다. 특히 군대라는 엄한 규율과 명령일하의 움직임만이 존재하는 조직집단 내에서는 위로부터의 명령만이 – 때로 잘못된 명령일지라도 – 존립하고 절대적으로 인정될 뿐, 관념적이거나 감정 위주의 행사는 용인될 수 없는 것이다. 자연 일방적인 명령하달의 통제 조직 속에서 사랑의 행위라는, 기존의 조직 관행과 역행되는 성향의 행동을 관철시키려

하면, 비극적인 결과가 전개될 밖에 없다.

　작가 이기윤은 이 무리수를 너무나 뻔히 알고 있으면서, 그러나 타고난 인간의 모색성과 도전 정신을 시도해 보여주고 있다. 조직집단의 기계적인 관행만이 용인되는 비인간적 공간 안에서, 개인행동이라고 하는 무모한 관념 행위를 성립시켜 보려고 밀어붙이고 있다. 결과가 비관적임을 알고 있으면서 밀어붙였던 것이라고 할 수 있다.

　미술학도로 대학 재학 중에 군에 입대한 이상운 병장은 건실한 양식을 지닌 모범 청년에 속한다. 복무하고 있는 부대(통제부) 안에서도 사리에 능통하고 군 업무를 충실하게 수행할 줄 아는 유용한 존재이다. 직속상관에게는 없어서는 안 될 유능한 필수 요원으로 신임을 받고, 동료병사들 사이에서 역시 조직의 관리와 우정을 적절하게 리드하며 발휘해가는, 더 이상 바랄 것 없는 수범 군인인 것이다.
　이와 함께 이 비극적인 사랑의 주인공 한수련 역시 군인 가족으로 태어나 유수한 장군을 오빠로 둔 모범가정의 청순한 처녀이다. 이 두 주인공의 만남은 지극히 평범하고 자연스러우면서 나름대로 이상과 낭만의 대상이었다.
　만기 전역을 두 달 앞둔 이 병장과 혼기에 접어든 청순한 처녀가 우연한 기회에 만나 사랑을 나누게 되고 장래를 기약하게 되었다고 하면, 그것은 축복받을 일이 아닐 수 없다. 수많은 청춘 남녀의 결합이 그렇듯이, 수월하게 이루어지는 경우를 허다하게 보아온 것도 사실이다. 그런데 이렇듯 흔히 있는 일에 불과한 젊은 남녀의 결합이 진행되는 과정에서 엉뚱한 상황이 불거진다. 거대한 장애를 만나게 되는 것이다.
　우리 사회에서 젊은 남녀의 만남은, 혼인을 염두에 둔다면 쌍방 가족의 검증을 거쳐야 한다. 이 과정에서 당사자끼리는 이해가 통한다 해도 가족의 반대에 부딪히는 경우가 흔히 있다. 특히 부모 편 어느 한쪽으로부터 반대에 직면하는 수가 종종 있다. 인상에서 시작하여 학벌, 직장, 가문, 가정 문제에 이르기까지 중에서 흡족치 못하거나 불만의 대상이 되는 부분이 나타나게 되어있다. 이 같은 난관은 일시적 불만으로 지적되었다가 넘어가는 수도 있지만, 심한 경우 이 결함 때문에 끝내 성사될 수 없는 결과를 초래하기도 한다.
　지나고 보면 결혼은 서로 부족함을 지닌 채 성사되는 것이 상례이다. 완벽한 사람이란 거의 없으며, 부족한 사람들이 어딘가 모자란 상태에서 결합하여 그 모자란 것을 서로 채워주기 위해 힘을 합치는 것이 결혼생활일지도 모른다. 그러나 말은 그렇게 해도 실제에서는 그렇게 되지 않는 것이 결혼일 수도 있다. 서로의 부족한 점을 메워가는 발판임을 알고 있다 하더라도 그것을 인정하고 받아들이고 제대로 실현하기가 쉽지 않기 때문이다. 보완은커녕 그 반대로 부실을 더해가는 경우도 흔하다 하겠으며, 애초에 결합된 시점에 — 어딘가 부족한 그대로 — 머물고 있는 상태가 차라리 다행이라 여길 수 있는 경우도 많을 것이다.

이렇듯 젊은 남녀가 일생을 같이 할 목적으로 결합하는 것이 순탄하게 성사되는 경우는 흔치 않았으므로, 어느 정도의 장애는 예견할 수 있다. 이 작품의 두 주인공도 누구나 겪는 과정을 치루고 넘어가야 한다고 보면 특별할 것 없는 정한 이치라 할 것이다. 그런데 그 정한 이치가 다른 남녀의 통과의례처럼 쉽게 넘어가지 못하게 되는 데 문제가 있다.

이상운 병장과 한수련의 경우도 두 사람 자체는 찰떡궁합이나 다름없는 열애의 한 쌍으로 자부할만한 이상적인 미래의 원앙으로 그려진다. 그렇지만 그것은 양쪽 가정의 검증을 거치지 않은 두 사람만의 선택이었다. 물론 결혼은 어디까지나 당사자의 의사가 절대적인 권리를 지닌다. 그러나 반드시 당사자들의 의사만으로 결정된다고 볼 수 없는 일들이 흔히 발생한다. 본인들이 아무리 좋아해도 주위의 여러 가지 복잡한 여건들이 둘 사이를 맺어질 수 없게 하는 사태로 내모는 경우가 부지기수이다. 신랑 또는 신부가 될 당사자의 가족들, 특히 부모의 의사가 당사자보다 절대적인 힘을 발휘하는 예가 허다한 것이다.

이 병장과 수련의 경우는 이것이 다른 사람보다 특히 심했다. 이 병장으로 말하면 부모에게 정식으로 알리지도 못한 상태였다. 알린다 하더라도 이 병장에게는 바로 위에 미혼인 형이 있었기에 마음대로 뛰어 넘기가 쉽지 않은 처지였다. 그러나 이 병장의 사정은 그래도 해결 방안이 나올 수 있는 사항이었다. 더 큰 문제는 수련 쪽에 있었다.

수련에게는 그녀의 처지를 이해해 주는 늙은 어머니가 있었지만 노인이라는 점 때문에 가족 중 가장 웃어른이면서 발언권이 강하지 못했다. 아버지가 돌아가신 이 집안의 발언권은 육군장성(陸軍將星)으로 복무하고 있는 강남이지 수련의 오빠인

한경림 장군(육군 소장)에게 있다. 그렇다 해도 어린 누이동생 혼사 일에 대해 부모 이상의 권한을 발휘하려 들지 말고, 오라비 입장에서 누이동생을 생각해주는 정도에 머물며 동생의 의사를 존중해주는 편으로 기울어진다면 만사가 잘 풀려갔겠으나, 이 작품의 한 장군은 그와는 전혀 반대였기에 불행을 면할 수 없었다. 한 장군은 오빠였지만 부모 이상의 권한을 행사했다. 수련의 언니인 수진이도 한 장군이 중매하고 권유한 전도유망한 군 장교와 결혼했다. 그러나 월남전에 참전하여 전사하니, 수진은 유복자 하나를 달랑 안고 사는 젊은 미망인이 되었다. 한 장군은 수진의 불행한 처지에 대해 일말의 책임을 느껴야 했다. 그러나 그는 그런 인물이 아니다. 군인이 나라 위해 싸우다 간 것이므로 유감스럽기는 해도 훌륭한 죽음이라 여기는 데 그칠 뿐, 자기 때문에 수진이 불행하게 되었다는 죄책감 따위는 느끼지 않는 위인이다. 그는 일반적인 상식인과는 사고방식이 다른 철저한 군인인 것이다. 그는 군장성 중에서도 귀감이 되는 군인정신과 뛰어난 충직성을 지닌 장성이었다. 투철한 신념과 확고한 가치관으로 뭉쳐있어, 그는 자신이 판정하고 결론내린 문제에 대해 오로지 실천만이 있을 뿐이지 번복이나 양보가 있을 수 없다.

군인으로서 투철한 신념을 지님은 필요한 일이다. 그리고 그러한 확고한 신념으로 뭉친 한 장군이 군대의 귀감이 되고 존경의 대상이 되는 것은 당연한 일이다. 그렇지만 그것은 군인으로서 국가를 위한 일, 국방을 실현하는 범위 안에서 지켜져야 하는 신념이고 가치관이지, 일반 세상의 살림살이 구석구석까지 해당되는 것은 아니다. 하물며 가족 구성원의 혼인문제, 특히 사랑 문제에까지 적용되어야 할 신념이나 투지는 아니다.

한 장군은 이 점에서 오판을 했다. 한 가지 투철한 가치관만 지니고 있으면 세상 모든 문제를 좌우할 수 있다고 착각하고 있었던 것이다. 세상에는 다양한 삶의 양식이 있고, 다양한 대처 방법이 존재한다는 사실을 그는 무시했다. 철통같은 조직집단의 단순논리에 익숙해 있었던 그는 이 병장과 수련의 순수한 사랑을 수용할 수 없었다. 아니, 수용 이전에 이해도 되지 않았기에 부정적인 대상일밖에 없었다. 투철한 신념을 절대의 법으로 여겨왔던 그에게 이 병장과 수련의 사랑은 차라리 범죄였다.

국가를 지킨다는 철통같은 신념, 이를 위한 군대의 일사불란한 단결력과 일체감의 조직정신은 반드시 필요한 것이리라. 그러나 이를 위한 절대복종의 명령 체계가 다양한 사회생활 개체 전반의 개별적 의사에까지 지배력을 행사하려 해서는 안 되는 법이다. 철저한 신념의 절대적인 영향심리는 타협을 모르는 권위주의에 안주하게 되므로 이러한 절대 비타협의 권화(權化)는 다양한 사회의 개인 의사를 밀어붙이기 식으로 깔아뭉개는 폭거를 자행하게 될밖에 없다.

한 장군의 독선 앞에서 이 병장과 수련의 순수한 사랑이 유린되는 것은 불을 보듯 뻔한 이치였다. 수련의 조카 민호가 김 대위를 향해, 군인의 딸인 고모가 계급사회의 독선에 희생됐다고 절규하는 장면은 바로 이를 고발하는 것이 아닐 수 없다.

두 가문의 상극이 사랑하는 젊은 남녀의 결합을 방해하고 죽음으로 내몬 것이 『로미오와 줄리엣』이라고 한다면, 철저한 신념으로 일관된 가부장적 권화의 독선이 사랑하는 젊은 남녀의 결합을 유린하고 희생시킨 것이 장편소설 『군인의 딸』의 줄거리인 것이다. 한국 현대판 "로미오와 줄리엣"의 일독을 권한다. ■

벽에 부딪치는 순정(純情)의 절규
- 주목되는 작품 『군인의 딸』

丘仁煥 〈소설가. 서울대 교수 / 문학과 문학교육연구소 소장〉

우리는 책의 홍수 속에 산다. 서점에 산적된 책을 보면 기가 죽을 정도이다. 그 많은 책 중에 아직은 소설이 차지하는 비중이 적지 않고 베스트셀러가 많으니 현대는 소설의 시대라고 할 만 할까. 하지만 한번 읽고 버리는 레저의 대상이 대부분이다. 소중한 것을 위하여 죽음을 걸고 살아가거나, 현실의 부조리를 고발하고 삶의 지표를 제시하는 소설은 그리 많지 않다. 그것은 작가 정신의 해이와 상업성의 횡포로 문학성이 훼손된 결과이다.

이런 가운데 삶과 죽음을 초월하여 치열하게 살아가는 삶의 처절한 양상을 형상화한 작품을 만나면 그렇게 반가울 수 없다. 작가 이기윤의 『군인의 딸』은 그런 시각에서 주목되는 작품이다.

격동의 20세기 이후 세계는 정보사회, 낙원의 시대가 되었다. 모든 것이 컴퓨터와 광케이블에 의한 자동화 시대로 세상을 환하게 열었다. 앉아서 우주여행을 즐기고 앉아서 대학을 다니며 로봇이 모든 일을 처리하는 쾌적한 사회로 나아가고 있다.

그러나 소멸되지도 않으면서 변하지 않는 숙제가 있다. 태어나면서부터 시작되어 벗어 날 수 없는 삶의 여정 속에 도도히 흐르는 영원한 과제의 답을 구하는 멈추지 않는 노력 — 사랑과 죽음이다.

인간은 사회적 동물이면서 사랑을 먹고 사는 만물의 영장이다. 모든 생물은 종족 번영을 위해서 암컷 수컷의 만남이 있으나 사람에게는 생명 현상의 근원으로서의 사랑이 있는 것이다.

소설을 비롯하여 모든 예술작품의 가장 보편적이고 항구적인 주제가 바로 사랑인 것도 사랑이 생명의 근원이요 삶의 동력이기 때문이다. 사회적 규범을 넘어 연하의 장교를 사랑하는 『안나카레리나』나 서로 불우한 처지를 알면서 사랑의 불길을 태우다 영원한 낙원 아트란티스를 향해 떠나는 『뽕네프의 연인』…
 그리고 성과 치부를 통하여 자아를 성취하려는 모니카 비티와 알랑 드롱이 열연한 『태양은 외로워』 등등, 하나같이 생명을 던지고 사랑에 몰입하는 이유가 생명의 근원이 곧 사랑이기 때문이다.

 죽음의 문제는 인간이 영생의 문을 열기 위해 초극해야 하는 또 하나의 과제이다. 생로병사가 자연의 순리라고는 하지만, 죽음은 삶의 종말이어서 거꾸로 달아매도 이 세상이 좋다는 소원이 나오게 된다.
 '인생은 짧고, 예술은 길고, 기회는 적다.'라는 히포크라테스의 말대로 인간은 예술을 통해 영원히 살려고 하고, 신에 귀의하는 종교를 통해 영생복락을 누리려고 한다. 불로초를 구하기 위해 삼신산을 헤매고 병마용으로 짐작할 수 있는 동산과 같은 무덤을 만든 진시왕이나 수천만 명을 죽이면서까지 공산주의로 이 세상을 낙원화한다고 권력을 휘두르던 스탈린도 결국은 죽음 앞에서는 무릎을 꿇고 말았다.
 반면 70세의 고령에 17세의 소녀 리루케를 사랑한 괴테는 『파우스트』와 같은 작품으로 살아 있고, 깨달음 대로 진리에 살기 위해 출가하여 악스타포트라는 조그만한 역장 실에서 "우리는 많은 사람을 사랑했다. 저 세상에서…"라고 중얼거리며 이 세상을 떠난 톨스토이는 『부활』이나 『안나 카레리나』 등으로 영원히 그 빛을 발하고 있다.
 사랑과 죽음은 작가들이 깊이 천착하여 그 의미를 정립하고 싶은 영역이다. 이런 영역이 순수라는 이름으로 가려지는 것은 개탄할 일이다. 이런 개탄의 안개를 벗기고 새로운 삶의 지형도를 보여주는 작품이 이기윤의 『군인의 딸』이다.

 『군인의 딸』은 작가 이기윤의 전작 장편소설이다. 진발 마을에서 벌어지는 사랑의 절규와 관습과 권위의 충돌로 야기되는 비극을 박진감 있게 묘파한 작품이다.
 작가 이기윤은 반취(反醉)라는 호가 암시하고 있듯이 여러 잡지의 편집과 여행을 즐기는 기와 역마가 많아 창작에 타고 난 기운이 풍부한 작가이다.
 이기윤은 중편 『살아 있는 巫』(문학과 意識 1988)가 신인상으로 당선되면서 문단에 나온 작가로, 장편소설 『협업시대』, 시집 『사랑스러운 내일을 위하여』

등을 상재하고 다수의 중단편을 발표하고 있는 작가이다.
　또 다도에 심취하여 『茶道』, 『茶道熱風』을 저술하고 약관에 월간 『茶苑』 편집장과 월간 『茶談』 발행인 겸 편집장을 지냈고, 월간 『旅行』 편집장을 지내면서 세계문화기행을 펼치기도 하였고 방송작가로도 다년간 활동을 보인 다양한 경력의 작가이다.
　한국소설가협회 사무국장 일도 민활하게 잘하고 있는 것으로 보아 이기윤은 창작과 출판 그리고 행정을 아울러 잘 알고 실천하는 작가임을 알 수 있다. 장편소설 『장군의 딸』은 작가의 이런 경력과 내면세계가 응집된 작품이라는 점에서 주목되고 있다.

　『군인의 딸』은 서사적 양식으로서의 로망으로 서너 가지 측면에서 조명해 볼 수 있다.
　첫째는 군사 메커니즘의 횡포와 그 비극적 참상이 여실히 노출되어 있다. 진발마을에 군이 주둔하고 나서 만나게 되는 이상운 병장과 한수련의 애끓는 사랑은 한경림 장군이 휘두르는 군사적 메커니즘에 처참하게 유린되고 비극적 결말을 가져온다. 사랑하는 사람을 마음대로 사랑할 수 있는 세상… 다소 열린 생각을 갖고 있는 직속상관 황준엽 소령의 배려와는 달리, 한 장군은 자신이 신임하는 김 대위를 매제로 삼기로 작정하고 혼인 준비를 하는데 상운과 수련의 짙은 사랑은 치명적인 배반이었다. 상운을 즉시 구금되고 수련은 김 대위와 결혼을 해야 한다는 강직한 군사 메케니즘이 비극으로 몰고 나간다.
　정군의 어머니, 부인 정씨, 누이 수진이, 아들 민호가 다 상운과의 사랑을 좋아하는데 유독 한 장군만 군대적 사고방식에 의한 메커니즘으로 상운을 자해케 하고 수련이 몸을 내던지는 비극을 초래한다.
　"아버지가 죽였어요. 그 낡아빠진 관념, 관료의식, 독선이 고모를 죽였읍니다."
　"그렇지 않아."
　"군대가 우리 아버지를 그렇게 만들었습니다. 계급 사회가 그렇게 만든 겁니다."
　"그렇게 생각하지 말라니까."
　"왜 인생의 다양성을 인정하지 않는 겁니까. 동생이든 자기 자식이든, 자기 인생을 자기가 선택해서 살게. 왜 놓아두지를 못하는 겁니까?"
　민호는 잔디 위에 주저앉았다.

수련과의 결혼을 꿈꾸던 김 대위가 장군을 이해시키는 쪽에서 민호를 위로하는 것을 보면 군인의 사고 양식이 어떤가를 알 수 있다.
"아직 이르더라도 인생이란 것을 생각해 보렴. 사회라든가 역사라는 들러리가 있지만, 인생을 평가하는 것은 그런 것이 아냐. 진실한 평가는 환경이요, 자기 가족에게서 나와."
"……"
"한마디로… 자식이나 핏줄이 아버지 직업을 자랑스럽게 여기며 이어받기를 원하는 것보다 더 명쾌한 답은 없는 거야."
"……"
"인생이 뭔줄 아니? 인생이란 그 자신을 둘러 싼 환경과의 한 판 바둑 같은 거야. 죽음으로 끝나는 결과를 자신은 알 수 없어. 남은 사람들이나 알지… 대국이 한창일 때는 돌을 쥔 사람보다 구경하는 사람에게 더 잘 보이고…"

김 대위의 말에는, 아직 경험이 적고, 아버지 뒤를 있게 군에 가라는 것을 반대하고 자기의 길을 가는 민호에게는 납득될 수 없는 메카니즘적인 횡포가 도사리고 있다. 이 작품의 많은 부분을 차지하는 군대 생활의 조직과 그 기능의 획일성이 바로 조직과 명령을 주로 하는 군사 메카니즘의 노출들이다.

둘째는 강한 삶의 에티몬(étymon)인 사랑의 집요한 추구가 그 특징을 이룬다.
사랑은 소설을 비롯하여 문학과 예술의 영원한 과제요 그 광장이다. 사람이 사는 곳에 생활이 있고 생활이 있는 곳에 사랑과 술이 있는 것은 자연의 섭리이다.
종족 번영을 위한 자웅(雌雄)의 만남으로서의 사랑만이 아니고 삶의 구경으로서의 사랑의 성취는 인간이 누릴 수 있는 최고의 권리요 또 자유이다. 하지만 세상의 많은 요인들은 사랑하는 사람이 자유롭게 결합하여 오손도손 사는 것을 그대로 축복하지는 않는다. 숱한 부조리가 이를 가로막고 세속적인 결합에 의한 자웅의 짝 맞추기로 사랑을 질식시키고는 현상을 과시한다.
생명을 던지며 사랑을 추구하는 상운와 수련은 만남에서 맺어진 사랑의 강한 생명줄을 부여잡고 절벽에 오르다가 군사 메카니즘에 비극적으로 추락하고 만다. 사랑의 축복을 받으면서 축제적 결혼을 하는 천일섭 병장과 복순과의 사랑은 서로 사랑하는 사람의 사랑으로 성취의 영광을 받는 삶의 꽃이다.
반면 상운과 수련의 비련(悲戀)은 부소리에 의한 삶의 비극이다. 누가 왜 이 두 사람의 사랑을 가로막고 비극으로 치닫는지를 이 소설은 정치한 서사로 잘 나타내고 있다.

이러한 부조리는 사랑의 성취를 가로막아 유린하고 낙원을 추구하여 그날을 위하여 오늘을 사는 사람들에게 절망을 주고 그날의 지평을 어둡게 한다. 사랑 그것은 인생의 역동적인 에티몬이요 생명의 근원이며 내일에의 희망이다. 상운과 수련의 비극은 그런 사랑을 보여 주고 있다. 한편에서 죽음에 의한 사랑의 영원성 획득이라는 일면도 부정할 수 없다. 그러므로 수련의 죽음은 비극을 승화하는 사랑의 또 하나 결실인 셈이다.

셋째는 특수한 제재와 작은 화소(話素)들의 안배에 의한 서사구조의 다양성이 그 특징을 이루고 있는 점이다. 진발이라는 마을에 주둔한 군부대를 주로 한 군대를 제재로 하면서도 그 정보의 다양성과 연관적 배치 등 군 관계의 제재 공간을 확대하고 또 인간미가 훈훈한 생활 현장을 소화소로 삽입하여 서사의 즐거움을 더하고 있다.

천병장과 복순의 사랑의 과정이나 이정봉 대위가 이사 와서 벌린 집들이 잔치, 군대 생활의 여러 사건들, 할머니의 따스한 인정 등이 서사의 다양성과 서사의 표면 현상으로 부침하여 서사라인을 여유 있게 한다.

상운과 수련의 주 스토리 라인에 이러한 다양한 서사의 화소들을 부 스토리 라인으로 하여 서사구조의 복합적이고 다양성을 보여준다. 군인 세계라는 경색을 이완시키기 위한 서정적인 문체가 오히려 사랑의 나약으로 비치는 감도 없지 않다.

한 장군에서 보듯이 강하면 부러진다는 것에 상응해서 제재 공간을 서정적으로 사랑을 채색하여 비극을 고조시키고 있는 것도 주목된다. 더구나 자칫 접근하기 어려운 막사를 중심으로 한 군대의 공간을 경색하기 쉬운 방향을 사랑을 바탕으로 서사의 무대로 확대시키고 있는 것은 소설의 제재 공간의 타부가 없는 한 확대라고 볼 수 있다.

이러한 특징을 보인 장편소설 『군인의 딸』은 수련의 비극과 복순의 축복의 사랑의 이중성의 또 하나의 신화를 창조한 작품으로 많은 감동을 줄것이다.

헤르만 헷세가 "인생은 한 마리의 말이다. 경쾌하고 늠름한 말이다. 사람은 그것을 기수처럼 대담하게, 또한 세심하게 다루지 않으면 안된다." 라고 말했듯이 인생은 아무렇게나 다루어서는 안 된다.
 황준엽 소령과 같이 조심스럽게 여유를 가지고 대할 때에 복순과 같은 축복을 받게 된다. 사랑은 사랑하는 사람과 해야 한다는 상식을 왜 그다지도 벗어나 비극을 만드는지 헷세의 말을 한마디 더 음미해 볼 필요가 있다.
 "사랑은 수단이나 목적이 되어서는 안 된다. 사랑은 사랑 그 자체여야 하고 아름다운 과정이야 한다. 이런 사랑을 위해 소설은 끊이지 않고 고발하고 내일의 희망을 가꾸어 가야 한다."

이기윤 전작장편소설

군인의 딸 상

1판 1쇄 인쇄 / 2015년 5월 20일
1판 1쇄 발행 / 2015년 6월 09일
저자 / 이기윤
펴낸 이 / 최양미
펴낸 곳 / 위드스토리
출판사신고 / 제313-2010-129 (2010년 5월 4일)
사업자등록 /105-91-54089
주소 / 서울 마포구 마포대로 14가길 18
전화 / 02-3273-1011
휴대폰 010-3715-5111

값 13,000원
ISBN 978-89-968060-9-7
잘못된 책은 바꿔드립니다.

※ 통신판매 안내
책값을 아래 구좌로 입금하신 후 연락 주시면 송료 본사 부담으로 우송해 드립니다.
국민은행 657802-92-108688 (예금주 최양미)